那些被光照亮的陌生人

王选 著

北京时代华文书局

图书在版编目（CIP）数据

那些被光照亮的陌生人 / 王选著. -- 北京 : 北京时代华文书局, 2017.12
ISBN 978-7-5699-1942-4

Ⅰ. ①那… Ⅱ. ①王… Ⅲ. ①故事－作品集－中国－当代 Ⅳ. ①I247.81

中国版本图书馆 CIP 数据核字（2017）第 297439 号

那些被光照亮的陌生人

Naxie Bei Guang Zhaoliang De Mosheng Ren

著　　者 | 王　选

出 版 人 | 王训海
选题策划 | 田晓辰　李林寒
特约策划 | 柒月之葵
责任编辑 | 曾　丽　田晓辰
装帧设计 | 蔡小波　段文辉
责任印制 | 刘　银　范玉洁

出版发行 | 北京时代华文书局 http://www.bjsdsj.com.cn
北京市东城区安定门外大街 136 号皇城国际大厦 A 座 8 楼
邮编：100011　电话：010－64267955　64267677　57735442
印　　刷 | 三河市祥达印刷包装有限公司　0316－3656589
（如发现印装质量问题，请与印刷厂联系调换）
开　　本 | 710mm×1000mm　1/16　印　　张 | 16　字　　数 | 212 千字
版　　次 | 2018 年 1 月第 1 版　印　　次 | 2018 年 1 月第 1 次印刷
书　　号 | ISBN 978-7-5699-1942-4
定　　价 | 42.00 元

目录

1　南下

世上穷人多，哪个就像我？
头戴烂草帽，惹得老鸦多，
老鸦来踏蛋，把我头踏破；
世上穷人多，哪个就像我？
怀揣干炕馍，虱和虮子多，
饿时取出吃，虱吃一半多；
世上穷人多，哪个就像我？
做了一锅汤，儿和女儿多，
等到我去吃，只有空锅锅；
世上穷人多，哪个就像我？
住得烂塌房，窟窿眼眼多，
下了三点雨，炕上流成河。

——小曲儿

小招晃着脑袋，眯缝着眼，唱了一段。他的头发乱糟糟的，有几缕撅着，头一摇，像风吹动了芦苇。小招是我认识的年轻人里唯一会唱小曲儿的。现在的年轻人，都听流行歌，会唱小曲儿的，简直算是奇葩了。小招说，小的时候，常听爷爷唱，听久了，灌下耳音，就会了。爷爷说，他的爷爷年轻时下四川，扛个布袋，装半升小米，唱着这曲儿就出门了。到他这一代，挨饿，提个竹篮，装个烂碗，一路东去，翻秦岭，到陕西讨饭吃，心里苦，就唱这曲儿。

小招说，几代人，都是穷命，先人坟里不冒烟，儿孙个个都是穷光蛋。

我苦笑了一声，给他倒上酒。酒太满，溢了。我顺手扯了一溜卫生纸，一擦，将纸扔到了门背后。门背后生着黑褐色的霉斑，像出租屋未能说出的心事。这是一间多么破旧的屋子，旧的门，旧的床，旧的墙壁，旧的贴花，甚至旧的人，通通被黄昏暗淡的光线笼罩着，像老电影，落满了噪点。在南关，我看惯了多少这样的旧房子，旧房子里塞满了陈年旧事。任我怎么剥这时光的壳，都剥不出一点新意。

房子收拾过了，扔的扔，装的装，撕的撕，还的还。陈旧的糊着的报纸，被捣烂了，撕下了，团成团，丢了满地。此刻，房里空荡荡的，却又凌乱不堪，像进过贼。

七点半，说早也早，说晚也晚。一个人在南关的仁和巷生活久了，时间就失灵了。

十点，小招的火车。小招就要走了，像他爷爷和他爷爷的爷爷一样，南下，不过这次去的是广东，不是四川，也不是陕西。小招要走了，我在南关的狐朋狗友又少了一位，他将从我的心上切掉一块，带走。平时，我们总是在一起喝酒，我们似乎把闲余的时光都拿来喝酒了而不是喂狗了。我们唱我们的穷日子，喝我们的苦光阴，一喝，就是半天，然后头昏眼花，天旋地转，胃里翻江倒海，痛苦不堪，一头栽进被子里，折叠着，睡着了。醒来，就发誓，他妈的再也不喝了，太难受了，再喝就不是男人。可没出三天，心里又痒了。看见酒，腿都软了。

小招要走了，能不喝一场吗？男人和女人，做一场轰轰烈烈的爱，才叫相聚。男人和男人，喝一场轰轰烈烈的酒，才叫分离。我们这么想着。可今晚，终究没有那个勇气，怕喝多了误事，误了火车的点。

于是就不紧不慢地喝着。酒是本地酒，烈，烧心，一口下去，开肠破肚，肝胆喊疼。估计是酒精兑的吧，二三十元一瓶，能买个啥好酒。不过也顾不了那么多，一瓶好酒几百元，谁能喝得起？反正小招和我喝不起，我们是顿顿牛肉面，一碗六元钱，要不要添一元钱加个鸡蛋都会考虑考虑的人，谁会花那个冤枉钱。其实，感情好了，喝白开水，也能醉人。

小招满脸通红，像抹过猪血，眼珠子都是血红的。他是那种喝酒上脸的人，一杯下肚就见效了。跟我正好相反，我越喝脸越白，最后煞白，白若寒霜。小招靠在行李包上，包鼓鼓的，塞满了衣物。他用一只手挠着头，细碎的头皮屑，像雪，扑簌簌落在了地上，薄薄一层。他那么疲惫，甚至带着一身落寞。他没有到“戴烂草帽、住烂塌房”的程度，可也如意不到什么地方去。他常说，他是那种耕地时，牛把铧打破，回来买铧时，牛叫狼吃了的草包命。

“世上穷人多，哪个就像我？”小招唱了一句，然后“吱”一声，把半纸杯酒喝了，眼泪就飘花儿了。

“还是不是带把的啊？不就是去广东嘛，搞得跟要赴刑场壮烈牺牲一样。”我看着他的落魄样，有些于心不忍。可我们之间所有的安慰都是互相调侃和打击，这么些年，我们从来没有学会那些矫揉造作的词。我们像两把刀子，钝了，用刀刃互相磨磨。

“可带把的除了男人，还有茶壶，我就是那个提不起的茶壶。”

“喝酒，看你那怂样，这一次去了就不要回来了，三年，五年，混出个人模狗样再回来，碰一个。”

“放心，再不骚扰你了，下次见你，我必须西装革履，开豪车，带洋妞，请你到五星级酒店喝一场，再也不回南关这破地方了。”

“干！”

小招是2009年住进南关的，也算是我撺掇来的。在住进来之前，他已在兰州一家广告公司上了一年班。那时他上大四，后半学期实习。当时，干得还行，当了个发行部主管，就是带三五个失业妇女坐公交满城给店铺送印满各种广告的报纸。小招干得不亦乐乎，他觉得再干半年，凭他的实力，就能当个副经理了。到了副经理，一月四千元，就能在兰州挣扎着安身立命了。这是小招的理想。

可理想毕竟是理想。小招的父亲反复打电话，催小招回来参加事业单位考试。小招父亲有自己的一连串理由，他觉得拼死拼活供儿子上个大学，出来没有正式工作，不划算，与其打工，还不如初中就辍学了，早点在外面闯荡，少花冤枉钱，说不定现在他都抱孙子了。此其一。其二，村里好几个大学生不是考了学校，就是考了卫生院、乡政府，个个父母的脖子翘得跟铁锨把一样，扬扬得意。小招父亲背地里嘀咕道，不就是一个一般干部嘛，还真以为当了个多大的官。但转念一想，同样是大学生，儿子没正式工作，在村里就显得低人一等。其三，这里的老师、大夫啥的，虽然工资少，但旱涝保收，一个月随便混混，就等着领皇粮了，一辈子虽没啥大前途，但也没风险，安然，平淡。平淡是福啊。其四，他只生了一个儿子，膝下再无子女，老伴死了，这儿子一走远，自己跟五保户就没啥区别了，有个三长两短都没人管。老汉一连串的考虑，并不是没道理。

小招终究还是没有招架住父亲的威逼利诱，甚至寻死觅活，回来了。回来之后，他就让我给他在南关找间房子。我东家进，西家出，终于在仁和巷给他物色了一间。他买了《申论》《行政能力测试》《教育学》《心理学》，乱七八糟一大堆，开始窝在房子里复习了。他一头扎进书里，勾勾画画，写写算算，有模有样的。然而，出师不利。小招在报名的第一关就被卡住了，因为他没有学校发的择业通知书。没有这张纸，就不能证明你没有就业，说白了，你已经被就业了，学校终于可以放弃你了。

后来多方打听，小招才明白，在大四快毕业时，学校曾统计过就业情况。小招当时在那个广告公司干得正风生水起，也不知还有什么择业通知书，学校问，自然说已经就业。可谁知道几年以后的事，谁又知道给自己留条退路。于是学校就把他统计进了就业人数，自然没有给他发择业通知书。学校巴不得你不要择业通知书呢，管你就得什么业，反正不要择业通知书，就预示着学校的就业率提高了一个点，好哄骗社会了。

没有择业通知书的小招，事业单位招考的门边都没法沾。他找人，无济于事，没这个就业名额，谁也没辙，再说，小招能找个多厉害的人啊，唯一能找的就是他舅舅，在文联当副主席，听着是个主席，可毫无权力，除了出出主意，啥忙也帮不上。小招就这样被硬生生地拒之门外了。他的父亲知道后，劈头盖脸把他收拾了一顿，然后独自蹲在老伴的坟头哭了一个下午。

不能参加考试的小招就只能另谋出路了。后来谁也不知道他怎么寻思的，在南关巷道里开了一家碟片租赁店。铺子不大，临路，红漆门上一侧贴着电影海报，一侧用毛笔写着“碟片，出租，零售。租：2元/张；卖：10元/张”。进门，一个小立柜，奶白色，旧了，沾着一块块污垢。一边放着一个塑料盒，盒里是最新的影碟，另一边，一个本子，密密麻麻，记着出租的片名、日期、电话、押金等。立柜后面，一个学校用的老式条凳，漆皮掉了，裸着木纹。屋子的三面立着铁架子，呈凹字形，每个架子三层，碟片拥挤着抱在一起，插在架子上。一层是武打，二层是情感，三层是秦腔、鬼片。各就各位，分得很清楚。

一开始生意不错，巷子里的人，甚至四周小区的人都来租碟，有些新片子下来还会排队租。大多数人一租就是三五张，一天下来，六七十元，还不错。也有买的，但少。我问小招："你这碟，一张卖十元，能演多久？"小招伸出一根指头。我说："一个月？"他摇摇头，说："一次。"我无语了。"十元钱想买个正版碟，简直做梦，盗版一张，光成本就两元钱呢。"我说："你这碟，除了武侠爱情，就没点别的？"小招踢了踢立柜下面，说："不搞点伦理片，还好意思叫租赁店？"我明白了。

当然，在小招跟前，租碟的一大半是租有点颜色的。巷子里，窝着形形色色的单身汉、老光棍、流浪汉、小青年，晚上无所事事，不看看碟，消磨消磨，都不知这日子怎么过呢。租碟的人进门，假装很正经，翻捡了半天，问："有没有那个？"小招赶忙从柜子里抓出一堆，让人挑。那人红着脸，战战兢兢挑了张，怪不好意思地付了押金，滴溜着眼睛，将碟塞进衣襟下，一溜风，跑了。来的次数多了，也就习惯了，不用说，小招就领会了。租碟的人开始心不惊肉不跳，拿着印着赤身裸体女人的碟，光天化日之下慢慢翻来捡去。有些人，一个月的时间，把小招的二百张这类碟全看完了。

接着，小招买了电视，配了一对大音响，每天下午，用DVD放武打片，招揽生意。效果还不错，来来往往的人，都知道这里有一家影碟租赁店了。一进黄昏，半条巷道都是刀剑相撞、打打杀杀、卿卿我我、爱恨情仇的声音。

就这样热闹了一年，或许不到一年，生意慢慢不行了。大多数人都有电脑了，一打开，随便看，什么片子都有，方便省事。人们也就懒得跑去外面租碟了，再说租碟花钱，有些碟，没放几次，老卡，关键处都是满屏马赛克，急得人直骂娘。再后来，人人一个手机，一联网，很方便，直接睡在被窝里，想看啥就看啥。小招的生意真是江河日下，一天不如一天了。有时候，一天下来才租二三十元。

小招枯木一般，坐在条凳上，看巷道里来来往往的人低着头拨弄着手机，没有人正眼看他的租赁店。他嘴里叽里咕噜，有一搭没一搭地唱着曲儿。

人倒霉，鬼吹灯，

喝凉水打得肺疼，

放屁砸得脚后跟疼……

小招觉得这生意就该到头了，一年没挣下几个，光把一张嘴糊住了。直到有一天，巷子里一个女人揪着孩子的耳朵来找小招，骂骂咧咧道："你开个破店，把我家孩子带坏了，晚上一放学，不写作业，就团到你门口看电影，你只知道挣钱，一点公德都没有，还算人吗？"也确实如此，自从小招买了电视以后，每天晚上，门口都挤满了看电影的孩子。有些孩子甚至端着饭碗就来了，也有些背着书包不回家坐在门口台阶上看的。直到八九点，一个个被父母敲打着、咒骂着赶回家。也有家长给小招提过醒，但小孩要看，谁能管得住，再说，这是生意，他在自己屋子做，谁也管不了。于是，每个黄昏，在烟熏火燎中，总有孩子的哭声伴随着电影的喧嚣，夹杂着父母的拳打脚踢和诅咒谩骂，暗淡在了巷子里。

巷子里的女人来这么一骂，小招顺坡下驴，也就把门彻底关了。要不，他真不死心。他把几百张碟给光明巷一个更大的音像店处理了，自己留了一些，其余的送了朋友。他送了我几张大片，《勇敢的心》《教父》《燃情岁月》，还有两张西班牙的满是马赛克的伦理片。

处理完了店，小招窝在房子无所事事了半个月。每天睡到自然醒，到我跟前蹭顿饭，然后又去睡觉。半个月后，他开始找工作，但找来找去，没一个合适的，不是工资低，就是太辛苦。后来有一天，他舅舅的儿子，也就是他表哥，突然给他打电话，说他在广东那边干得挺好的，搞海鲜批发，挣了好几十万，现在是个小老板，可生意好，人手却不够，他听说小招不能参加考试，做生意也不行，就打算把他叫过去帮忙，一个月五千元的工资。小招一想，五千元，倒吸了一口冷气。一月五千，一年六万，三年就能挣够在乡下盖砖房娶媳妇的钱了。他心里热乎乎的，觉得快要发财了。随后表哥又发来了一张他的照片，比原先肥多了，整个人圆滚滚的，像一只熊猫，挺着肚子，穿着黑西装，白衬衣，站在一个运海鲜的货车跟前，一本正经。

小招把准备去广东的事跟父亲说了，这次，他没有反对，只说："随你吧。"小招订了票。

我说："小招，你为什么叫小招？"

"从小招财进宝呗，你连这也不清楚，亏你还是文豪。"

"可你压根儿就没招到财啊？"

"要机会和平台，好不，只要站在风口，猪也能飞翔。"

我拍案叫绝："你竟然能说出这么经典的话，是要盖过我的风头吗？那好，这次你就在风口浪尖上飞翔起来。"

九点半了，该起身了。我们都有点晕乎，满眼的东西，似乎在飘浮着。向房东彻底退了房，说了再见，就出门了。小招背着一个大书包，沉甸甸的，穿着一件很少穿的西装，他的鞋破了，顺便把我一双半新的穿上了。他说，等他发达了，给我买真皮的。我提着塑料袋，装着方便面和矿泉水递给他："去广东，得三十多个小时的火车，不带吃的不行。"

南关的一些巷子新安了路灯，黄色的灯光，毛茸茸地铺开来，落在我们肩头，像尘土一样，掸都掸不掉。我们穿过长长的巷子，我们拖着长长的影子，我们背着长长的哀愁。我说："小招，唱个曲儿。"

"听啥？"

"欢快点的，你要当老板去了，是喜事。"

"那就听个酸曲儿。"

“好！”

八月里来八月八，我和阿哥拔胡麻；
阿哥一把我一把，阿哥和我并肩拔；
一拔拔到地埂下，阿哥给我梳头发；
日头下山牛进圈，我俩回家吃黑饭；
吃着吃着心变了，窗子关上门闩了；
丝绒裤带扯断了，花鞋后跟蹬烂了；
手扒肩膀脚蹬墙，耳环子摇得当啷啷；
叫声哥哥你算了，三魂七魄都散了。

小招坐上火车走了。我独自一人，回到了南关的出租屋，心里空落落的。想着那一个个离我而去的人，像装在麻袋里的洋芋，被一颗颗掏空，最后，就剩一个空袋子，丢在地上了。一个人就这样，来到南关，又离开了南关。花一样，开了，败了，只有树枝知道，曾有花开过。时间一久，树枝都忘了，曾有花开过。我躺在南关，像一个坚守者，要把它住穿了一样。我知道，所有的年轻人都在试图逃离老城区，寻找新的活着的方式。我没有南下的机会，我有一份鸡肋一样的固定工作，像一根绳子，把我的左手牵着。南关，像另一根绳子，牵着右手。就这样，我被生活绑架了。

小招走了两天后，按理应该到广东了。他说他一下火车就给我打电话，但没有。我打给他，关机。可能没电了。一周后，我还是没有接到他的电话，发信息，没人回，拨过去，依旧关机。我想，小招可能飞黄腾达了，挣大钱当大老板了，很快也把我忘记了。我们初中学过的“苟富贵，勿相忘”是句屁话，在这个唯利是图、人情冷漠的年代，哪有富而不忘的人。

也罢，没有谁有义务记着谁。我也该把小招忘记了。

半个月后的一个晚上，我刚刚躺在床上就有人敲门。我去开，我不知道这么晚了谁还会来找我，我有点郁闷。一开门，我愣了。小招回来了，小招这狗日的怎么回来了，小招这狗日的真的回来了。他木讷地站在门口，没有背包，西装不见了，只有一件脏透了的短袖，鞋子也没有了，穿着一双拖鞋，人字拖前面裂开了，都不知他是怎么拖回来的。他的脚背上沾着一层污垢，指甲缝里黑乎乎一层。他站着，目光呆滞，眼窝深陷，头发蓬乱，脱了人形，像只猴子，饿久了，脸成了三角形。

他说："王选，狗日的表哥把我哄到传销里了，钱，身份证，衣服，啥都丢了，我光捡了一条命回来了……"

世上穷人多，哪个就像我？
盖的破棉被，一点不暖和，
半夜下起雨，冻得打哆嗦；
世上穷人多，哪个就像我？
吆牛耕地去，牛把铧打破，
回来买铧时，牛叫狼吃了。
世上穷人多，哪个就像我？

2　白蔷薇

那蔷薇，就像所有的蔷薇，开着，开着，就凋谢了。

五月，蔷薇坐在墙头，粉的，一朵，两朵，三朵……能数清的样子。她们挨在一起，像教室里的女学生，挤成一堆，说秘密。只有一朵是白的，在枝叶下边，花瓣打着卷儿，没有血色，悬在那里，突兀极了。

雨歇了，门开着。巷子里停着的车把蔷薇拉走了。一群人嘀咕着什么，进了院，关了门。满巷子的潮湿，关在了门外。

雨是三天前下起的，密密地，从东边下了过来，下到南关，下进染布巷，就不走了。雨下了三天，哭声在雨里泡了三天。像一朵蔷薇，被人掐掉，扔进雨中。雨打着花瓣，雨打着花柄，雨打着花蕊里紧抱的一簇蜜。哭声从二楼的玻璃窗口渗出来，飘进另外的窗户。白天，人都出门了，水淋淋的哭声混着雨声，显得虚无，缥缈，像半截丝巾，被风吹着。晚上，满院人睡了，哭声飘进屋，像一个人无处诉说的诉说，哀怨，凄婉，有些骇人。

哭声是蔷薇的。蔷薇哭着，任何劝说都无济于事。

房东已经第三次警告蔷薇的父亲了，说："再哭，雨一停，就走人。"蔷薇的父亲蹲在门口，看天。天是青的，泛着暗红，像被敲打过的肉上积着的瘀血。他已经开导过女儿很多次了，可她无动于衷。她睡在小屋的床上，头朝里，裹着被子，无休无止地哭着。他说："总不能在一棵树上吊死啊。"他吸一下鼻涕，说："天底下男人一层哩。"他又吸一下鼻涕，说："我把你们姐弟俩拉扯大容易吗？"他狠狠地吸了一下鼻涕，继续说："你这是把我往绝路上逼啊。"

蔷薇家三口人，蔷薇，父亲，还有弟弟。母亲得了宫颈癌，早早走了。父亲在绿色市场补鞋，补鞋不挣钱，一天捏回来一把毛票，仅够糊口。弟弟上高三，学习好，一中的前几名，上个名牌学校没问题。弟弟那个瘦啊，瘦得只剩一把骨头，撑着一件宽大的校服，风吹来，能把骨头吹散。蔷薇之前在北京打工，年底，父亲把她喊了回来，说给弟弟做半年饭。父亲在外面补鞋，顾不上，弟弟作业多，没饭吃，常饿着。蔷薇就在腊月里回来了。

蔷薇家在院子住了有些年头了。满院人，就数她家时间最长。他们租了一间十来平米的屋，中间用三合板隔开，隔了一大一小两间。外边大些，父亲和弟弟睡。里面小，蔷薇睡。

蔷薇从北京回来，闲了十来天。一天两顿饭，中午和晚上，做完就无所事事了。院子里，出出进进，由着她，也没人过问。有时候，跟院子的小孩玩踢毽子，小孩没高兴，把她先乐坏了。她的笑一点没收敛，笑声震得满院玻璃响。院子的人，门缝里探出头，瞟一眼，说，瓜米子（傻姑娘）。有时候，蔷薇到院口的墙角给那株蔷薇花浇水。冬天也浇，水在地上，成了冰。出门的人见了，说，瓜米子。

闲了一段时间，无聊透顶了，托朋友介绍，蔷薇就去一家茶楼当服务员了。当服务员简单，端茶倒水的活，手脚麻利点，懂点脸色，就能长干下去。干了两个月，过年。年是在城里的出租屋过的，他们已经三四年没回乡下了，回去也是塌房烂院，冰锅冷灶。哪里过还不是个过。父亲用硬纸片做了一个先人牌，立桌子上，烧香，点蜡。说，年好过，日子难过啊。又说，老先人活着时，没留下一点光阴，死了，也带不来一点福气，清茶一盅，将就着喝吧。院子里噼里啪啦有人放鞭炮，更远处，是别人家的烟花。蔷薇拉着弟弟，爬上栏杆，伸着长长的脖子看。

蔷薇在茶楼没干多久就不去了，是父亲不让她去的。茶楼下班迟，基本都凌晨了。蔷薇住得远，每次下班，父亲裹着绿军衣，站在路灯下，接她。有几个晚上，父亲没等到蔷薇。去茶楼，门锁了。打电话，没人接。没有谁知道蔷薇干什么去了。第二天问她也不说，嘴硬得掰不开一寸。有一天晚上，他早早去接，在茶楼门口，他看见蔷薇急匆匆出来，钻进了一辆黑色的车。他跑过去，车开了，他追，一直追。从广场追到东桥头。追上了，差点晕了过去。他把蔷薇扯下车，朝开车的光头脸上啐了一口，摔上车门，牵着蔷薇回家了。

回家，他没有说啥，他清楚啥事情。他知道姑娘大了，翅膀硬了，难管了。管不好，屁股一拍，走人了，就更麻烦了。

不去茶楼上班，空闲的日子多得数不过来，又是无所事事，出出进进的日子。有时候，她用手机放一首歌，声音开得很大，在一楼院子跳舞，跳得天旋地转，无所顾忌。她在北京夜店干过，跳舞，不在话下。院子的人择着放蔫的韭菜，说，瓜米子。有时候，她对着抽芽的蔷薇发呆，搬个小板凳一坐，眼睛直勾勾瞅着叶芽，一瞅，就是一上午。眼珠子是直的，空的，也不知道她在想什么。洗衣裳的人远远看着，说，瓜米子。

三月。蜂啊、蝶啊、蛾啊、蝇子啊，乱七八糟地飞。该活的都活了。那些窝在心里的事也活了，总想着挤出茧，在春天撒欢儿。蔷薇叶子长全了，一片淡绿，像烟，叶缝里怀着花骨朵儿。

蔷薇家屋子的正对面，一户人家搬走了，听说买了楼房，高升了。两天后，搬进来了一家人，也是三口。一男一女，都是五十来岁。一个儿子，二十几岁的样子。小伙清俊，人瘦高，两鬓的头发剃光了，中间留着一梭子，跟个鸡冠子一样。左耳打个耳钉，镀金的。儿子卖关东煮，女人帮儿子在摊子上打下手，男人不知在干啥。中午饭一过，小伙虾着腰，推着摊子出门了。说是摊子，也就一铁皮柜。柜下面装菜，上面装汤，放料，摆菜。前面焊了一架子，挂着一块塑料布，写着“铁蛋关东煮”。铁蛋是他的名字。

铁蛋上高中，看上个女的，女的不喜欢他，喜欢另外一个男的。一个晚自习，在男厕所，铁蛋提着铁棍在那男的腰里剁了两下。铁蛋被开除了。后来铁蛋学开车，想买个出租开，没钱，就一直没买。后来，家里说卖关东煮，看着人家生意都不错。铁蛋一开始嫌丢人，被他妈骂了几次，也就同意了。摆摊子前，铁蛋专门花钱到成都学了一趟。其实也不是学，就是串菜、煮菜两刷子，谁都能弄，关键是料，料好，就是煮一锅烂白菜帮都好吃。说白了，三千元的学费，就是买了个料方子。

中午之前，铁蛋闲着。菜，他妈半夜起来就串好了，料也兑好了，到时候加上开水就行。没事干，铁蛋就坐在门口玩手机。玩天天爱消除，一遍遍玩，越玩越上瘾，总想超越上次的分数，最后，玩得眼都麻了，看东西花。

“你也玩这个啊？”有人问。铁蛋抬头，一个姑娘。他笑了笑。

姑娘是蔷薇。蔷薇说：“我也玩，你几级了？”

“我刚玩，分数不高。”

“那加个好友呗，我给你送心。”

“好啊。”

蔷薇跟铁蛋就是这么认识的，跟所有小青年之间的认识一样，不新鲜，也不浪漫。两个无所事事的人，在游戏上找到了契合点，紧紧黏在了一起。像两片叶子，春风略微一吹，就叠到了一起。于是，顺理成章，所有空闲的时间，他们都在一起玩着游戏。蔷薇说，天天爱消除，两个人玩一台手机，一个半边，同时消，分数立马飙升。于是他们肩挨着肩，头抵着头，两根手指头在屏幕上弹动着。弹着，弹着，就弹到了一起，如同一根茎跟另一根茎，长着，长着，就缠到了一起。

那时候，墙角的蔷薇花苞拨开绿叶，在暖风里晃荡着。蝴蝶在远处飞。云，软透了，像一块面包。

起初，他们坐在门口玩手机，聊天。蔷薇不厌其烦地说着她在北京的事，铁蛋没去过北京，听着也有趣。那时候，蔷薇的脸上总是泛着红晕，出出进进，嘴里不停地哼着歌，一副乐开花的样子。后来，蔷薇要跟铁蛋去卖关东煮，铁蛋不肯，蔷薇不依，铁蛋只好带上。铁蛋妈看铁蛋带着院子的姑娘，背后骂铁蛋。她一是怕闲言碎语，二是看不上蔷薇，不说长相，看样子就不本分，还神经兮兮。她说："再带，就把你的腿打断。"铁蛋跟蔷薇撒谎，说："我妈算了一卦，说带个年轻女的影响生意。"蔷薇哭丧着脸，说："你妈还妖得不行。"看着铁蛋虾着腰，把铁皮柜推走了。

其实一开始，铁蛋对蔷薇没多少好感，可蔷薇就喜欢上了铁蛋。蔷薇黏，黏上就剥不掉。可毕竟他们都是二十来岁的男女，有些事，走着走着，就身不由己了。空虚和情欲，甚至那日渐茂盛的暖意，将他们拨弄，直至拨弄得瘙痒难忍。起初，他们在门口说说笑笑，院子的人谁也没有在意，毕竟年轻人，说几句，笑几声，很正常。可后来，就不正常了。

早上八点多，一楼的女人上二楼收衣服。刚到二楼，就碰上蔷薇穿着睡衣，头发蓬乱，鬼鬼祟祟地从铁蛋屋里出来了。那时候，他们掌握了规律，蔷薇爸七点就去摆摊儿了。铁蛋爸最近找了活，晚上不回来。铁蛋妈去光明巷菜市场捡便宜菜去了。她六点多出门，十点，背着一化肥袋烂菜烂叶就回来了，很准时。于是，七点到十点之间是空当。蔷薇发信息：在干吗？铁蛋：睡觉。蔷薇：冷不？铁蛋：冷啊。蔷薇：要不要暖被窝？铁蛋：当然要啊。蔷薇：偏不给，什么好处？铁蛋：把你喂饱。蔷薇：讨厌，那我过去哦。铁蛋：来吧，宝贝。

一楼的女人碰上蔷薇，已经不是一两次了。于是，院子里传出了二楼谁家的闺女跟谁家的儿子钻到了一起的消息。有人当笑话听，有人嗤之以鼻，有人鄙夷地吐着唾沫，有人戳着二楼两户人的脊梁。小院子，小社会，随便一个闲言碎语，能都酿一场打骂。何况这种事，传着传着，半条巷子的人都知道了。当然，铁蛋妈也知道了。那天，她狠狠把铁蛋骂了一顿，从怀上他的那一刻骂起，一直骂，骂到当天晚上的一顿饭，把儿子二十多年的所作所为翻来覆去全骂了。铁蛋不害怕他爸，最害怕他妈。她骂，铁蛋窝着头，大气不敢出。

第二天，铁蛋妈佯装出去买菜了。半个小时后，她折回来，正好在床上抓住了又过来的蔷薇。她把化肥袋往地上一扔，门一关，就开始骂，机关枪一样。骂半天，蔷薇来了句："是你的儿子爱跟我睡，你管得宽。"说完瞪了一眼，穿着睡衣，摔门而出。铁蛋妈脸一红一绿，骂了句："你个小婊子。"蔷薇转过头，回了句："你个老妖婆。"

事情弄得满院众人皆知了。那是五月打头，蔷薇的枝枝蔓蔓，爬遍了墙头，像要翻墙而出，逃掉一样。蔷薇花苞鼓鼓的，包着簇拥在一起的花瓣，要胀破的样子。花要开了。

铁蛋妈去找了蔷薇爸，她把蔷薇爸狠狠训斥了一顿。蔷薇爸也知道，是自己的女儿缠着人家的儿子，他理亏。院子里，上上下下，他也能感觉到脊背上那戳过来的硬邦邦的指头尖。他说："你真是干的丢人现眼的事啊。"蔷薇窝在被子里，一动不动。他说："你还让我这张老脸往哪儿摆啊。"蔷薇窝在被子里，一动不动。他又说："你就把人逼死了。"他说完这句，自己倒稀里哗啦、鼻涕眼泪混合到一起哭开了。

"我就爱铁蛋，我这一辈子就要嫁给他，你们谁也管不着。"蔷薇"呼哧"一下翻起身，吼道。

"你疯了啊。"蔷薇爸抹了一把鼻涕说。

“我就疯了。”蔷薇“呼哧”一下又睡倒了。

铁蛋早早就被他妈赶起来去菜市场跟她一起买菜了。她时刻盯着儿子，防着蔷薇。蔷薇见不到铁蛋了。蔷薇站在门口的蔷薇花下，一遍一遍唱着歌。唱着唱着，眼泪就出来了。一片云过来，落下一阵雨，浇湿了她。她咳嗽着，站在花下，揪了一把叶子，用手指头一点点撕着。眼泪落在了她的指甲上。叶子撕成了渣，又撕成了末，落满了脚背。

她给铁蛋发信息，没人回。打电话，老占线。她知道，她被拉进黑名单了。她站在铁蛋家门口，门锁着。她踹了一脚门，骂了声：“王铁蛋，王八蛋。”房东站在院子里喊：“你有神经病啊！”蔷薇抹了眼泪喊：“我就有神经病，滚！”房东被骂得一头雾水，摇着头，进了屋。

晚上，铁蛋回家了，蔷薇穿着拖鞋，要出门，被她爸拖了进来，她又出，她爸还扯，她在她爸胳膊上咬了一口，跑了。她喊着：“王铁蛋，你为什么不见我？”一头冲进了铁蛋家。正在剪盐袋的铁蛋惊了一跳，白花花的盐撒了一地。铁蛋妈在地上洗竹签，一盆竹签被蔷薇踢翻了。她朝铁蛋扑了过去，被铁蛋妈揪了回来。她还扑，但头发被揪着，疼痛让她寸步难移。“你给我滚出去，以后不许踏进我们家一步！”

“王铁蛋，你不是人，你睡了我，你不要我了。”蔷薇顺势倒在了地上，号啕大哭了起来。

“出去，滚出去，少在这儿撒泼！”铁蛋妈抓了一把竹签，往蔷薇头上戳，“铁蛋，你让她滚，你不让她滚是吧，不让滚，你就不是我的儿！”

铁蛋提着半袋盐，僵硬了。

“王铁蛋，我是爱你的，你为什么这么绝情啊，你跟我睡觉时你还说要娶我的，王铁蛋，你不能提了裤子不认人啊。”蔷薇悲痛欲绝地哭着，一只手拍打着地，一只手抓着头发，一缕缕的头发被她扯掉，落在了地上。她的眼泪把眼前的一大片地洇湿了，像暴雨摧残过的蔷薇，叶片落了满院。哭着哭着，便昏了过去。

后来，蔷薇被铁蛋妈叫来的人抬了回去。蔷薇爸怀里抱着先人牌窝在桌子底下哭着，哭得鼻青脸肿，老泪纵横。他憋了一肚子的苦水，全化成了眼泪。

第二天，蔷薇醒来后，铁蛋家已经搬走了。

蔷薇站在门口，远远地看着对面敞开的窗户，窗户里是空荡荡的屋子。蔷薇不知道铁蛋去了哪里。

蔷薇站在二楼，仰着脸对着天，绝望地笑着，痴痴地，傻傻地。眼是直的，空的。一群鸽子飞过去，在她浮肿的脸上落下了巨大的阴影。有时候，蔷薇对着门口的蔷薇一遍一遍唱着同一首歌，唱着唱着，就哭了。她的眼泪落下去，掉在了一朵已经盛开的白蔷薇上。眼泪从花瓣的缝隙里渗进去，一直渗到了蔷薇的心里。蔷薇也哭了。

紧接着，五月的雨就来了。雨，密密地，从东边下了过来，下到南关，就不走了。雨下了三天，蔷薇的哭声在雨里泡了三天。雨打着花瓣，雨打着花柄，雨打着花蕊里紧抱的一簇蜜。蜜是苦的，被雨一冲，随着雨水，流出了巷子，远去了。

天晴了。蔷薇爸拨通了精神病院的电话。蔷薇爸知道，在北京，女儿就被一个流氓糟蹋了，回来后，还被那个开车的光头给骗了。女儿曾说过，这辈子，要找一个她爱的，好好跟他过一辈子。

天晴了。蔷薇不哭了，仔仔细细地洗了脸，抹了油，还涂了淡淡的粉色的像蔷薇花一样的唇彩，换上了自己初夏的裙子。蔷薇漂亮极了。蔷薇笑着，上车了。蔷薇挥着手说："爸，我没病，你放心，过半个月你就看我来，记得来的时候给我带碗凉粉，我可馋了。"车发动了。蔷薇摇下玻璃说："爸，弟弟考上兰大了跟我说一声，我会想弟弟的，我还要和你把弟弟送到大学去。”

车开走了，窗户关上了。蔷薇隔着玻璃大声说：“爸，我真的没有病。”

那蔷薇，不像所有的蔷薇，刚刚开，就凋谢了。

3　我太累了，也该歇歇了

我去大众北路的一家商场买电蚊香。

六月一打头，蚊子就成群结队，密密麻麻。它们的食欲随着节气一同席卷而来，在南关每个闷热的黑夜，肆意横行，搅扰得人彻夜难眠。老贾说：“你瘦得跟干柴棍一样，还怕蚊子？”我出大门，应声说：“我是O型血，甜的，蚊子爱吃。”

商场停业，门口停满了警车和消防车，现场被封锁，拉起了警戒线，看来出事了。一堆挤在警戒线边看热闹的人被警察疏散了。更多的人，站在马路对面的人行道上，熙熙攘攘，指指点点，齐刷刷瞅着商场大楼。我过马路，问了一位提着一包空饮料瓶的老太：“出啥事了？”老太颤抖着声音，一字一顿地说：“有——炸——弹——”旁边一个举着手机拍照的男人兴奋地补充道：“商场里有定时炸弹，等会儿就爆了，赶紧拍两张。”说完，低下头忙着发起了微信。

看客。中国人骨子里依旧是看客。我向来不喜欢凑热闹，有大事，报警。小事，瞟两眼，也就走了。我离开了人群，想着电蚊香的事，想到电蚊香，就想到铺天盖地的蚊子，就想到体无完肤的结局和瘙痒难忍的夜晚。

我是不喜欢那种冒烟的蚊香，点一盘，烟熏火燎，满屋子乌烟瘴气，呛得人头昏眼花，蚊子没熏死，说不准一中毒，还会把我熏死呢。现在的东西十件出来八件是毒品，要不然的话，随便在巷子里的小卖铺就能买一盘。我想起隔壁院子的田五，他在商场上班，上次去，屋子里放着两盒电蚊香，要他一盒，顺便告诉他，他们商场有定时炸弹。

田五的门锁着。我敲，没人开。我趴在窗户上，透过窗帘缝隙，隐隐看见田五扒光了在睡觉。我继续敲，喊着开门。

“谁啊？”

“我，王选，来开门。”

过了半天，田五穿着一条大红的三角裤衩把门打开了，头发乱成一窝，蜡黄的脸上挂着一层厚厚的睡眠，都快能揭下来了。他张嘴瞪眼，打着哈欠，说：“一天累死了，困得连眼皮都抬不起。”

“下午不上班啊？”

“不上，我给我放假了。”他靠在床背上，眯缝着眼皮说。不时张开嘴，打一个长长的哈欠，然后用手指搓着胸口的垢甲。他可真瘦，肋骨棱棱分明，似乎一不小心就会把一层黄纸一样的肉皮搓破。

“你这班上的舒坦啊，还自己给自己放假。”

他突然坐起来，睁开眼睛，握着两个拳头嚷道：“舒坦个毛啊，我连着三个月一天假都没休好不好，我天天睡得比狗晚，起得比鸡早，干得比驴重，唯独瞌睡比猪多。你看我，原先120斤的完美体形，现在成啥了，98斤，直接成竹竿了，还没一个女人重。”说完，他像泄气的皮球一样，无可奈何地躺下，一双浮肿的眼皮又紧紧扣在了一起。

“你不是以前一直叫嚣，要瘦成一道闪电，劈死那些胖子吗？”

“开玩笑的，我说，王选啊，我真累，我早上七点到商场整理仓库，完了给每个柜台送货，中午天天吃牛肉面，我闻见牛肉面就想哭，下午还要到处送货，有些还要安装，每天晚上弄完就九十点，我都快累成狗了。不过这是肉体累，还不算啥。前段时间谈了对象，还算谈得来，也能对上眼，可过了一段时间，人家跟我掰了，就嫌我没时间陪她。后来介绍了两个，人家一听我是仓库员，又一听那么忙，没人愿意跟我，我心里也累啊，你说我啥时候是个头？这日子没法混了。”

“你不是说一个月有两天休息吗？”

“不敢休，一休，就没全勤了。”田五摇了摇头，“我还指望靠自己挣点钱，在这城市买个房子娶个媳妇生个娃过日子，你说我租一辈子房也不是个事儿啊，我爸我妈都老了，想帮我一把也没力气了，我唯一能靠得住的就是我自己。”

我不知道该怎么回答，或者说该怎么去安慰他，我境况比他好不到哪里去。于是沉默。沉默像一堵墙，横在我们面前。这墙不扶，人会倒下，扶着，墙会倒下。

过了一会儿，田五翻起身，从水桶里舀了一马勺凉水，咕咚咕咚灌了。他因咽水而撑起的肋骨，像黑白钢琴键，一跳，一跳。

“有时候不是我们没有理想，只是这个社会不给我们有理想的机会，我们还活在为了吃穿住犯愁的动物阶段，哪有心思和能力再去追求更高的东西。”田五举起手，擦掉嘴边上的凉水，用食指指着说，似乎要把这六月午后逐渐热起来的空气戳成稀巴烂，“所谓的那些成功学，都是骗人的玩意儿，也只是个别人站在众人尸体上捞到的一种不道德的财富。”他喝饱了水，满是疲倦的脸略有好转。说毕，他倚在桌子沿上，喘着气，倚了一阵，又回到被褥卷成一团的床边，一头栽到了枕头上。

“其实说这些有什么用，还不是没房住，没女朋友，没个好前途，天天做牛做马，还不是混在南关仁和巷这样的最底层，还不是天天开个电三轮给人家送货上门，还不是天天睡不醒，为了几个钱像狗为了一根骨头一样死命奔波……”田五说着说着就灰心丧气了，午后透明的光线透过门缝，刚好落在他的手上，他的手是黝黑的，骨节像杏核一样突出、坚硬，干瘦的皮似乎要被暴起的血管胀破。

后来我要了一盒电蚊香就走了，我忘了说商场有定时炸弹的事。天这么热，我的记性那么差。再说，田五那么累，跟我说着说着就睡着了。他斜歪在枕头上，蜡黄的脸在光线的映衬下，薄了起来，像一片水渍。嘴张着，似乎还有很多委屈没有说完。我找了一件上衣给他盖上，然后轻轻出了门。就让他好好睡一觉，明天继续拼命的日子吧。

我忘了我是怎么认识田五的，就如同我忘了好多熟悉的南关的人是怎么认识的。

我看着他们在巷子里出出进进，脸上总是被生活打磨得虚薄，甚至泛着一层蜡黄，我想他们也是累的。从他们走路的姿势可以看出，膝盖是软的。听说话的口气，嘴角是耷拉的。甚至在他们粗大的指节上就能看出来，即便女人们涂了护手霜，但那些凸起的皮肉隐隐暴露了生活的本相，她们也是累的。

我对田五最深的印象是每天晚上九点多，他提着桶来我住的院子打水，他总是没有掌握压井的技巧。压着压着，就歇火了，他提着马勺，上来向我要引水，然后我们在我屋里说一阵话。其实能说什么呢，大多都是活着的不易和世事的不公，偶尔说个黄段子解解乏罢了。

田五本来就是城里人，自小用惯了自来水，不会压井也是正常的事。他父母是老天水人，父亲年轻时很有才华，能写一手漂亮的钢笔字，本来可以去政府上班的，单位都安排好了，就等卷铺盖去人。但他祖父死活不同意，说工厂好，地位高，工资高，尤其女孩子多，找媳妇容易。于是遵从长辈之命，去了工厂。半个月后，在厂里谈了一个对象，就是他母亲。他父母一共生了两个孩子，先是一个姑娘，姑娘四岁时在藉河里玩耍，掉进沙坑里，淹死了。后来生了田五，因为是独生子女，田五从小就是在福窝窝里长大的，娇生惯养，宠溺有加。然而世事难测，90年代，企业改制，工厂倒闭，如洪水猛兽一样席卷了全国。工人下岗，陷入困顿，而个别人却一夜暴富，成了新型土豪。田五父母的厂子也毫不例外地倒闭了，他们的日子每况愈下。田五娇宠过头，不爱学习，上天入地由着他，后来只考了个中专上了上，毕业，没资格参加各类就业考试，就打起了工。

然而随着田五的长大，厂子里五十平米的筒子楼也容不下他了。一家三口住一起，拥挤不堪，矛盾不断。父亲的脾气变得很差，动辄发火摔东西。后来，过不下去，看不顺眼，田五就搬出来住进了老城区南关。这一住，就是好几年。这几年，生活这块砂子，磨光了田五身上所有的娇贵、放荡、懒惰，让他变成了一个没有任何脾气和棱角的啤酒瓶。他知道，这瓶子里，给他装的不是酒水，而是苦水，但再苦，也得自己装着。他曾跟我说："有时候，福和罪，像能量一样，是守恒的，我小时候享的福太多，现在，就得受罪了。"

第二天晚上，田五没有来提水，第三天晚上，还是没有田五的影子。我去隔壁院子，田五的门锁着，屋里黑透了，窗口上挂着一件衬衣，沾满了尘土，像洗了忘收一样。田五一般晚上都在，他吃完饭，歇一会儿，就早早睡了，几乎很少出去游逛。田五也不是洗了衣服不收拾的人。

我回到屋子，翻开手机，发现一条田五的未读短信，是中午发的，他说：赶快拿两千元来。我一惊，出什么事了？被绑架了？还是出车祸了？我赶紧拨过去，电话通着，无人接听，连着拨了三次才有人接上，冷冰冰地说："我是派出所，什么事？"

"这电话不是田五的吗？"

"就是他的，怎么了？"

"能让他接电话吗？"

"等一下。"

田五把电话接上了，声音沙哑疲惫，说："钱借下了。"

"到底出了啥事？你怎么在派出所？"我急切地问，一头雾水。

"丢人得很，惭愧得很，不要说了，感谢兄弟。"然后电话挂了。

整夜，我都翻来覆去。电蚊香杀死了蚊子，本该有一场好梦，然而，田五的事像一张蛛网一样罩在我心口，让我疑惑、纳闷、烦乱，又充满着不祥的预感和隐隐的担忧。这些复杂的心绪越裹越紧，最后成了一张铁丝网，牢牢地扎了起来，越扎越紧。静悄悄的南关，甚至能听到铁丝扭拧的声响。

第二天一早，上班，闲着无事，我随手翻开最新一期的电视报，看到了一条新闻，大号黑体，赫然刺目：男子谎称商场有炸弹，警察日夜排查抓元凶。新闻最后，还有一段记者和男子的对话。

记者：为什么谎报商场有炸弹？

田某：累。

记者：你每天上班几小时？

田某：差不多十二个小时。

记者：你啥时候打的电话？

田某：趁中午吃饭的时候打的，也就是我最乏、最瞌睡的时候，打完后我就回去睡觉了，当时想着打了电话，商场经理顶多就不让大家下午上班了，我也就能休息半天，结果……

记者：有没有想过自首？

田某：这不是我想要的结果……我刚开始无所谓，后来就害怕了，一看来了那么多警察，我很害怕，我不想蹲监狱，而且我已经十天没给我妈打电话了，她要是知道这事……我爸还有心脏病（开始痛哭）……

记者：你感觉累，为啥不请假，而采取这种极端的方式呢？

田某：我们请假太难了，一般请不下来假，只要请一天，一个月300元的全勤奖就没有了。我一个月才挣两千块，这300元是我半个月的饭钱，我很在乎，再说，我还要靠这点工资攒钱娶媳妇呢，我都快三十的人了。

记者：现在后悔吗?

田某：不后悔。

记者：为什么?

田某：我就想歇歇罢了，我太累了。

4 红

红红突然答应跟军军谈对象了。

那是一个阵雨过后的黄昏。接连几天的雨水，像无数吸管一样，吸干了盛夏的酷热，像一个女人，拔光了少年的火气。

秋天说来就来。

红红给军军主动发了一条短信：不联系并不代表放弃，不问候并不代表忘记，相遇即缘，相知即福，这么久，其实我一直都在，未曾离开。话是红红在QQ空间抄的，她只上过四年级，没这才情。短信发出后，几分钟，就收到了军军的回复：谢谢你没有忘记，你若不弃不离，我必生死相依。当然，军军也是从网上抄的。

红红和军军的恋爱就在这样的短信中拉开序幕。随后的日子，军军约红红吃饭，看电影，逛街。他们去火锅店，吃鸳鸯锅；去衣服店，买情侣装；去风情线，划双人船。他们开始朝水深火热处发展，跟所有“90后”的恋爱方式一样，随意、大胆、甜腻、长驱直入、不躲不闪。他们删除所有烦琐的过程，直接把感情之手伸向结果。只五天时间，一个月不黑风不高的夜晚，当军军把手从她的领口探下去，探下去，撑起乳罩，紧紧握住那对红富士苹果般的奶时，红红没有任何反抗，只咬着嘴唇说了句：“讨厌。”

红红和军军是去年认识的。那时，他们都在一家火锅店上班。红红是服务员，军军是后厨大师。火锅店不太大，二十来个人，生意一般。晚上能坐几桌，中午基本没人，他们的闲暇时间还是很多的。早晨，服务员九点到，打扫卫生，摆餐具。打扫卫生是个吃力活，先把一筐筐脏碗碟抬下去，放门口，等洗洁公司的车来拉。还有啤酒瓶，也得抱下去，等车拉走。然后是拖地，抹桌子，有时候还需要擦玻璃，洗门帘。重点的活，男服务生就干了，女的负责好自己的包厢就行。后厨的活，洗菜，切菜，零杂工就干了。后厨大师来得稍晚点，来了，先点一支烟，吞云吐雾半天，才开始摆盘兑料，不过都是手到擒来的事，天天如此，闭着眼都能干了。

干完活就没事了。服务员、服务生、后厨大师坐一起，胡乱扯淡，打发时间。在任何一家饭店，所有人员其实都是分等级的。老板自不必说，一把手，不过老板怕老板娘，老板包了个小三，店里的人都知道，只有老板娘蒙在鼓里，所以老板对老板娘总是假惺惺地装作很怕，装成二把手的架势。其次就是大厅经理，老板不常在，所有的事归她负责，老板的小三就是大厅经理。然后就是后厨大师，后厨大师老板不敢惹，一惹拍屁股走人，炒了你。再说一家店的财运就掌握在那几个人的勺子里，老板能不让着点？然后就是吧台收银、门迎，都是面子，要么长得漂亮，要么脑瓜子灵活，级别也自然就高一个档次。然后是服务员，基本都是女的。服务员不缺，端盘子倒水，伺候人的，谁都能干。最后就是服务生，男的，传菜的，多是农村初三一毕业就不再上学的进城打工的少年，或者城里的辍学少年，还有就是假期打短工的学生，谁都敢欺负。

军军刚进城也是当服务生。在一个湘菜馆，那里有个后厨的肥胖子，老欺负他，经常动不动摸他的头。军军一直觉得，欺人不欺头，欺头，太伤自尊了。胖子欺头，而且三番五次。最后有一次胖子摸着军军的头，说是猪尿脬。军军忍无可忍，钻进后厨，提起案板上的一把水果刀，在胖子滚圆的肚子上捅了进去，然后跑了。所幸的是，胖子肉厚，刀尖只扎进脂肪里，流了流血就好了。此后，军军被家里人打发到山东一个技校，上了一年厨师班，然后又回来了。军军自从提刀刺人后，大家都觉得他胆子大，敢下手，于是对他客气了很多，甚至有点巴结他。而胖子，因为偷吃客人的菜，早已被打发了。

红红进城，先是给亲戚帮看杂货铺，看了一年多，觉得钱少，没意思，就找到这家火锅店当服务员，一当就是两年。两年下来，红红从乡下放羊的一个孩子，出落成了一个精致的姑娘。军军到这家火锅店时，红红正当服务员。后来，老板觉得红红长得漂亮，就打发到门口当门迎了。红红那时候跟一个小公司的部门主任谈恋爱，谈得也是水深火热。有一次红红去找他，打开办公室门，却发现那主任正跟一个女的你死我活地缠绵在一起。红红才知道自己是个备胎，伤心极了。后来，她就没有再谈过恋爱。关于找对象的标准，他们家人早就告诫她，一定要有房，没房别来见家长。红红也知道，她要从南关的小民房里走出来，住上高楼，从一个农村人彻底变成城市人，就得找一个好老公，否则，别无选择。

在同一家店里上班，都是二十来岁的男女，很快就熟了。大多数时候，门迎、服务员只跟后厨大师聊，服务生会被大师赶走的。七八个大师独享着二十个姑娘，打打闹闹，说说笑笑。有时候，年龄偏大的大师会给姑娘们讲荤段子。有时候，干脆顺手就在姑娘身上乱摸占便宜。当然，大家最爱凑上去揩油的还是红红，毕竟红红是店里最漂亮的。但红红才不让他们得手呢。红红看不上酒店上班的，尤其是爬锅爬灶掌勺的男人，她眼光高着呢。军军也喜欢红红。军军约红红十一点下班后去酒吧，红红拒绝。军军约红红轮休时去看电影，红红拒绝。军军发信息说：红，我爱你，你是我的女神。红红直接来了一句：滚!

得不到红红，军军很痛苦。

后来，军军得知了红红的生日，提前请求每桌客人喊一声：红，生日快乐！然后录成手机视频，刻了碟。生日那天，军军借了朋友的EVD，趁晚饭人正多时，他一手蛋糕，一手EVD，来到酒店中间，大声说："很抱歉，打扰大家一会儿！今天是一个美丽的姑娘的生日，在这里，我要用我的行动，表达我对她的爱。这个姑娘，漂亮、善良、温柔，她就是——红红。"说完，便点开EVD播放视频。站在门口迎送客人的红红，听到有人喊她名字，一愣，等反应过来，然后满脸通红，惊呆了。过了一会儿，军军提着蛋糕走到她面前。这时，火锅店一片喧哗，有人尖叫，有人吹着口哨，有人骂着神经病。军军幻想着像电视里面，红红激动地接过蛋糕，热泪盈眶。他牵上她的手，深情地吻了一下，表白成功。

然而，事实却相反，两颊红如牛油火锅的红红，被突如其来的表白搞得尴尬透顶，她的心像在麻辣锅里反复涮了一样，她觉得军军是故意在这么多人面前戏耍她，她都说了不喜欢他，她为他的赖皮感到愤怒。她抓起一把蛋糕，砸在了军军打着啫喱膏的刺猬头上，直挺挺的头发，一瞬间开满了白色的花。

随后，红红夺门而出。接下来发生的事，红红不知道了。但红红知道，老板以扰乱经营秩序罪把军军开了。

"你怨不怨那天我朝你扔了蛋糕？"红红坐在军军的大腿上，双臂紧紧抱着军军的脑袋。"不怨。不过，你反复拒绝我，我真的好痛苦，被辞退以后，我在房子里整整睡了两天两夜，没吃没喝，差点死掉了，当时觉得没有你，我活着都没意义了。睡了两天，饿得不行了，就狂吃了一顿，吃饱了，就不想你了。"红红撇着嘴笑了一下，说："对不起哦，我当时太冲动了。"然后在军军长满青春痘的额头上响亮地亲了一下。

一只灰斑蛾绕着电棒飞，翅膀碰动了灯管，灯晃着，红红和军军缠在一起的影子，也晃啊晃。

“那你为什么又联系我？”

“我觉得你对我好，是真心的。”

军军的眼眶里泪汪汪的，颤抖地又问：“你爱我吗？”

“笨蛋，怎么会不爱呢，那你爱我不？”红红嘟着嘴问。

“爱死了，宝贝，你就是我的心，没有你，我就会死掉。”军军刚从网上学到这一句，就用上了。

“那好吧，要是你爱我，就帮我个忙，做两件事。”红红举起两根指头。

“放心，就算你要天上的星星，我也会借梯子爬上去，给你搞到手的。”

“那好吧。第一件事，你把我们火锅店的经理，就是开除你的刘三强收拾一顿。第二件事，我打印了五百份传单，关于大厅经理——刘三强的小三马小莲的，你给我满天水城贴上，能办到吧？”

“能，都是小事，只要你高兴，你说什么我李军军就做什么。”军军从红红的奶上抽出一只手，拍拍胸脯保证道。

“我太爱你了，今晚，我给你，好不好？”

“好。”

红红把鲜红的嘴贴了上去。红红房子的灯灭了。红红和军军像两滴水，滚着滚着，滚成了一滴。这水，在被褥里沸腾着，跳跃着，蒸发着。

第二天，军军照着红红的安排去做了。

红红疲惫地躺在床上，床头堆满了卫生纸。她不去上班了，现在是自由人。

二十多天前，她拿着抹布，站在凳子上，擦门顶玻璃上的灰尘（门口这一块区域的卫生是她和另一个姑娘承包的）。刚拖过的地，到处是水渍，她在凳子上一转身，凳子腿一滑，她从上面摔了下来。红红被同事送到医院，医院检查，尾骨骨折，要住院。她就住下了。这期间，老板刘三强没有露面，只派大厅经理马小莲提着一把香蕉、一盒牛奶看过她一次。红红跟她提医疗费的事，她支支吾吾了一阵，拍屁股就走人了。红红觉得这是工伤，你老板不来看望也就罢了，医疗费总该掏吧。因为伤势不算太严重，她在医院缓了十来天，就出院了。出院后，她就直接去火锅店，讨要三千元的医疗费。

老板刘三强不在，只有大厅经理马小莲，正坐在吧台凳子上玩手机。红红说："马经理，我的医疗费你看着报销一下。"马经理抬起头，妖里妖气地说："红红啊，这么早就出院了，怎么不多住几天？"红红本来窝着一肚子气，听她这么连挖苦带讽刺，就更来气了。红红知道，马小莲对她不满，有嫉妒心，总怀疑她用美色勾引刘三强，所以经常冷嘲热讽，穿小鞋，揪小辫。红红说："马经理嘴上还是省着点，我今天来，就只为医疗费的事，不想跟你费口舌。""哟哟！红红口气现在也不小嘛，这医疗费啊，我觉得你还是找刘总吧，我可做不了主。"马小莲歪着脖子，眯缝着一只眼睛说。"那我给刘总打电话。"红红拨通了刘三强的电话，刘三强接通了，问谁，红红报了姓名。刘三强笑嘻嘻地说，"哦哦，红红啊，住院还好吧？这次没看望你，抱歉啊。"红红说："没事，出院了，今天过来报销三千元的医疗费。"刘三强立马大换脸，说："我正在开会，一会儿说。"挂了电话。红红反复拨，总被挂掉。过了一会儿，一条短信发来：请跟马经理谈。

"马经理，刘总说了，让我跟你谈，你看这医疗单，我都拿来了。"红红掏出一沓单子。

"红红，我觉得你这次受伤，跟我们店里没有任何关系，你是自己玩，不小心摔倒的，怎么能让店里赔医疗费呢？"马小莲摊开手说，很无辜的样子。

“马经理，你这是睁眼说瞎话吧？我明明是站板凳上擦玻璃时掉下来的，怎么到你嘴里就是玩了，你这说的是人话吗？”

“我跟你说，红红，你有什么证据说自己是干活时摔的？怎么不在当时就提出？现在过了十天半月你才来是不是讹人？我代表店里到医院看望了你，也算是仁至义尽，你就不要在这儿谈什么工伤了。”

“放屁，你昧着良心说瞎话，大家有目共睹，我是在干活，有什么证据，在场的人都是证人，这一沓单子就是证据！当时我疼得要命，怎么给你证明，难道还要我站起来拍着屁股给你看吗？”红红愤怒了，她没想到世上会有这等事。

“谁能证明谁站出来啊。”马小莲扫了一圈店里的服务员，没有人站出来，甚至还有人退了几步，刚开始大家还叽叽喳喳地看热闹，这一问，都哑巴了。

“不要狡辩了，赶紧走人，刘总已把你辞退了，工资你住院时给你结清了，走人吧。我们还在营业，不要搅扰我们的生意。”马小莲瞪了一眼红红。

“我凭什么走人？这钱拿不到手，我一步不走。”红红摔了一下单子，吼道。

“滚！别以为你有几分姿色就能把刘总勾引去，出去！”

“这店又不是你的，你凭什么不给报销？”

“这店还真是我的，你个小妖精，赶紧抬出去，愣着等死吗？”马小莲翻着白眼扫了一圈周围的服务生。

“你个婊子！我跟你没完……”

红红还没骂完，就被曾经的男同事架起胳膊抬到马路对面扔下了。红红坐在马路上哭了半天，伤心极了。她像一朵被霜打的花朵，孤零零地落在地上，被狭长而冰冷的晚风吹着。她终于明白了，人心阴暗，世道炎凉。她也更加明白了，做人要心狠一点，尤其是女人。她摸着哭肿的眼睛，看着渐渐暗下来的夜色，被来往的车辆搅得一片杂乱。她咬了咬牙，朝那个火锅店啐了一口，走了。

她想起了曾经追求过她的李军军，那个有着血性的李军军，敢提着刀子捅人的李军军。

李军军利用四天时间，圆满完成了红红交代的任务。

前两天，他盯上了刘三强的行踪，第三天晚上，刘三强跟马小莲开完房，打车送走马小莲，然后摇摇摆摆地往家走。那时已经夜里一点半了，军军紧紧捏着帆布挎包里的半片砖，跟在其后。待刘三强过了广场，进了自治巷。自治巷漆黑一片，只有巷道两侧民房里的鼾声，此起彼伏。刘三强贴着墙撒了一泡野尿，一手提着裤子，一手捏着家伙，边抖边哼口哨。在他还沉浸在半小时前和马小莲的那片火热中时，半片砖已经悄无声息地朝他头上敲来。他翻倒在地，两腿一蹬一蹬。沿墙壁流下来的尿液，和着泥土，糊住了他的脸。

第四天凌晨，军军提着半袋纸牌大的小广告，先后来到南城根、东方红、莲亭、小南门、瓦窑坡，把五百张印着“包小姐”三个字和马小莲电话号码的小广告通通贴了出去。从那天晚上开始，马小莲的电话就没有消停过，她一度陷入了烦躁、痛苦和崩溃中，难以脱身。

一个秋意渐浓的傍晚，红红提着新买的包，拉了拉脖子上一千元的丝巾，站在路边的银杏树下。风吹过，银杏叶扑簌簌落了一地，满地暗淡的金黄。一枚落在了红红的手臂上，红红捏起，噘着涂过粉红唇膏的嘴，吹了吹。一条短信，是军军的：红红，我在看守所。

红红扔掉银杏叶，说了句：“笨蛋，还相信爱情。”然后关了手机，装进包里。一辆奥迪开过来，停在她跟前，她上了车。车朝着城里最豪华的那个小区绝尘而去。

5　本科生

马甲就叫马甲，是真名，没开玩笑。兄弟四人，父母以甲乙丙丁次序取的名。马甲排行老大，自然就叫马甲了。

马甲三十好几了，再混两年，就差不多四十了，可还是个光棍。像他这年龄，生娃早的，娃都会谈恋爱了。马甲好像也无所谓，一年四季不温不火，不急不躁，像头牛，当然，偶尔会顶一下人。有人趴窗户问："马甲，'脱光'了没？没有的话给你介绍一个？"马甲嘿嘿一笑，说："不急。"那人说："你不急娃急。"马甲说："娃不急太监急。"那人找了个无趣，一鼻子灰，走了。

自那以后，基本就没有人再给马甲介绍对象了。

马甲给一家单位看大门。那单位人少，来办事的也不多。马甲坐在门房的椅子上，对着院子发呆。深度近视镜溜下来，搭在鼻梁上，有点像老朽。发一阵呆，翻一阵膝盖上摊开的书。我们其实不叫他马甲，叫教授。我们叫教授，其实隐约带一种讽刺和嘲笑。不过马甲不在乎，他笑眯眯的，好像很享受这个绰号。

我们说："教授，干啥不好，非当个看门的，一个月挣的钱不够喝凉水的。"马甲眯缝着眼睛，用一张卫生纸擦镜片，说："清闲啊，我看个门，扫个院，泡杯茶，剩下的时间就是学习。”马甲真的是在学习，门房的窗台上、床上，甚至他在南关的出租屋里，堆满了书，一摞一摞。在南关，你找不出一个比马甲书多的人了。

马甲的书，都是自考书和各种复习资料。

马甲只上到高二，那时候，他喜欢上了一个贼文静、贼端庄的女生，喜欢得死去活来，天昏地暗，无法自拔。他给那个女生写情书，唱情歌，说情话，但那个女生都无动于衷。最后他偷了家里的二十个鸡蛋，在学校后面的山上挖了个坑，用搪瓷缸两个两个地煮了，端到那女生面前，女生全部笑纳了。马甲很高兴，觉得女神终于接受了他的表白，他的爱情就要破壳而出了。然而，半个月后，那个女生辍学了。辍学的原因是怀孕了，据说，也仅仅是据说，怀的是校长的种。马甲听说了这事之后，钻到煮过鸡蛋的那片山坡上的白杨林里，仰天长哭了一场。他不是哭二十个鸡蛋，他是哭他鸡飞蛋打的爱情。他带着红肿如枣的眼睛下山后，在一个夜晚，用半片砖头砸了校长的窗户。他听到玻璃哗啦的破碎声，他的心也破碎了。他想起了语文老师常说的一句话：冰凌挂在当胸口——冷透了心。

当然，马甲被开除了。

被开除后的马甲都干了些什么，说来话长，不一一唠叨了。反正后来经过一个亲戚的撺掇，马甲就到这家单位当门卫看大门了，而这个亲戚据说是市里的一个小领导。

马甲上学时，学习一般，不拔尖儿，不拉后腿。后来为什么就开始考自考了，说不清，问马甲，也支支吾吾说不清。马甲是从大专开始考起的。兰大自考大专汉语言文学专业，好像是十三门课。马甲报上，一年两次，一次两门，三四年，全考完了。随后，他接着报上了兰大本科自考汉语言文学专业，课程数差不多。本科就没那么轻松了，什么古代汉语、外国文学、英语、语言学概论，没把马甲整死。尤其外国文学，那些一长溜的外国名字，还有什么田园派啊意识流啊黑色幽默啊垮掉的一代啊，让他眼麻。其次是英语，那一连串的字母摆一排，什么都记不住。

这一考，马甲就考了八年。马甲举着语言学概论说："不就是张嘴说话的事儿，有必要整这么复杂，弄一门课程学习吗？不学习难不成变哑巴？"马甲朝书上啐了两口唾沫。又说："八年了，日本鬼子都被赶出去了，我还连个本科都没考过。"

马甲每天挂一副近视镜，一头钻进书里。刚开始，单位领导把他作为爱学习的楷模，到处表扬，一张嘴就说："你看，连门房看大门的马甲都在学习，你们还一天吊儿郎当，拿着工资不好好上班。有一天，看大门的将是你们，坐办公室的就是马甲。"一屋子人捂着嘴笑了，嘴里叨叨着教授。他们都觉得马甲有点傻，有点怪，有点不正常。他们一跟马甲说话，就是拿他开涮。

后来，这个老是号召干部学习马甲的领导被抓了，贪污了好几百万。据说，办公室后面的书柜里，一套叫《廉政丛书》的书盒里，装了十来张银行卡。马甲看着两个人带着领导出了门，他不知道那是纪委的人，以为领导被挟持了，追出去，大喊着："站住，放了领导，放了领导。"结果被人家一个冷峻的眼神镇住了。马甲愣了半天，灰溜溜地回到了门房。

后来来的领导是个女的。马甲的日子也就没那么好过了，动不动就批评马甲不务正业："你一个看门的，把门看紧就行了，一天读什么书，读书对你有什么用？难不成你还要当个局长？该干啥就干啥去。"那个女领导背着手，挺着胸，趾高气扬，不可一世地伸着指头骂道。马甲低着头，一言不发，他透过眼镜的缝隙看到了女领导裤子上没有拉上的拉链，像一张嘴，张着，没闭住。黑紧身皮裤里面，是玫红的蕾丝裤衩。马甲想，老了，还骚得很，穿的内裤都那么艳俗。

自那以后，马甲就不敢在门房明目张胆地看书了，虽然他的自考进入了攻坚阶段，他只要考过语言学概论和英语，就能顺利拿到本科文凭，可他只能在休息的时候，在出租屋里翻几页了。平时，他就傻傻地坐着，看着院子发呆。院子对面的一棵梧桐树，绿了，黄了，叶子落了满地。又绿了，黄了，叶子落了满地。

有一次，第二天就要考试，他实在忍不住，翻着看了两页，结果被领导发现了。因为他的门房斜对面就是办公楼，办公楼三楼领导的屋子窗户正好朝这边。领导没事干，趴着窗户看外面，一眼就能瞟到门房，马甲的一举一动自然就被她尽收眼底了。她下去把马甲狠狠收拾了一顿，最后甩了句："再看你那废物，明天就卷铺盖回家。"

然而事情总是很蹊跷，这句话说完的第二天，领导就笑眯眯地对马甲说："马甲啊，以前都怪我，我不应该批评你，像你这么爱学习的人，我们表扬都来不及呢。"她拍拍马甲的肩膀说，"以后要什么复习资料，你直接说，我让办公室给你打印，你就不用花钱了。"马甲坐着，一言不发，脖子缩进去，一副深度眼镜把半张脸遮住了，像只猫头鹰。

当然，领导态度一百八十度的大转弯，不是平白无故的。那天早上，马甲早早给几个领导灌好水，从一楼开始，打开门，放好水壶，倒了垃圾，然后二楼，最后三楼，局长办公室。他刚把门拧开（他有每个领导办公室的钥匙，是办公室主任给他提水用的），不对劲，五十岁的局长趴在办公桌上，撅着白花花的屁股，后面站着产业办的主任，裤子掉在脚腕上。马甲一声尖叫，他被眼前白花花的屁股、长满绒毛的大腿和两张绿透了的脸吓傻了，他顺手扔掉水壶，跑了。

马甲再次有了一个宽松的学习环境。他坐在门房的椅子上，发一阵呆，翻一阵膝盖上摊开的书。

马甲领到本科毕业证的那天，我们把他挟持到一家川菜馆，狠狠宰了他一顿。我们举起酒杯，说："来，喝一个，这次你成真正的教授了。"马甲咧着嘴，说："你们用四年完成的事，我用十年终于完成了。"说完，他把一高脚杯白酒一饮而尽，眼里泛着水花儿。是激动，还是辣的，或许都有吧。他牢牢捏着杯子，说："今天我要宣布一个惊人的消息。"我们一愣。他说："农历三月初八，我结婚，邀请大家。"我们放荡不羁地笑成了一片，觉得教授喝点酒开始胡说八道了。有人问："你要结婚，有女人没啊？和毕业证结吗？"他站起身，把胳膊一扬，大声说："我的女人叫刘若梅。"我们几乎惊死在了饭桌上。

后来，我们终于知道了马甲考自考的真相了。马甲刚当门卫的那一年，单位分配进来一个女大学生，贼文静、贼端庄，从她进门的那一刻起，马甲就看上了。可人家是大学本科生，那时候，本科生还是稀有物种。马甲暗恋了她很久，鼓着勇气去表白。女的笑着说："我知道你高中没毕业，想追我，是不？等你有一天成了本科生，我就嫁给你。"只是当时轻蔑的一个笑话，就成了马甲十年不懈的动力。也只是当时随意的一个笑话，就成了十年后的预言。后来，那个女的嫁给了一个高校的教授，但那教授背着她对女学生屡屡下手。十年后，她选择离婚。他等了她十年，她兑现了她的诺言。

她叫刘若梅，本科生。他叫马甲，本科生。

6　张三的爱情啊，终究还是易碎品

张三跟那个姑娘谈了四年。四年，在南关夏夜青瓷尖锐的碎裂声中，成了一地残渣。

夏夜，没有风。

张三躺在出租屋的床上，灯早早关掉了，怕招惹蚊子。床头的小桌上，开着台灯。灯是青瓷的，壁上画着一朵花，栀子花，猩红色，花瓣层叠。灯是去年买的，好像是一个节日的晚上，他跟女友在街上瞎逛，发现了卖这种青瓷台灯的。他们觉得好看，就挑选了一只，钱是女友付的，她把脸贴上来，笑着说："算我送你的礼物。"那时候他不知道青瓷易碎，那时候谁又知道青瓷易碎呢？

灯光是白的，透过灯罩，泛着一层蓝，落在桌上，圆圆一圈，像水。

张三翻看着手机时，一个人带着风进了屋。借着灯光，他看清了是女友。她高挑的身材此刻是冰冷的，黑色的连衣裙，让昏暗的屋子跟着黑了下来。

"把卡给我！你个骗子！我要从你的卡上取一万元，作为补偿！"

张三没有动，关掉手机，静静地看着这个突然凶神恶煞起来的女人，再一次感受到了在现实面前女人的善变。他知道今晚肯定会发生什么，肯定会的。因为中午，她就给他发过短信，说：我受够了，你没房，咱们分手。张三没有给她回复，他不知道怎么回复。她又说：你等着。

女友掀起床单、被褥，翻找了半天，没有卡。她前天跟张三睡觉时还看见卡在褥子中间夹着。她提起枕头，枕头下没有，她顺手把枕头扔到了床脚。她抓起桌上的一些盒子，扯开，翻腾了半天，还是没有，她把盒子砸在了桌子上。最后，她把半个屋子翻腾了一遍，仍旧没有找到卡在什么地方。

她突然变得恐怖，像一头野兽："卡拿来！"

张三扫了一圈凌乱的房子，慢慢说："凭什么？"

"你说凭什么？这几年我不是让你白睡的，你要给我青春损失费。"

"那我的青春损失谁赔？难道被狗吃了吗？"

"你还有脸要损失费？你还是不是个男人！"女友一屁股坐在歪着半条腿的椅子上，说："四年了，你一天天骗我，说买房结婚，从前年一直买到今年，房呢？你连个屁都没有买下，还蹲在这个猪窝里。我明确地告诉你，你一个人在这里待一辈子都可以，但我不想。"

张三往起蹭了蹭，靠在床背上，疲乏和无助瞬间淹没了肉体。他不知道该怎么回应她的叫嚣。他们谈了四年了，或者说更久。毕业之前，他们就彼此有好感，只是那时是学生，那种羞涩让彼此都保持着一段距离。毕业后，同学都作鸟兽散，各奔前程，各自活命去了。谁也说不清什么原因，他们便有了联系。张三在一家文化公司上班，她在私立幼儿园当幼教。打电话，网聊，喝茶，去河边溜达，说着毕业后的离愁别绪，谈着工作后的不易。久而久之，学生时代的那朵含苞的花绽开了。他们谁也没有表白，自然而然地就走到了一起。周一到周五，她在学校住。待到周末，他们就去开房（起初张三跟另一个同学合住），他们几乎住遍了这个小城所有的中低档宾馆。

那时候的幸福总是简单的，阳光总是清亮的，不涉及谈婚论嫁，没有买房负担。一天吃饱穿暖，日子就逍逍遥遥过去了。他们甚至还利用"五一"

和“国庆”去了西安兵马俑、宝鸡法门寺玩了好几次。

幼儿园的一些“90后”同事都陆续结婚了，好几个都是她当的伴娘。她看着别人穿着婚纱，众星捧月，满脸堆笑地踏进装修一新的婚房，心生羡慕，暗暗想着自己结婚的那一天，也要有一套属于自己的房子，要有大大的落地窗，要装修成欧美田园风，要有一堆毛绒玩具。她如一朵绽放得正艳的花朵，从二十四岁开到了二十八岁。她突然觉得一些东西正在身上凋零，一些东西却在暗暗生长，比如眼角的皱纹、脸上的雀斑，甚至越发暗淡的脸色和渐渐慵懒的心态。于是她便催促张三买房，她说她都成剩女了，她说看到同事结婚就开始眼热，她说早点结婚早点生孩子对女人和孩子都好，她说再不结婚她都老了……最后她愤怒地说：“你个穷光蛋，你没房子就滚蛋……”

张三何尝不想买房子，可没钱啊。他的父母都是农民，在黄土里刨食吃。父亲年迈，母亲体弱多病，两个老人自身难保，哪有力气帮他贴补。张三虽在文化公司工作，可也只是管招聘的，每月两千多块，好一点，三千块。这钱，房租三百，电话费二百，吃饭五百，偶尔请个客喝个酒三四百，就这，他还是精打细算，一年只买三五件衣服，一双鞋穿了两年，开胶脱帮还在穿，吃饭顿顿牛肉面。这样下来，一个月最多存一千块。四年，他存了三万六，全在卡上。这笔钱，他比谁都清楚。每个无望的夜晚，他就想起这三万六，觉得心里暖暖的，而当一想到这个城市一平米八千元的房价，他的心又拔凉拔凉了。

夜晚来临，张三坐在出租屋门后的台阶上，听着巷道里嘈杂的声音，看着密不透风的黑夜，和远处高楼上遥远的灯火。他无望地坐着，生活是那么压抑，将他压低到了尘埃里，他的未来是那么渺茫，甚至没有一丝希望，活着是那么徒劳，毫无出头之日，还不如死去。

女友家境倒还算可以，父母都是小学老师，只是她还有个偷偷生下的弟弟。父母这些年的精力和积蓄是放在弟弟身上的，对她，抱着一种你的钱我们不用，你的事我们也帮不上，这么一种放任自流的状态。她自小在外婆家长大，跟父母的感情本来就不深。之前他们催过几次她的事，那时她才二十五六，觉得还早，就直喊烦，跑开了。现在，倒是自己急了，想听听他们的意见，可他们闭口不提这事了。

平时，女友倒是人好，给张三买衣服，有时吃饭她主动就把钱付了。偶尔过节，张三带她去酒吧坐坐，出来买个光头强或者心形的气球拉上，她也就心满意足了，屁颠屁颠跟着他去开房。有时她说："你给我买件皮草，然后元旦我就不要礼物了。"张三说："那玩意儿啊，还不如我过年回去打几只兔子，把皮剥了，你披上。""你讨厌，买不买？"她拉着他的胳膊撒娇。其实张三也想买，他何尝不想让自己的女朋友穿得洋气些，可听说那玩意儿一件就好几千呢，谁能买得起。一想到这儿他就气馁，但也只能假装说："买，一定买。"不过，随后的日子，女友倒是把皮草的事情忘记了。元旦，张三陪她去首饰店买了一个银镯子，三百多。

当然，也有矛盾，哪有顺风顺水的事。他们分过两次手，一次是前年，女友过生日，张三去得迟，身上仅有的一点钱全买了礼物，吃完饭，一帮人去唱歌，付钱的时候他没有。女友自己把钱掏了，然后女友脸就黑着，没有理他，他孤零零地窝在沙发一角，干坐了两个小时。结束后人都走了，女友来了句："你真不是个男人，一点面子都不给我。"说完转身就走了，扔掉了他送的毛绒熊。张三没追上，给女友打电话，女友说："吃饭你不掏钱也就罢了，唱歌你也躲得远远的，你真是吝啬到了极点。"张三忙解释道："我今天一下班就买了东西赶过来的，太匆忙了身上只带了一点现金，没……" "少解释，吝啬鬼。"电话挂了。他抱着熊，站在马路口，像个傻子。他总是猜不透女人爱慕虚荣的心。随后，张三收到了女友的分手短信。两个人有一周没有联系。最后，还是他软磨硬泡，说尽了好话，才又重新和好的。他摸透了她的性格，脾气大，但心软。

还有一次分手，张三记不清了。反正他还是使用了软磨硬泡的伎俩，这是他惯用的手段。张三深知，再绝情的女人，都经不住男人的纠缠，上床也是如此。

就这样，日子浑浑噩噩地过着，那时候，他们离谈婚论嫁还有一段距离，谁也没有替未来着想，谁也不知道未来是个什么模样。然而，岁月逼人，二十七八的年龄呼啸而来，裹挟着现实、世俗、无奈、迷茫，将他们掀翻在了地上。家里人开始催促女友的婚事了，说："现在这个太穷，还是算了，家里给你物色了一个好的。"

在幼儿园，同事们难以掩饰自己住在高档小区的得意，说说笑笑，甚至好几个都开上了私家车。她们当着她的面说着新款电视加湿器热水器，还说刹车离合油门后备厢，相比这些，她一无所有，她在她们跟前一句话也搭不上，跟个傻子一样。她最好的一个闺密给一个茶楼老板当了小三，最后被扶正，年初还去了韩国整了一趟容。她伸着长得快要掉下的下巴，摩挲着手腕上的黄金镯子说："你都二十八了，还是现实点，别那么幼稚了，没房没车，日子怎么过啊？你瞧我，现在多自在，钱爱怎么花就怎么花，爱去哪儿就去哪儿，女人一辈子，图啥呢，还不是图个实在。我老公的一个朋友今年四十二，贼有钱，想离婚，要不给你联络一下？"她没有摇头，也没有点头，只是撇着嘴角，假装笑着，但心里却落下了一万场悲伤的雨。

她知道自己不是那种女人，但把自己搞得那么纯情又顶屁用。还有，她上次挤公交，一个肥得波涛汹涌的女人，用鞋尖把她踩了好几次，她实在忍不住，说了句："你能不能长点眼？"那女人直接开始红嘴獠牙、不依不饶地骂了起来，她真想上去扇她两个巴掌，可人太多她嫌丢人。末了，那女人来了句："嫌挤啊，有本事坐私家车去，穷鬼。"这话像刀子一样，直剜到了她的心窝里，她抹着眼泪下了车。

最要命的事来了，幼儿园最近要装修，她住的宿舍要腾出来，当放玩具的仓库用，这就直接预示着她将无处可住。去外面租城中村的民房，太杂太乱不安全。租楼房，一个月光房租就贵死了。搬到张三那里，未婚同居，多少还是有些难为情，要是父母知道，会打断她的腿。

她坐在秋千上，幼儿园空荡荡的，院角的一株月季，开了多半年，终于败了，满地残红。

她该去哪里？

她心情差到了极点。她去南关找张三，张三在睡觉，顿时，她肚子里的火扑腾一跳。她把幼儿园装修没地方住的事情说了一遍，问他怎么办。张三打了个哈欠，支支吾吾了几句，又睡着了。他连赶两个通宵写了一堆骗人的垃圾材料，48个小时没睡，这会儿刚躺下不久。

她摇了摇张三，没醒。她继续摇，只摇出了一串呼噜声。她顺手把一个塑料杯子砸到了他身上。张三抬了一下沉重的眼皮，说："你干吗？烦不烦啊。"她彻底怒了，她对眼前像死尸一样的张三恨透了，火在她肚子里开始翻滚。正好这几天她来例假，肚子的疼痛催化了烦恼，正如火上浇油。她难以控制的情绪和积压已久的委屈，此刻爆发了。"你就是个死人，除了睡，你还会干什么？要不是你耽误我，我早找个好的嫁了！我瞎了眼了看上你，穷光蛋！谁跟你谁一辈子倒霉！"张三困到了极点，耳边的叨叨声把他黏稠的瞌睡一次次砍断，这让他反感透顶了。他吼了句："滚！"

她哭着离开了南关。她坐在河边，那个他们经常去乘凉的地方。此刻河边空无一人，只有麻雀，在地上起起落落。她的眼泪无法控制地流着。她失望透了，她不知道自己怎么会爱上一个如此没出息的男人，她后悔放弃了曾经那些一次次出现的本可以改变她生活的机会，她不知道明天在哪里，甚至连最基本的明天住哪里都不知道。孤独、无助、绝望，将她一圈圈裹紧，勒得她浑身疼痛难忍。

她哭着，哭了很久很久。

到张三清醒过来时，已经迟了。他去找她，幼儿园没人，打电话，关机，发信息，没人回。他不知道她在哪里。他只知道自己的一顿瞌睡，一个“滚”字，闯了大祸。这一次，他那无耻的软磨硬泡估计再也不会奏效了

一天，两天，三天，没有消息，联系不上。第四天中午，她发来短信，说：既然你没房，那咱们就分手吧。语气平淡，但不容置辩。

晚上，她来拿卡了。她觉得这几年不能被张三白白糟蹋了，她要讨回自己的损失费，然后两个人各奔东西，老死不相往来。她的心是平静的，但这种静，是结冰了的那种静，静里渗着凉，凉透了，甚至凉得刺骨。她告诉自己，这一次，再也没有可能了，那些软磨硬泡，通通见鬼去吧！

女友从椅子上站起来。此刻，或许已经不能叫女友了吧。她把手伸进张三的衣兜，摸到了卡，她伸手去抓，张三紧紧压住。她扑过来，压到张三身上，两只手不停地往外掏。

“把卡拿来，穷鬼，不得好死。”

“想得美，凭什么？”

“我跟你恩断义绝，毫无瓜葛，一万元的损失费，拿来。”

“放开，放开。”

张三团在床上，死死地压住卡，把一只肩膀撑上去，顶住了她的半截胳膊，她还在使劲掏着，但难以得手。她朝张三的肩膀狠狠咬了一口，张三叫了一声，手一松，卡被抢了出来，张三快速一抓，“啪”一声，卡断成了两截，掉在了床上。

看着断成两截的卡，张三的心也被折断了，像谁把他的三万六的心血付之一炬了。他像疯了一样，顺手抓起桌上的青瓷台灯，狠狠摔了下去，哐当，瓷片在地上溅开了花。

她走了，双手空空，这一次，她没有哭。整个南关，黑透了。

张三坐在床上，满眼漆黑。他知道，一切都结束了，再也没有机会了，

也再不必软磨硬泡了。他知道，他没有未来，他给不了她任何东西，甚至立锥之地，这样下去，迟早还是两败俱伤，还不如早点断掉，断彻底了。他终于知道，多么美的爱情，在现实面前，终究像青瓷，一摔就碎了。

他没有哭。南关，黑透了。

7　弃婴记

马强最终还是决定把孩子丢掉。

他抱着孩子，显得笨拙。孩子卷在小褥子里，只露着圆圆的脑袋，洋芋一般。两只小眼睛眯着，眼圈鲜红，脑袋微歪，似乎睡着了。就在之前，孩子声嘶力竭地哭吼了半个小时，喂奶粉，抱着转，唱歌儿，换尿布，逗着玩，马强用尽了浑身解数，还是没能止住孩子的哭声。最后，他实在无处下手了，捧着孩子，朝他吼道："别哭了，行不行，我都快被你整死了！"孩子的音量竟然慢慢调低了，或许是哭乏了，眼睛开始眯上，打起了盹儿。

孩子是马强的。

此刻，马强看着这个狗娃一样大的生命，都有点不敢相信这是自己制造出来的，不过这确实是他的种。单眼皮，微塌的鼻子，凹进去的下巴，这些跟他几乎一模一样，像极了一份复印件。马强把脸贴上去，孩子的脸是绵软的，有点烫。

孩子刚刚满月，当妈的放下孩子，在一个柳絮满城、青杏悬枝的清晨，偷偷跑了。什么也没留下，再也没有回来。马强找了两天，该找的地方都找了，依旧未果。孩子没有妈，喂奶，换尿布，换衣服，这些事一下子全摊在了马强身上。之前，他舒展地躺在床上，玩着手机，任孩子哭吼，拉屎撒尿，他都不理不睬，由着他妈去拾掇。现在，要让一个只有二十二岁的人成天带一个孩子，这无疑就是要他的命。现在，他窝在出租屋，一头扎进孩子的吃喝拉撒里，门也没法出，班更没法上。

他觉得这真是造孽。可孽是他作的，他怪不了任何人。他想把孩子送给父母照顾，但没脸进那个家门。他在家门口徘徊了几次，都灰溜溜地回去了。

就这样，带了半个月，兴许还不到半个月，马强再也坚持不住了。他眼皮耷拉，满脸暗黄，四肢酸软，精神萎靡，跟吸了大烟一样。他只要一听到孩子的哭声，身上的肉都疼了，像撕扯到筋上了，而这个孩子偏偏就爱哭得不行。最要命的是，他睡下后，开始耳鸣，让他难以入眠，心烦意乱。

“再不扔掉，我就要死了，要么就疯了。”马强对自己说。

“那是你的骨肉啊，怎么能那么狠毒地扔掉呢？”马强对自己说。

两个马强在打架，你来我往，互不相让，甚至都有点把对方置之死地的程度。几个来回之后，前一个马强打倒了后一个马强，头破血流，奄奄一息。

早晨五点，马强抱着孩子出了南关。天依旧冷，刚袭来不久的倒春寒劲头正烈，冻脸，冻手。地上覆着一层水珠，水珠上落着疲惫不堪的路灯。巷道幽暗，昏沉，冷寂。马强想跟那些丢孩子的人一样，趁没人，把孩子放在迎宾桥下，天一亮，被人捡走。

出巷子不远，马强有些后悔。天这么冷，要是冻死了怎么办，自己不就成罪人了吗。还有，他身后跟着几条野狗，穷凶极恶的样子，野狗饿极了，会吃人的。

马强折了回去。他抱着怀里的一疙瘩肉，手臂让被子暖得温乎乎的。

接下来的几天，他依旧重复着让人痛苦到了极点的事——照看孩子的吃喝拉撒。窗外，暗黄的天，裹着沙尘暴压下来，盖在屋顶，让人窒息。想着没有尽头的日子，马强苦闷到了极点。两个马强又打了起来，这次，第一个，轻而易举地打翻了第二个，并且朝头几棍，打死了，打得死死的了。

马强抱着孩子又出了出租屋。

九点，马路上人很稀少。上班的已经走掉，睡觉的尚未起床。马强抱着孩子，在马路上晃悠，他不知道该怎么将孩子倒腾出手。他一直想，要是自己抱个东西该多好，哪怕是一打啤酒瓶，一堆废铁烂铜，随便一出手，都有人抢着要。可这是人啊，是一个生命，还是自己亲生的，他丢不出手。

孩子睡着以后，是马强唯一空闲的时间。他趴在窗台，开始后悔这些年像傻子一样走过的路。

他本来是一个乖巧的孩子。小学、初中，都在班级前五名，还当过两年班长，一年文体委员。家里条件还行，父亲在一家事业单位当个股长。小时候，父亲随祖父母从东北来，支持三线建设，后来祖父母先后离世。父亲在祖母离世后，顶了她的岗。1999年前后，企业改制，父亲下岗了。下岗后，再未找事做，闲在家里，干干家务。

母亲是本地人，独生子女，把自己和一个院子一同嫁给了父亲。马强是母亲一手拉扯大的。父亲忙，很少管教他，平时他对儿子也是板着脸，不吭一声。马强上的高中，是天水最好的一中，那时候，马强学习也不错，考个一本没问题，挣扎一下还能上个重点。父母和亲戚都一致觉得他是个好孩子，会考个好大学，有一个好前途。可是，十八岁那年，高三下半学期，他竟然爱上了一个姑娘，着魔了一般。起初，两个人上下学一起走，课间一起玩。后来，放学后一起上山，在山上拉手，拥抱，接吻。有一个晚上，他们彻夜未归，在山上的草丛里抱着睡了一晚上。第二天，两家人炸开了锅。母亲脾气温和，叫来马强，苦口婆心说了半个上午，最后说得自己鼻涕眼泪一大把。父亲就没那么客气了，一进门，噼里啪啦，朝着马强脸上就是十几个“饼子”，一张脸当场肿翻了。马强嘴上没说啥，心里憋着，那些劝说都被“饼子”抽成了耳旁风。马强执拗地认为，自己就爱那个姑娘，谁都管不了，谁也别想管。

可想而知，他的成绩一落千丈。马强都想不起是怎么迷迷糊糊混过那段日子的，他只觉得热，热得舌头在嘴里搅不过，就是那姑娘的舌头伸过来，缠一起，也搅不过，像两条麻绳，粗糙、干涩。然后就是逃课，花三块钱坐公交去北道，那里有个公园，他们把作业本撕成一张一张，铺在草皮上，睡在树荫下，有一搭没一搭地说话，甚至说到了谈婚论嫁和生儿育女。马强说：“我要生个儿子，从来不会打他，我天天带他逛公园、划船、打枪、去恐怖城。”姑娘说：“要是生个女儿呢？”马强说：“一定是儿子。”姑娘亲了一口马强，问：“为什么？”马强说：“你的屁股大，屁股大的女人生儿子。”姑娘扭捏着，掐了几下马强，说着讨厌，窝进了马强怀里。

高考那天，马强跑了。他带着从家里偷的八百元和那个姑娘去了西安，玩了几天。

回来后，马强被母亲一顿臭骂，被父亲一顿拳打脚踢，最后用擀面杖把他赶出了家门。父亲扬言，和他断绝父子关系，以后再敢登这个门，就一斧头劈死他这个杂种。

马强灰溜溜地离开了家。从此，他就过上了虽然自由但是艰苦的生活。他依旧和那个姑娘在一起，那姑娘虽然没有被家里人赶出门，但也被放弃了，她爱干啥干啥，家人对她视而不见。十九岁，马强在网吧当网管，那姑娘在一家饰品店当店员。两个人一个月能挣点钱，养活两张嘴没啥问题。马强从网吧厕所门口的沙发上搬出来，在南关租了一间房子。他把那姑娘带过来，两个人一起睡，一起上班，一起打闹，像两口子一样，过起了夫妻生活。反正日子也就那样，不咸不淡。后来，姑娘连整个家都挪了过来，再也不回去了。马强的父母从未过问过他的事，就像没他这个儿子一样。他也从未登过家门，也未关心过他们的死活。只是听说，他走后，生性倔强的父亲得了高血压，差点昏死过去，在医院住了一个月。因为家丑，母亲也很少出门，开始疾病缠身。可马强不管这些，他有时候恨他们把他赶出家门，让他受苦受罪。他们有病，那是报应。

就这样过了两年，那姑娘彻底成了女人，怀孕四次，每次都花二百元到一家据说专治不孕不育的私人医院做了。他们像从身上掉了一根头发一样轻松，甚至有些儿戏一般，就把身体里的那个胚芽掐死，扔掉了。女人在窄小的床上睡两天，吃一堆零食，喝几支葡萄糖，然后又生龙活虎，到处游逛，吃香喝辣，跟个无事人一样了。

第五次怀孕，是一个夏末，两个月不来例假，女人便知又怀孕了。马强带她去做，医生不敢接刀了。这次再做，女人以后就不能怀孕了。马强想留下，女人不同意，说："名不正言不顺，生个孩子出来，像什么？再说，就算生下来，我们一个月挣那么一点钱，咋养活？自己吃喝玩乐都紧张，哪有钱再养一张嘴？"女人噘着一张涂得血红的嘴说，"我才二十一，还没玩够，我才不想要孩子呢，孩子只会麻烦人。"最后，还是马强占了上风。女人是怕马强的，知道他的脾气差，但她有条件，要马强三个月之内跟她结婚。说到结婚，马强就晕了，他从来没有考虑过结婚的事，他觉得婚姻之事至少是五年以后才考虑的，现在打死他也做不到，一来没钱，二来没地方，三来没准备，但他还是含糊其辞地答应了。

就这样，马强跟女人之间产生了缝隙，维持了三年的感情在现实面前脆弱得不堪一击。女人知道所谓结婚只是马强骗她的权宜之计，她从没看到马强为结婚准备什么。再说，她现在的花费开始慢慢增多，她想一个月买两件衣服，还要配两双鞋。她想要一个黄金的镯子，大概六千元。她还常常在网上淘宝，什么包包啊眼线笔啊钱夹啊口红啊，一买一大堆。她有孕在身开始馋得不行，三天两头就想吃火锅还得是涮鱼涮羊肉。这些，都需要钱，可马强一个月只给她一千元，这远远不够她的花销。她觉得跟着马强真没什么出息了，一辈子都要过得这么可怜巴巴，简直太可怕了。眼看着身边的朋友一个个找的不是老板就是领导的儿子，有吃有喝有钱花，常在她跟前显摆，时不时刺激一下她。而她跟着一个穷鬼，要什么没什么，一说起就丢人现眼。

有时她想，这女人啊，只要能搞到钱，即使不谈恋爱陪着睡几场又能如何，跟谁睡还不是那么一回事，男人给女人花钱还不是想要跟女人来那么两下，只要有钱，来啊，各取所需，说不准女人还是大赢家呢，既享受了又挣了钱，何乐而不为。女人摸着自己日渐鼓胀起来的肚皮，觉得这个孩子跟她无关，她只是一个工具，马强利用她的躯体，给他怀了个孩子而已，等她生下这孩子，就不关她的事了，他们就两清了，谁也不欠谁的了。她要她的生活，她不想再跟这么一个只会当网管，只会打零工，只会摆摊子，只会工地搬砖头的小男人生活下去。她还很年轻，才二十二岁，人生才刚开始。

一个柳絮满城、青杏悬枝的清晨，孩子刚刚满月，她带上家当，丢下孩子，偷偷跑了。

后悔有啥用，世上没后悔药。马强抱着孩子，一直不知如何出手。送吧，谁敢要？丢吧，光天化日之下。他从南关一直走到中医院，他有点累了，坐在路边一个水泥台上。他瞅着对面日渐浓密起来的草木，满眼惆怅。孩子出门前刚吃过奶，这会儿睡着了，小脑袋抵着被子，两只小拳头紧紧捏着，搭在下巴上。孩子的被子里卷着一个奶瓶，几块尿不湿，还有二百元。马强又把视线甩到对面，对面的河堤边是一个公厕，不远处，站着一个女环卫工，五十来岁，正站那里扎着扫把。马强脑子一转，觉得机会来了。

他装出一副慌忙的样子，来到马路对面环卫工面前，用乞求的口气说："阿姨，麻烦你帮我抱抱孩子，就几分钟，我上个厕所。"环卫工看了看孩子，又看看马强。马强咬着嘴皮，急不可耐的样子，说："就麻烦你几分钟，我蹲坑实在不方便抱。"环卫工接过孩子，说："快点啊，我还要去前面扫路呢。"马强假装肚子疼，捂着肚子，边朝厕所跑边说："马上回来，马上回来。"到厕所边，马强趁环卫工低着头看孩子，一溜烟，跑了。

马强终于把孩子处理出去了。他一口气跑了十分钟，然后打了一辆出租车，跑到北道，在二马路吃了一碗牛肉面，又到那个公园坐了一个上午。中午，他又打车到巷子口，做贼一般溜回了出租屋，换了衣服，躺在床上，舒舒服服、彻彻底底睡了一个下午。他有种从未有过的清静和轻松，像从监狱里出来一样自由。他躺在孩子的一堆尿布里，闻着扑鼻而来的尿味，觉得浑身通透，四肢轻松，解放了一般。

环卫工抱着孩子，在那里等了两个多钟头，一直没有等到交给她孩子的那个小伙儿，她抱着孩子，钻进厕所，男厕女厕，一间一间找了，厕所的四周也找了，还是没有找见。孩子醒了，或许意识到陌生人抱他，开始不停地哭吼。环卫工急得满头大汗，她实在不知该如何是好，她把自己随身带的饼子嚼碎，喂孩子，可孩子小，不咽。她往起抱孩子时，奶瓶掉在了地上，她立马捡起，塞进孩子嘴里，才制止了哭声。

孩子在怀里，嘟囔着小嘴，吸着奶。环卫工坐在厕所边，三个钟头过去了，依旧没有那小伙儿的身影，她意识到，孩子被遗弃了。她一时不知道该怎么办，只是呆呆坐着。过了一阵，她想起了报案。

派出所的民警来了，向她问明了情况，还在孩子身上找到了尿不湿和二百元。环卫工问孩子怎么办。民警说，只好先送到孤儿院了。环卫工跟着民警搭车一起去孤儿院，一路上，她抱着孩子，抱得身上热乎乎的，冒了一身汗。孩子抱着空奶瓶，咕噜咕噜吸着。两只眼睛大大的，亮极了，像两只小灯泡。小脸不是很胖，但这会儿，两个腮帮子鼓起来，粉嘟嘟的。她倒是有些爱这个孩子了。

刚到孤儿院门口，她一把拉住民警，说："要不别送进去了，我领养了。"她乡下的儿媳妇一直怀不上，急得一家人全部白了头。这不正好，带回去，当个孙子，多好的事情。她心里一遍遍感谢着大慈大悲的送子娘娘，让她捡了一个孩子。这难道真是送子娘娘显灵给她送来的吗？她的眼眶里都荡漾起了泪花。民警同意了，觉得这也是好事，让孩子有个家，总比送到孤儿院当个孤儿好，再说孩子也小，到家里还能照顾好。随后，民警带她到派出所写了领养申请，签了领养协议，然后让她把孩子抱走了。当然，后面还有一些手续，需要她回家带上村里的证明、身份证和户口本到派出所和民政局去办理，反正是比较烦琐的。

第二天，环卫工辞了工作，抱着捡来的孙子，欢天喜地，买了一大堆孩子的生活用品回乡下去了。

马强睡了整整一个下午，一个通夜。第二天上午十点多，他还睡着，听见有人敲门。他穿着大裤衩，开了门，门外光线太亮，刺眼，门口立着一个黑乎乎的影子，他没看清，退了几步才看清，是他母亲。

母亲进门，坐在床边，打量了一圈房子，说："早上吃了没？"马强抽出一根烟，点上，没言语。他真的没想到母亲会突然登进他的门，他有些吃惊、紧张，但仍旧故作冷漠和无所谓的样子。当然，他的心里依旧充满怨气。这几年，他们作为父母，不管不问儿子，心也够硬，生了孙子，竟然也不管不问，真是让人寒心。但一想自己也不是个好货，离父母这么近，不也是没有去看望过。他吐了一口烟，转过头，看了一眼母亲。母亲不到五十，头发白了一大片，曾经的圆脸盘现在成了倒三角脸，两块颧骨高高凸起，眼窝深陷，微微泛着紫黑，脸上毫无血色，憔悴不堪。她的毛衣短了，架在胳膊上，两只手搭在一起，显得枯瘦。马强有些吃惊，甚至有些怀疑，对面坐着的这个女人是不是自己的母亲，才三四年时间，怎么就变成了如此模样。

他问："有啥事？"

"没啥事，就来看看你。"母亲搓着手，手背上的骨头隐隐可见。

"没啥好看的。"马强把烟灰弹在地上。

"你爸前段时间心脏病又犯了，还脑出血，差点没命了，我在医院整整哭了一晚上，看样子，也活不长了。他前两天刚说，想看看孙子，我没敢过来。今早他又说，看一眼孙子，死了，就能闭上眼睛了，要不心里记着，死不瞑目。还说，儿子再错，也是儿子，说不到远处去，父子之间，没有过不去的坎儿。前几年，他脾气差，把你赶出了门，也希望当儿子的能体谅老子的难处。其实，我也知道你的女人跑了，把孩子给你留下了，你一个男的，要挣钱，根本拉扯不了娃，一天光是孩子的拉撒，也就够你受的了，这一个月，也不知你咋带的。别看我一天不出门，不管不问你，但心在你这里搁着呢，操心你，操心孩子，你是我的一疙瘩肉，孩子也是我的一疙瘩肉，我有时候晚上睡不着，可一想当初把你赶出门，我也怕进你的屋子。这次来，我想把孩子带过去，一来是让你爸看一眼，心里就没记挂了，要死，也就踏实了。二来，我给你带着，你上班就方便些，再说也是我的孙子，我不带，谁带？"

马强愣在了凳子上，烟叼在嘴上，忘了吸。火星子落在他的脚背上，一股焦灼味，他似乎忘了疼痛。

"孩子呢？"母亲扫了两圈屋子，没有看到孙子的影子。

"昨天早上送人了。"马强说完，"扑通"一声跪倒在地上，"哇"的一声撕心裂肺地哭开了。

母亲瘫软到了床上。

院子里，有人放起了秦腔，震耳欲聋——夫妻是隔世缘，或善缘，或恶缘，冤冤相报；儿女是今生债，或欠债，或还债，债债相逼。

8 芳邻

南关的星辰灭了。

秋天来得太早，一片冰凉。马蜂翻箱倒柜，找出了今年初春收拾起来的那床厚被。玩月巷的墙薄，风一吹，寒冷就渗透了。马蜂蜷缩在被窝里，像一盘蛇，但依旧冷，如同光屁股跑在大街上。

三十岁的被窝是需要两个人暖的。马蜂也不例外。在日渐繁密的寒夜里，三十岁的肉体多需要一个肉捏的火炉，来把曾经冻透的骨肉翻开，烤一烤，才不至于让生活显得寒酸。

马蜂之前是有女人的，今年春节，散伙了。原因也简单，谈起结婚，女人要房，马蜂没有。没有就结束吧，谁也耗不住的，你有房到猴年马月了，那时，黄花菜都蔫了。女人就这么决绝。

“感情是个屁，这三年都是个屁。”马蜂骂了一句，把被子往身上拉了拉。手机一响，一条短信。翻开一看是陌生号码，写着一句话：想看就进屋里来吧。马蜂一头雾水。发错了？神经病？变态？阴谋？当一连串疑问滑过心头时，他心里打起一个寒战，冷汗“扑簌”一声冒出了双胯间。

马蜂住三楼。那是一个逼仄的院子。背靠背，紧挨着，还是一个逼仄的院子。两院房，共用一面隔墙。那一院房的几个后窗开到了这一院房的楼道上头，齐肩高。因为是后窗，一年四季几乎是不开的。时间一长，人们也忘记了后墙上还有两扇窗。窗户的插销锈了，边框裂了。玻璃上蒙着一层灰，模模糊糊，斑斑驳驳。

两院人就是两院人，各过各的日子。其实日子都一样，细密、琐碎、平淡无味，经不起任何掂量。就如同南关所有的院子一样，长着一张差不多的落满雀斑的脸。那些所谓的差距，也无非是谁家的菜里多撒了一撮盐，谁家的屋里溜进了一只老鼠，谁家的屋里多熬了一副治妇科的中药，等等。

马蜂上下楼走了一年多。他从不关心窗户的里面装着怎样的生活。他懒得去想。无非是鸡毛蒜皮，油盐酱醋罢了，能有什么新鲜。然而一个初夏的黑夜，他光着膀子把一泡十万火急的尿撒到大门口，心旷神怡地上到二楼拐角处，胡乱瞟了一眼后窗。屋子的灯亮着，一目了然，但他看到的情景让他惊得差点又尿了。他甚至不相信自己的眼睛，揉一揉，再揉一揉，没错，他的身上泛起了一层鸡皮疙瘩。

他哆嗦着，朝窗户凑了过去，但又敏感地瞟了瞟院子，院子一片漆黑，人都睡了，只能听见狗的呼噜声和孩子隐隐的哭闹声。他像鸭子一样，伸长脖子，屏住呼吸，把头探上去。他真真切切看到了——一个年轻女人赤裸着身体，在用毛巾擦拭着胸口。那是多么让人眩晕的肉体。乌黑如绸的长发，光洁如玉的皮肤，修长圆润的双臂，高翘饱满的双乳，微微浮起的肚腩，茂密的水草，充满弹性的臀部……这一切，美得让人窒息，美得心惊肉跳，美得星月暗淡。马蜂紧紧抓住裤衩的手心渗出了一层汗，一团唾沫架在喉咙，难以下咽。

女人依旧擦拭着胸口。当湿漉漉的毛巾擦过时，一对乳房，如同白鸽，挥翅欲飞。当马蜂终于咽下那口唾沫，慢慢适应了眼前的场景时，他才开始注意女人的脸。那脸白透了，或许是灯光的缘故。那是一张微微偏胖的脸，不是市井里流行的那种消瘦，但这偏胖，让人觉得踏实、安静，又充满神秘。

马蜂不用担心屋里的女人会发现他，因为里面的光线太亮，罩住了外面的黑暗。外面看里面一清二楚，里面看外面一塌糊涂。当马蜂继续向上凑一寸，准备看清楚那张脸时，一楼的门响了。马蜂惊得一缩，赶紧装作若无其事的样子，上楼了。

整夜，马蜂辗转反侧，就连黎明时的残梦里，也是白花花的鸽子，扑棱棱扇着翅膀，乱飞。

从那以后，马蜂开始对那扇窗户刮目相看了。好多日子，上下楼经过，他总是脚步放慢半拍。头探一下，看看窗户里面的那个女人。然而白天总是徒然的，白天外面光线强，一映衬，屋子里漆黑一片。然而晚上大多数时候，也是徒然的。那间屋子很多时候不亮灯，去窗户下听墙根，也是毫无动静。旧窗户安在墙上，像一张嘴，闭着，不说话。不说话的窗户，让人心慌意乱。

有时候，睡一会儿，马蜂就起床，溜出去看一下灯亮了没，没亮，就回去。回去又担心灯亮了，又出去，就这么折磨着。出去，回来，出去，回来。不过这样的烦劳并非一无所获，偶尔有一次，会看到灯亮，那个女人光着身子，坐在床沿边抽烟，青烟缭绕，弥漫了她微胖的脸，还有略显水肿的眼睑。她翘着无名指，像一枚花瓣。指甲没有染，素清，又孤独。青烟滑过无名指，像一缕绸，挂在指尖。

这样静静看着的时候，马蜂的心里是翻江倒海的。三十岁的男人，像一片沙漠，之前的女人已经散伙快半年了，无水解渴，马蜂感觉浑身干燥，四肢冒烟，口渴难忍。他想砸破玻璃钻进去，抱住女人，要不把手伸进去，摸一摸也行，或者透过窗户，闻一闻那女人的味道，也行。然而玻璃是冰凉的，模糊的，玻璃隔绝了他所有的念想。他如同做贼一样，胆战心惊地贴着墙壁，紧紧抱着坚硬的砖头。直到一声咳嗽，一声猫叫，或者女人朝窗户投来的一束目光，才让他如梦初醒。

这样的偷窥是断断续续的。时间久了，倒像一项仪式，或者一份牵绊。虽然心怀鬼胎，颤颤巍巍，但成了生活中不可或缺的一部分。有时候，会看到女人穿着衣服洗脚，脚丫如蒜瓣，一掐一掐，脚趾拨起水，水漾出盆。有时候，能看到女人裸着上身，发呆，手掌托腮，指甲抠进了肉，眼神是虚的，湿漉漉的。有时候，能看到女人翻一本书，檀香在桌上，静静燃烧，轻烟如丝，勾魂摄魄。偶尔，还能看到女人只穿着蕾丝内裤，端着镜子描眉，一遍遍描，描成熊猫的样子，然后眼泪就出来了，眼睑上，两道痕。而这时，马蜂就开始莫名其妙地难过。他的心软成了一朵云，又被流泪的女人撕成了末。他的喉咙卡着一股气，无法吐，无法咽，卡着，卡着时他就觉得平时自己的想法太卑鄙下流、不要脸。于是便悄悄走开了。

马蜂从来没有见过白天的女人。她的生活，她的故事，他一无所知，甚至从未听别人提及。她只属于他的黑夜，黑夜的窗户里，她像一帧照片，镶在玻璃框上。

偶尔有一天白天，他下楼，刚准备凑上脸瞟一眼时，屋里突然有人说话，一个男人。“不就是一个文学青年吗？不就会写几篇小说吗？你就那么爱？我实在想不明白，我哪一点不如他？比钱，我用钱能砸死他。比人，我一米八的个子能把他提起来耍猴了。比朋友圈，我结交的那些人，他编小说编一辈子都想不到！我真搞不懂他哪里比我强，我就不明白你留在这里什么意思，住得像贫民窟……”“你可以走了。”啪！关门声。许久，才是女人轻轻的哭泣声，如檀香，轻烟如丝，勾魂摄魄。

自那以后，有很长一段时间，女人房子的灯都不亮了。具体有多久，马蜂等过几次之后，就记不清了。刚开始，他还猜想那个女人知不知道曾经被偷窥过，想着想着，也就忘了。他怀疑那个女人可能走了，他觉得她根本就不是那种在南关久居的人，连过客都算不上。

时间就这么过着，不痛不痒，毫无起色，也无风无浪。日子寡淡得如同压井里打上来的地下水，连一点漂白粉的味道都没有。那扇窗户依旧紧闭着，晚上依旧黑着，像一张嘴，闭着，哑了。

而当马蜂几乎忘记了那个女人时，一个黑夜，马蜂醉醺醺地上楼时，发现灯竟然亮着。或许是其他人住进去了。但他依旧本能地贴上墙壁，把脸凑上去，隔着斑斓模糊的玻璃纸，看到了那个女人，对，确实是那个女人，她躺在天蓝的床单上，赤裸着身体。依旧是乌黑的长发，如一泓流水。光洁如玉的皮肤，泛着微微的光芒。那对高翘饱满的双乳，直接飞起来了，飞过茂密的水草，水草里养着鲤鱼，鱼儿摆动着尾巴，摆啊摆，那个女人都开始摆动了，像一条海豚，游在海洋里……

马蜂盯着电话，眼睛里一圈黑，扩散开来，两胯间的冷汗流到了褥子上。是那个女人，她发现被人偷窥了。那么，她是怎么知道的，又是怎么弄来他的号码的？她还说想看就进屋来是什么意思？难道……或许……不会是……这可怎么办？马蜂一把抱紧被子，抖动着，被巨大的疑惑和恐惧包裹了。马蜂蜷缩在被窝里，像一盘蛇，他感觉自己像光着屁股跑在大街上一样。

又是一条短信，还是那个号码，寥寥数语：明天早起，窗台有东西，去拿。

一夜无眠。天昏地暗。

第二天，马蜂在窗台上拿到了一把裁纸刀。

马蜂突然想起我的一篇小说，那是一篇搁置了半年，但还是难以收尾的小说。他把裁纸刀掂了掂，木柄，铁刃，冰凉，深沉。他觉得我的小说终于有个结尾了，结尾的最后一句应该是：南关的星辰灭了。

9 后青春的酒

我们坐在啤酒摊儿上喝酒，七十元一箱的黄河，最便宜的那种，喝得我们胃里翻江倒海。我们像软体动物，瘫在塑料椅上，摸着唯恐爆破的肚皮。

啤酒摊儿人影晃动，烟熏火燎。酒桌四周堆满了男人“怀孕”半年的肚子和女人白皙修长的双腿。“美不美，先看腿”，毛毛歪着头，把眼珠子抛到隔壁一桌女人的腿上，从小腿摸上去，大腿，大腿根，再上去，还有更美的事物。毛毛用眼珠子把所有女人的大腿摸了一遍，他打了个响亮的饱嗝，又把眼睛抛到另外一桌女人的腿上，很享受的样子。

“行了别看了，毛毛，来喝一个。”同桌的朋友说。

“喝什么啊，肚子都胀烂了。”毛毛收回眼睛，把四肢摊得更开了，像剥下来罩在椅子上的一张狗皮。

“你看你那姿势，想女人想疯了吧，要不哥今晚带你去感受一下？”

“不去，最近查得紧，万一抓住了，我的一世清白就毁了。”

“没事，我给你找个，绝对安全。再说，适当释放一下，有益健康，要不憋坏了。”

“算了吧，我还是处男呢，我要把完整的自己留给我未来的老婆。”

“滚，我喷你啊。”一桌人把毛毛嘲笑了。真的有人将肚子里的啤酒反上来，吐在了地上。

桌子间，一些短裙难以遮掩的肥硕屁股来回扭拧着，像放冷的一盆凉粉，拍一巴掌，会哗啦啦不停地颤抖。她们兜售着毛豆、花生、大豌豆和炒田螺、烤鱿鱼、炒扇贝。酒到后场，胀得要死，没有人能吃下去了。她们端着盘子，凑过来，问需不需要吃点，带着乞求的口吻。有人朝她们下流兮兮地说："有豆腐没？""没有。"风揭起了她们的短裙。"要是有豆腐我就吃点。"一桌男人发出公鸭子一样的叫声，笑了，笑得猥琐极了。她们暗暗瞪了一眼这些流氓，走开了。

一个梳着高高马尾的姑娘走到我们桌前，问需不需要吃点。我们摇头。姑娘要走开，毛毛突然说："要个毛豆、田螺，谁吃腰子，再要个？"毛毛问在座的人，没人要，毛毛自己要了一份腰子。

"男人不吃腰子，白忙活。"毛毛轻蔑地说。

"你一个光棍儿，吃了也没地方用啊。"

"你们不懂。"毛毛得意地说。

"那你懂个毛，小处男一枚，真让人鄙视。"有人回击道。毛毛付了钱，有些蔫头耷脑。

酒后回去的路上，毛毛才跟我说，刚才梳马尾的那姑娘是他网友，微信上加的，聊了很久。姑娘不错，说话能收能放，该矜持的时候简直像含羞草，该开放的时候像母老虎，后来他们见过几面，还一起去一家茶楼坐了坐。姑娘没有固定职业，有时在超市，有时卖衣服，有时在化妆品店，最近被啤酒摊儿的老板雇来推销吃食。

"那怎么不叫她坐下一起喝一杯？"我问。

"你们都是一帮流氓，我敢叫吗？还不被你们糟蹋了。"

"看不出来的行家里手啊？"我说。

"想歪了哦，我们是正常男女关系好不好。"

我嘿嘿笑笑。

“别不信啊。”毛毛瘦得像只猴子，忽闪一下窜到我前面，摊开双手说，“我还是处男唉，我可不是那么随便的人。”

毛毛是我的同学，跟我一起上师范，一起毕业。在学校时，我们叫他毛军平。毕业后，叫成了毛毛。其实刚开始是叫他毛猴，因为他瘦得如同猴子。毛猴难听，他强烈反对，我们就改成了昵称毛毛，他乐得屁颠屁颠。毛毛上学时是个乖孩子，不惹事，不打架，不爆粗口，甚至不谈恋爱，有姑娘表白他也拒绝。像毛毛这么单纯的少年成稀缺物种了，应该拉出去做展览品。

毕业后，我们在南城根住了一段时间，又集体搬到了南关，他住玩月巷48号院子，在右手小巷道最里面一家。他从来没有邀请我去他住的地方，所以他住处的情况，不太清楚。

那次啤酒喝完，估计有半个月的时间，再没见着过毛毛。他在一家快递公司工作，公司生意好，他也很忙。除非酒场，我们平时很少见面，虽然相距也就百十米，可都各自过着自己的潦草日子，没有多少精力互相凑一起挥霍。

有一天，我忘了具体的日子。反正学生刚考完试，快放假了。傍晚，暮色黏稠，我下班回家，经过一个小学门口，一个学生用手捂着嘴，在打电话，五六年级的样子，嫩得流水的脸上突兀地长着一溜细密的胡须，像干毛笔皴了一下。他隐隐地说：“不要哭了，宝贝，你不是还没来过那个吗？我刚到新华书店去查了，没来那个，不会怀孕的。”他的声音压得很低，我还是听见了。他说完躲到一个石狮子后面，整张脸都是绿的。

我一直在想，现在的学生真是恐怖，我上五六年级时，跟女生一句话都不说，甚至是仇人、天敌、死对头。这些年，到底是什么发生了变化？是我落伍了，还是有些事情走过了头？这个社会太嘈杂，太浮夸，谁会想这事呢，而想的人，不是被喧哗淹没，就是被嘲笑和鄙视。我一路胡思乱想着这些不着边际的事，到房子门口，毛毛在等我，他的半边脸肿了，瘀着血，褐红色，像猪肝。

没等我开问，他焦急地说：“你的破电话，一下午打不通，晚上十一点，帮我搬家。”说完就匆匆忙忙走了。

十一点过去，打电话，他蹑手蹑脚地出来接我。院子里黑灯瞎火，一片沉寂。他的房子也黑着，我要开灯，他“嘘”了一声，示意别开，打开了手机灯。他把东西都整理好了，四包，用床单捆着，放在床沿上，书、杯子、鞋、裤头，一些乱七八糟的东西丢在床板上，是不准备带走的。他说：“一人俩包，一次性就扛走了，脚底下，一定轻点。”

我提着东西，做贼一样下了楼。我不知道他为什么要从住得这么稳妥的地方突然搬走，而且还弄得偷偷摸摸、鬼鬼祟祟。我想问他，可他脚底下抹了油，早早溜到了前面。巷子口，停着一辆电三轮，坐着一个油头粉面的少年，是毛毛的朋友。我们把东西放进车里。毛毛给我发烟，我没接。我问：“什么事？”他摸了一下脸，红肿的脸颊，在昏黄灯光的涂抹下，显得怪异。“丢人得很，有机会跟你说，谢啦，兄弟。”然后他一跳，真像只猴子，跃进车里，在电三轮轰隆隆的喊叫声中，离开了南关。

之后很长一段时间，我都没有见过毛毛，打电话，关机，再打，还是关机。我不知道那天夜里他离开后去了哪里。我一直在猜测着毛毛离开的原因，但都毫无头绪。毛毛曾说，他买不起房，就一辈子窝在南关，这里房租便宜，去哪儿也都方便，最重要的是，这里安放着自己苦涩的青春岁月，那些喜怒哀乐，把一间七八平米的房子装得满满的，甚至都快胀破了。

我说：“要是这里拆了呢？”

他眨巴着眼：“拆了会盖楼吧？”

“应该会的，好像听说已经被一个房地产土豪买了。”

他眼珠子一转，说：“那就拼了老命，在这里买一套，还不是住在玩月巷。”

我哈哈笑了，说：“你想得美。”

这么一个眷恋着南关的人，怎么就毫无征兆、义无反顾地说走就走了呢？鬼知道。

还是一个傍晚，跟所有的傍晚一样，枯燥、闷热、乏味，没有任何新意。学校放假了，没有学生的打闹戏耍，巷道里空旷了很多。电话响了，是毛毛的。

“我以为你死了呢！”我骂道。

“罗玉小区的啤酒摊儿，来喝两杯。”

我们坐在啤酒摊儿上喝酒，要了七十元一箱的黄河。再没别人，就我俩。一人三瓶酒下肚，我问他：“到底因为什么事你搬了？”

他支吾了半天，才说：“上次喝啤酒，那个卖吃食的女的，我还跟她点了腰子，记着没？我估计你没忘，我的网友，她也住南关，我跟你说过，那次我们喝完酒之后，我又跟她单独约了几次，由喝茶改成喝酒，你先别插话，听我说。”他抿了一口啤酒。

“后来一天晚上，因为无聊，我叫她到我房子来坐会儿，她过来了，酒真不是好东西，酒后乱性，一点不假，你不要嘲笑我，听我给你说完。我们喝了些酒，干柴烈火啊，我一直强调我是处男，可处男也是男人啊，不是我爱当处男，以前，我胆小、单纯，连个爱字都不好意思说出口。但毕业后，一进社会，我就变了。后来工作，想改变，但没机会，所以我就一直装，把自己伪装成对男女之事不感兴趣，你们还怀疑我是不是变态，我变个屁啊，正常得跟什么一样。哦，扯远了。喝完酒，她有点晕，半躺在我床上，肚子白花花地亮着，肉在眼前，狼能不饿吗？再说，酒壮怂人胆。然后我扑过去把她压倒在床上，她反抗了一阵，就从了，然后，哎，你懂。”他咧着嘴，用牙齿撬开了一个瓶盖，边倒酒边说，“对了，你觉得她结婚没？”

“没有吧。”

“错，她不但结婚了，还有个儿子。”

“啊，你连有娃的也不放过？”

“你懂个屁，我跟你说啊，俗话说得好，老婆是瓜，情人是花，累了吃瓜，闲了赏花，工资种瓜，奖金养花，吃瓜别想花，陪花毋念瓜，没花还有瓜，瓜曾也是花，既然有了瓜，何必再惹花，你想赏别人的花，别人也想偷你的瓜。”

我一头雾水，没听明白：“什么瓜啊花啊的，跟绕口令一样。”我挠了挠头，“你说了一堆，我没听懂。”

“哎，亏你还是作家，一点不了解民间语言，那段话现在是我的座右铭。算了，不说这些了，接着说正事吧，那天晚上，她直到半夜两点半才回去，结果，可想而知，被她的男人知道了。他的男人是个野兽，狠狠把她揍了一顿，那男人平时动不动就打女人，所以，他们没感情，要不是有孩子，早离了。又扯远了，然后，有天晚上在巷子口，她的男人把我扯着，拉到前面那块堆建筑垃圾的空地上，打了一顿。”他把一口啤酒沫子吹到地上，不由自主地用手摸了摸脸上的疤。“打完之后，他还不过瘾，扬言要把我弄死，然后那天晚上，我就逃了。”

“我这下不是处男了，你们再要嘲笑我，没门儿了！”他哈哈笑了起来，要笑岔气的样子。

“来，为我不是处男干一杯！”

一杯啤酒下肚，我突然悲伤起来，我想不明白，是什么让一个清纯的少年在短短几年时间里变成了一个流氓？罗玉小区人流爆满，喧嚣不堪，脏话，吹嘘，客套，呕吐，媚眼，交易，勾搭，啤酒瓶互相撞碎，烤羊肉串的乌烟腾起，遮住了整个夜空，让人压抑不堪。

“来，再干一个！”毛毛又举起了酒杯。

10　如意

李如意，并不如意。

有人说：“你这名字好寓意。”李如意说：“好什么啊，一点都不如意，啥事都赶不上趟儿，吃屎也赶不上热的。”李如意之前说话可没这么野，都是这一年多在染布巷待的，待得她口无遮拦、飞短流长、满腔愤懑。在老城南关待久了的人，跟袜子、内衣、胸罩、红薯、面条在一起，想当个优雅点的女人，难。

李如意常说，都是自己的名字把自己害了。这名字，于她而言，是讽刺，是嘲笑。

李如意也算是重点大学的毕业生。西北师大，教育学专业。按理，出来当个初中老师肯定没问题，虽不是铁饭碗，但也是铝合金，只要不磕碰，能端一辈子。多好的事啊，多少人做梦也想干的事——教书育人。可李如意偏偏就不好这一口，她觉得一个大学生要有大抱负，大作为，要在广阔天地中闯荡，尤其像她这样的女流之辈，更应该挑战命运，“挑逗”人生。于是，她去了北京当北漂。在那里，有的是机会，有的是平台，有的是任人折腾的空间，不比西北，大家你死我活地抢个体制内的饭碗，然后可怜巴巴、战战兢兢地混一辈子。当然，还有一个原因，因为她男友也当北漂了。不过人家家在河北，只能说进了城中心，说北漂，并不妥当。

在北京，李如意和男友在昌平租了两室一厅，一月房租两千五。早上挤地铁到上班的地方，一个多小时。每天早出晚归，像西海固那边的苦命毛驴，整天蒙着眼拉磨盘转。幸运的是，住所离地铁站口近，步行十来分钟就到了。

李如意在一家教育机构上班，名字叫“人生规划中心”，听着挺洋气，其实说白了，就是个培训机构，专门培训那些拼死拼活考各种试、砸破脑袋也要挤进体制内的人。李如意是他们的规划导师，她不上具体的课程，只是讲一些应试策略和人生规划等等，大而空，臭而长。她自己也搞不清自己讲的是什么玩意儿，她也不明白讲这些东西究竟有什么用。当那些理想、夙愿、宏图、策略、规划的词语从她嘴里滑出来时，她都觉得想笑。像作孽一样，坑蒙拐骗，她有时都想在自己嘴上抽两巴掌。可是，来上课的那些人爱听，男的一个个胡子拉碴、衣衫不整、营养不良，女的一个个眼神迷离、精神恍惚、油头垢面，但他们眼镜背后闪烁着狼一般的绿光。尤其听到她讲她的一个草根同学经过三年的努力复习考上北师大研究生，后又参加各种培训，尤其是上了她的人生规划课后考上了国家公务员分到了省委办公厅时，那些眼神里面的光瞬间凝聚，像一颗火球，能把她吞噬掉。她感到浑身火辣辣的，她知道，这是她编的，她的同学一个个在西北的小县城或山沟里，误人子弟呢。这些连鬼都不信的事，他们真就信了，而且作为榜样。李如意发出了鄙视的怪笑。

李如意男友在一家广告公司上班，搞文案策划。反正就是整天对着电脑倒腾，花里胡哨的，外人看不清在搞什么。

他们两人一月七千元的工资，除去房租、车费、饭费，一个月结余千八百。这已经相当不错了，好多北漂者，这个月活不到下个月，实在饿得不行，就留个长发，蓄个胡子，跑到宋庄混去了，哪里开业，就把自己伪装成诗人艺术家，在那里蹭一顿，浑浑噩噩混着日子。

他们就这样过着，风平浪静，半死不活。说好吧，勉强填饱肚子，结余的一点钱，请个客，买件衣服，就毛都没了。不好吧，还活着，能填饱肚子，比挣扎在生死线上的其他成千上万的难兄难弟强一些。也就这样吧，不好不坏。没有想象中的美好，没有别人说的可怕。男朋友呢，对她还行，反正两个人早上一走，白天不见，晚上只在一起睡个觉。周末，男朋友大多时候加班，她就抱着电脑看美剧，从日出看到日落。两个人有时在一起，趴在彼此身上，没折腾几下就眼皮打盹儿，大脑发蒙，泄气了。于是翻下来，眼一闭，睡觉了。整天都在人肉堆里挤，整天都是赶来赶去，整天都是呼吸着毛刷子一样的雾霾，整天都是动不完的嘴皮和写不完的策划，整天都是地沟油调和的快餐。活着，还能有什么激情。

日子就这么过着，直到一年半后的某一天，男朋友突然彻夜未归。打电话，关机，问朋友，不知情。第二天，李如意去他公司，说前天辞职了。等了两天，男朋友依旧没有踪影，就这样失踪了。活生生的一个人突然失踪了，跟她一起做饭吵架睡觉的男人竟然不见了，她苦苦跟随三年的人不辞而别，莫名消失了，这让她无限悲伤。她躺在床上，翻来覆去，把床单滚成了一团，依然想不出来为什么，好端端一个人怎么就找不见了。

她起身，披头散发，拉开窗户，窗外下着雨，黏稠的模样。她朝窗外吼了一声："马明泽，我恨你！"窗外的雨，像天上挂着的无数黑丝线，摆了摆。

糟糕的事情慢慢来临，从那时候起，李如意开始在北京待不住了。她一个月三千元的工资养活不了一套两居室了，这让她感到绝望。她一个人守着空旷而死寂的房子，像一匹马守着没有主人的草原，这也让她感到绝望。

一个深秋的日子，北京的天，突然蓝得要命，像蓝得要死掉的那种。大片大片的银杏叶，没有风吹，也哗啦啦落着。李如意，正式告别了北漂的日子。

回到天水后，她住进了南关。

在天水，为了尽快逃离阴影，李如意找了一家旅游公司，在里面当业务员，对外称经纪人。其实公司倒没有搞什么地接业务和组团业务。整个偌大的写字楼里，坐着十来个人，一个姓贾的经理，头顶无毛；一个事业发展部主任，细瘦；一个旅游开发部主任，肥硕。其余的全是经纪人，统一穿黑裤白衬衣，跟酒店服务员一样。经纪人不是每天都坐着，需要时刻发展客户。

公司准备在城区南部搞一个生态旅游区，集名贵动物养殖、休闲养生、滑雪场、游乐园、餐饮住宿等为一体。据说，旅游区建成后，将成为甘陕川乃至整个中国西部最奢华动人的游乐基地，尤其在名贵动物养殖区，将饲养东北虎、大熊猫、丹顶鹤、扬子鳄、朱鹮、藏羚羊、白唇鹿、白鹤等几百种珍禽异兽，届时生态与旅游起飞，财富共美名一色。难以形容！旅游区共概算投资100个亿，分三期完成，一期基础设施建设10个亿，目前已投入数千万进行规划设计、环评和制定可行性报告等。事业发展部主任唾沫飞扬、满脸亢奋、两眼放光地给李如意介绍着公司的性质和未来。李如意听得头昏眼花，不知所以，她曾自以为是地认为自己的一张嘴已经无人能及了，可在细瘦如猴的主任面前她甘拜下风。主任拉起她的手，又拍又摸地说："如意啊，好好干，享福的日子在后头哩。"

最后，李如意才迷迷糊糊地搞清楚，主任的意思是说，公司作为一个新兴产业，朝阳产业，前途不可估量，未来绝对闪耀，但公司尚处在起步阶段，资金紧张，需要像李如意这样年轻有为的经纪人大力发展客户，募集资金，用于项目建设。当然，客户不是白白集资的，会有丰厚的报酬，十万元一年两万的利息，比股票、银行、贷款公司、保险公司什么的都高。当然，客户不是白拉的，只要成一单，就有足以让人心跳脸红的提成，还有各种季度奖、半年奖、年终奖。李如意自然心动，她缺钱啊，一个在北京被男人抛弃的人，一个揣着千把元“烂衣还乡”的人，一个回到小城无依无靠还要租房穿衣养活一张嘴的人，能不缺钱吗?

于是李如意开始利用各种形式和资源发展客户。她充分发挥自己“规划导师”的嘴皮功，天花乱坠、信马由缰地给所有认识的人讲他们公司的概况、业务、投资和回报，在网络上、在身边屈指可数的朋友圈里、在马路口牛肉面馆的老板跟前，甚至在梦里，她都在用推销狗皮膏药的方式推销着那个让人神魂颠倒的生态旅游区。

竟然没有人动心。李如意拍打着键盘，诅咒着身边所有熟人。她觉得自己怎么跟一群白痴生活在同一个世界，他们为什么不算算，十万一年利息两万，二十万一年利息四万，三十万一年利息六万……如此下去，有个一百万岂不……李如意都不敢想了。她为这群白痴感到羞耻，为什么不把红闪闪的钞票拿着投资他们的项目，非要存到银行或者交个破首付?实在难以理解。假如给他们的项目投资三五十万，一年都不用上班，光利息都够吃喝玩乐、逍遥自在了。要是她李如意有个三五十万早就投资了还用等着让别人发展，要是有房说不定她把房子变卖了都会投资的。

真是一群猪！她为身边的猪群感到莫名的忧愁。

一个月后，细瘦如猴的主任发出通牒：如果半月之内，还没有发展客户，就可以拍屁股走人了。李如意有点肉疼了。她知道找一份工作的不易，全国成百上千万大学生跟丐帮一样饿狼一般眼巴巴等着就业呢。她实在害怕失业，害怕低三下四求职，害怕一个人无所事事，害怕承担如期而至的房费水电费。她不能被炒掉，她需要一份工作。再说，被人家炒掉，身边的人听了，岂不笑话，他们定会说：原来北京混过的人也不过如此。她是个要面子的人。

她把脑袋都想破了。

最后，她想起了她的舅舅。她听母亲说舅舅这两年在外面搞粉刷挣了一点，准备花二十来万给儿子在乡下盖一院房子娶媳妇。本来年底就要动土，结果表弟谈了三年的媳妇吹了，据说是跟一个二流子跑了，加之舅舅被村里喝醉酒的青皮少年骑着摩托撞断了一根肋骨，这盖房子的事情就暂时撂下了。

李如意一想到舅舅没有盖的房子，就想到舅舅的二十来万，她觉得投资这事只有找他了，一来让舅舅解解她的燃眉之急，二来高额的利息也能让舅舅赚钱。这样，两全其美。李如意很快拨了电话，先是问候身体，然后聊聊表弟的婚事，一番安慰之后，便直奔主题，把公司项目的事说了，并说这是公司最后两个名额，她向经理费尽周折争取的。舅舅犹豫不决，支支吾吾，一边听着诱人的利息心里发痒，一边想着自己的血汗钱心有顾虑。李如意欲擒故纵，说："舅舅要是觉得不放心，那我就问问其他亲戚，反正大家都抢着投资。"舅舅赶忙说："如意啊，利息这么高，是不是风险也不小啊？"李如意说："舅舅放心，这不是股票，没风险，到时候只有回报。"

舅舅问："真没事啊？"

"真没事！我打包票。"

"那就好，先投资个一年的。"

成了。李如意的第一个客户是她的舅舅。李如意买了三罐黄河，一个人，在夜幕四合的灯下，庆祝了一番，直到她喝得人仰马翻，卧倒在地上不省人事。

李如意有了第一个客户，这对提升她的信心至关重要。对于未来，她满怀期待，拍着胸脯，万丈豪情，只是不知如何表达。

然而事情并没有这样如意，更糟糕的事情才刚开始。那是一个黑云堆积成山的星期一早晨，暴雨在陇原以南下得暗无天日，新闻说暴雨引发山洪泥石流，埋了县城，死伤无数，惨不忍睹。李如意带着上坟的心情到了公司门口，却突然发现公司不见了。办公室只有桌椅板凳，电脑、打印机、材料，甚至门口的牌子也不翼而飞。后来陆续而来的同事都被惊得魂不附体。他们一开始以为是被盗了，但后来发现不是。他们反复拨打经理、主任的电话，，都是关机。他们心怀侥幸，想着是不是领导周末过傻了，或许等会儿会清醒过来。

十一点，十二点，一点，门依然紧锁，问物业，不知情，只说细瘦如猴的那个主任周六晚上带了几个人上去了好一阵，半夜好像抬过东西。

最后有人说，跑了。确实是跑了。

李如意差点昏了过去。她的脑袋被血液充满了，像一个一挤就爆的气球。有人报警，警察很快赶到，询问情况。

天啦，舅舅的二十万，被带跑了。李如意坐在门后，眼泪噼里啪啦就下来了。这该怎么活啊!

李如意回到出租屋，一躺就是四天，没吃没喝，她不知道该怎么办。二十万，不是百十元，说有就有的，这可是舅舅一生的心血，也是表弟的未来啊，这要是被舅舅知道，他还不得跳河自杀了！舅舅一死，母亲、外公、表弟、舅妈一连串就都没法活了，不仅矛盾和纠纷，光人命案都可能会出几起，简直不敢想象。她躺在棉絮卷成一堆的被子里，感觉天都塌了。她等着公安局的消息，却总是遥遥无期。

就这样躺了四天，她起来了，她觉得不能这样白白等死啊。虽说人固有一死，但总不能这么个死法啊，她才二十八，离死还一截子呢。她觉得自己得干点事，这样时间也就过得快些，等公安局的消息也就不那么煎熬了，还能给舅舅补偿一点利息。她坐在被窝里，在床垫底下翻出了五千元，这是她回来后，省吃俭用，勒紧裤腰带攒的一点钱。她揣上这些钱，在南关的巷子里来来回回跟神经病一样走了十圈，她想瞅瞅，这巷道里还有没有跟她一样倒霉透顶的人，来求得心理平衡。大中午，太阳如狗，伸着红舌头，舔着破旧的巷道。回家的人，提着面条蔬菜，摇晃而过，有人回头，斜眼瞅着这个披头散发的怪物。

转着转着，她发现有件事倒可以试试——卖菜。巷子里没有一家蔬菜店，好多人都在巷子口的超市里买，不方便，再说那里的菜又贵又次，何不在巷道里开个蔬菜店呢。她又回到出租屋，一头扎进棉絮，思前想后两天，决定用手头的这点钱自己干一下。反正已经死得面目全非了，何不死个痛彻心扉，说不定还会置之死地而后生呢。

找房子、定做菜架、批发菜，好像很简单，十天就搞定了，一个小巷菜店就这么开张了。李如意像打不死的小强，再一次满血复活了。

没有鲜花，没有宾客，李如意自己放了一串鞭炮，就算开业了。因为资金紧张，店内布置简单，菜量也小。三面菜架，都是单层，一面是白菜、韭菜、芹菜、香菜、莜麦菜、菠菜、蒜苗、蒜薹、辣椒等，一面是蘑菇、土豆、洋葱、胡萝卜、西红柿等，另一面是豆腐、豆皮、粉条等。都是家常菜，价钱也不贵。香菜，一块钱就能买一大把，菠菜能买半塑料袋。不过西红柿贵，差不多一个就要一块钱，可西红柿批发价就高。

不知是人们图方便，还是觉得李如意这里的菜价便宜，或者是觉得这么年轻又还算漂亮的姑娘卖菜新鲜，李如意的生意出奇的好。中午、晚上买菜的人能把房子挤爆，一天纯收入一百左右。两个月下来，本钱基本就出来了。手头一宽裕，李如意就在菜的批发量上加大，又进了一些莲藕、莴笋、冬瓜等稍贵一些的菜。每天早上，李如意骑着借来的三轮出巷子，跑很远，在灞池蔬菜批发市场把菜买上，一回来，该刷的刷，该洗的洗，十点多，上架，摆整齐，陆陆续续就有老太太来买菜了。下午两点一过，是个空当，李如意把蔫菜、烂菜扔掉，整理一下，洒点水，就消闲了。她抱一把椅子，坐门口，听巷子里的邻居聊闲天，听女人们说家长里短，也听她们叽叽喳喳说荤段子。时间长了，互相都熟悉了，李如意也就加入到女人们的行列里，叉着腿坐，敞着衣襟，说着粗鲁话。那个曾经青涩细致的李如意像一缕游丝，被时间的手指一寸寸抽走了。

很多个下午，巷子是安静的，学生尚未放学，上班的人还没回来，睡觉的人依旧做梦。只有野猫，在远处悠闲地晃过。闲时光，可以捏一大把。可人一闲，事就来了。想北漂的日子，想北京的南锣鼓巷，想那个远去的男友，更想舅舅的二十万元，想公安局的消息，想追讨不回的话该怎么办……乱七八糟，什么都想，最后想到恐惧，想到窒息。为了把这些繁杂的思绪塞住，李如意就没话找话地跟巷子里的女人们闲聊，一张嘴，事情就忘了。女人们有的抱着小孩，有的拉着十字绣，有的打着毛衣，有的剪脚趾甲，懒散地说着。

有人问："如意啊，你一个姑娘家，开个菜店，多苦啊。"

李如意抠了抠指甲缝里的泥，说："没男人养，自己不干咋办？"

"给你介绍一个，两辆车，两套房，要不？"

"要啊，今晚就约一下，不过不要秃顶啊。"

哗啦啦，一圈女人都笑了，笑得鼻涕眼泪一堆。李如意也笑了，她都为自己能说出这样的话感到吃惊和脸红，但又能怎样，只有这时候，她才是开心的，只有这时候，她才不用装腔作势，也只有这时候，她才觉得肩膀上轻了一点。

一年，李如意的菜店开了一年，李如意挣了一点钱，这真不容易，看看那双粗糙、黏着菜汁和泥巴的手，就知道了。公安局说嫌疑人抓住了，但钱能否追回，还没有准确说法。李如意躲在菜架子后面，给舅舅打了电话，撒谎说公司的利息还没有算下来，需要再等等，一有消息，就打电话给他，让他放心等。还好舅舅没有急着用钱，也没有产生疑心，要不她死定了。

慢慢地，李如意习惯了这种早出进菜、下午闲聊的生活。有一群买菜的人，有一堆陪着瞎聊的人，有猫，有狗，有挂起的尿片，有炝浆水的清香，有孩子的喧闹，有老人的干咳，有半夜的呻吟，有黎明的鸡叫。生活，有这些，似乎就够了，还能再奢求什么？李如意都想着在这儿终老了。以后，找个男人，不要会失踪的，不要秃顶无毛的，随便干个什么，都行。白天，男人去干活，她卖菜。晚上，卖剩的菜，用来炒，各种杂烩，那么丰盛，一起在昏黄的灯下慢慢吃。这样，多好。

李如意把菜架加成了三层，店里进了一些调味品，什么盐、醋、花椒粉、五香粉、豆瓣酱、辣椒面、火锅底料等。店里一下充实了不少。李如意盘算着，这样挣两年，换个大一点的铺面，应该没问题，或者把隔壁也租来，打通，搞个蔬菜超市，这样，基本就能满足整条巷道里蔬菜的需求量了。等再多一点钱，她就在染布巷租个小独院，养花养草，喂猫喂狗，任它巷子外面风起云涌，任它地球别处水深火热，她只要过一个安然的生活，所求不多，随意就好。

李如意这么想的时候，糟糕的事情又来了。政府贴了公告，这一块老城区要拆迁，而且就在月底。

李如意坐在门口，看着绿森森的蔬菜，茫然无措。

离拆迁的期限越来越近了。有人开始搬家，大包小包，锅碗瓢盆，叮叮当当；有人站在巷道里打探消息，你呼我喊，骂着政府；有人把废弃的杂物丢到了马路上，破铁烂铜，衣物旧鞋。巷道里似乎热闹了许多，可这热闹背后，隐藏着苍凉和无奈。

巷子里的女人胸前挂着孩子，背上挂着袋子，问："如意啊，你还不搬？"

"搬，这就搬，可不知道搬哪儿去。"

女人也就随口问问，她没说完，女人弓着腰，已经走了。

何去何从？

李如意刚刚喜欢上这块地方，刚刚在这里立稳脚跟，刚刚挣了一点钱，刚刚有了扩大经营的打算，却突然要拆迁。为什么全世界都跟她过不去？为什么不让人消停地过安稳日子？这些菜往哪里去？她住到哪里？搬出去又能在哪里开店？开了店生意又会怎么样？一切都是未知的。

李如意抱着一颗白菜，哭了一场。

挖掘机开进了巷道。李如意把一部分菜送给了马上出门举家迁走的邻居，一部分便宜处理给了光明巷菜市场的菜贩子，把菜架子寄存到了朋友家。

几天后，南关老城区的一部分被拆除了，一切都散场了。没有人知道李如意去了哪里，也没有人知道李如意拿上了那二十万没，也没有人知道她是否又开起了菜店。

11　鲤鱼

朝北，出南关，过一个十字路口，再穿几条马路，就到耤河边了。河床宽二三百米，2007年前后，修了风情线。河中间筑了一道水泥墙，南边，是浑浊的河水，北边，用橡皮坝拦着，做了几个人工湖。

河岸上栽了很多树木，天水气候温润，很多树能活，也肯长。岸边的花，从初春的蜡梅、迎春，依次开下来，能开到落雪前。湖里的水是自来水，时间久了，泛着碧绿，像一块质地不怎么纯的玉。湖里，生长着好多鲤鱼，有半寸长的鱼苗，也有大腿粗的老鱼。鲤鱼成群结队，像玉石里的红血斑。

很多城里人，茶余饭后没地方去，就到河边喂鱼。买两个馒头，掐成豆大，抛水里。没一会儿，鱼就聚成一堆，饿死鬼一样抢着吃，你推我搡，吵吵嚷嚷。也有孩子买了薯片、小馒头一些零食喂它们。这城里的鱼，吃得比人好，有些乡下的老人，一辈子都没尝过薯片、小馒头的味道。这鱼让人喂惯了，嘴又馋，胆儿又大，就不把行人放眼里了。

鱼贪嘴，又笨，有人就开始钓起鱼来。钓鱼的多是小孩，穿着校服，放学不回家，在河边鬼鬼祟祟，打游击一样，偷着钓，因为这里是不允许钓鱼的。钓鱼的孩子里，有一群脸黝黑、穿布鞋、袖子上黏着泥垢的，便是乡里转进城的学生。乡里的学生进城，刚开始胆儿小，像丑小鸭一样，干什么都躲着藏着。时间长了，胆儿就大了，人也学溜滑了。乖点的，上学读书。调皮捣蛋的，开始抽烟，泡网吧。有些还学会了小偷小摸，直到后来天不怕地不怕，干了吃了豹子胆的事，给父母闯下一堆祸。

黑宝是属于中间的那种，不乖，也坏不到哪儿去。学习刚能跟上，最好的一次，就考了个班上的22名，中游。他是年过完开学转进城的，插班生，四年级。

春节，村子里打工的人都回来了，像鸟，又回到了窝里。不过现在的年也没多少味道了。年轻人赶着场子天昏地暗地喝酒，命都不是自己的了，真有种喝不死不罢休的感觉。中年人凑一起成天打麻将，有些推条子赌博，钱在兜里，撑得腰疼，都跟暴发户一样，吹着牛皮，甩着大话。孩子们都窝在家里，一睁开眼就看电视，什么喜羊羊光头强早没兴趣了，成天抱着电视看《来自星星的你》《甄嬛传》之类的，都看迷了。有的成天抱着手机玩，尿也憋一天不撒，八九岁的人，玩QQ，玩微信，比大人还溜，有的还玩起恋爱了。早些年，村里过年还打鼓、庙里烧香、走亲戚、演社火，热热闹闹，像那么一回事。现在，直接冷冰冰的，路上见不着一个人，跟鬼子扫荡过一样。

黑宝他爸是在麻将桌上说起黑宝转学的事，他歪着嘴别支吉祥兰州，把二百元丢到对面堂弟刘明明跟前，眨巴着眼说："手气臭得很啊，今天给你们几个货已经交了八百元学费了。"刘明明把钱卷起来，装进裤兜，笑眯眯地说："你是大老板，放点血不算啥，用流行的词语说就是'土豪'。"一桌人哈哈笑了，有人说，这就叫打土豪，分钱财。有人说，土豪好啊，谁不爱当土豪。黑宝爸把积了半截的烟灰弹了，说："说个正事，我想把我儿子转到城里的学校，谁能帮上这个忙？"大家一致觉得只有刘明明能办这事，一是刘明明在城里办事处上班，肯定能托下人；另外是侄子的事，刘明明一个当叔的怎么着都应该办。

刘明明支支吾吾说："今年过年严得很，查得厉害，一个县上的局长来市上开会，顺便拉着自己的媳妇，送到海天超市门口，结果被纪委的抓住了，说是公车私用。现在啊，就是有钱也不敢收。"大家嚷道："说是那么严，可网大了难保不漏鱼，人家该收的照样收着呢。"刘明明心想，哪有空手套白狼的事，要套狼，也得舍几个"娃娃"啊。黑宝爸把烟蒂弹掉，摸着牌说："明明，你放心，钱的事，哥不会亏待你。"他明白这个堂弟的心思，不打点打点，怎么办事？这是规矩。他虽然是个土包子，但毕竟也摸爬滚打了这么些年，有些事，没经历过，但也听说过。一谈钱，刘明明不好意思再支吾了，便假装很爽快地应道："哥说的哪里话，这事我一定办成。黑宝转学的事就这么说定了。"

村子里本来是有学校的，一到四年级，五年级就到邻村附中上。学校学生最多时有近二百个，现在不到十个，一年级三个，二年级三个，三年级两个，四年级只有一个。这两年，孩子们都陆陆续续跟打工的父母进城了，留下的几个，不是单亲，就是孤儿，要么就是父母有疾病。学校原先七个老师，三个年轻的给学区校长花了点钱，调走了，留下的四个，都是民办的，一人一个年级，承包了。以前学生多，老师还有心思教课，现在几乎没学生了，他们也就没心思了，每天早上都先在地里干两个小时活后才去学校，敷衍了事。四年级的老师干脆把那个学生带回家去教了。老师们常说，真想撂下这烂摊子，出去打工，除去一年吃喝，还能存下三万元，当个民办老师，那点工资还不够买茶叶。

上班后，刘明明就开始找人，先是联系在城里一所小学当老师的一个同学，电话打过去，人家推了，说："今年没名额，校长最近电话一直关机，联系不上。"然后是同事，同事说问问看，过了两天，回话说，差不多有戏，让等着。等了一个礼拜，同事说先把帮忙的人叫上吃个饭。刘明明请了他们几个人，到火锅店吃了一顿，钱是刘明明掏的，刘明明的钱是黑宝爸过年时给他办事的两万元。吃完饭，刘明明凑过去跟那人说话，把装进餐巾纸袋里的两千元塞进他怀里，说：“这是专门给你的，你先拿着，后面你需要啥就打电话。”那人喝酒上脸，红得能滴血，喷着酒气说：“兄弟的事，就是我的事。”然后动摇西北，吹着牛皮，散了。

这事过了二十天，还有一周就开学了，那人却一直没消息。刘明明问同事，同事问那边。搞了半天，原来事情黄了。刘明明本来想骂那人耽误事，但碍于同事面子，就发了条短信，说：“事办不成，把钱退了。”过了一天，同事拿来了一千元交给刘明明。刘明明问：“另外一千呢？”同事说：“人家只还了一千，另外一千说是跑路费，花了。”刘明明一屁股坐在椅子上，骂了句：“狗日的，这么无耻的人。”

开学在即，刘明明急了，黑宝爸打电话催问了好几次，说学校一确定就要租房，要不没地儿住。刘明明打电话问了好几个朋友，都说没办法。一天，一个外单位领导给他打电话，迷迷糊糊说，有个亲戚，在他们辖区，看能不能办个低保。刘明明正好分管这块工作，虽然没大权，但私下里弄个低保还是可以的，他便答应下了。那领导很高兴，说哪天有空坐坐。刘明明顺势说了转学生的事，那领导说联系看看。晚上，领导发来信息，说：“成了，一万元，你明天把转学证、家长户口本，还有那东西带上，找牛校长。”

黑宝的名报上了。刘明明算了一下，剩下的钱自己落了近八千，他揣进了自己的腰包。

黑宝他爸在银川是个小包工头，正月十五一过，就带上人走了。黑宝妈在学校四周找了好久，没找到楼房，没办法，马上开学了，她只好到学校附近的南关找，最后找了一间，嫌房子小，没租。换了两家，终于在仁和巷找了间一室一厅的民房。她是嫌弃南关的，脏兮兮，满地垃圾，坑坑洼洼，能卡住人的窄巷子，堆满杂物没法立脚的院子……反正没一样舒心的，要不是时间紧，她才不住这猪窝一样的仁和巷。不过一想，也就将就一段时间，找到楼房就搬走了。

开学了，黑宝妈专门负责接送黑宝，给黑宝做饭，看着写作业。她跟黑宝爸怀的第一胎，流产了。那还是二十来岁，有一年腊月，黑宝爸买了辆新摩托，心急火燎地带着怀了六七个月的黑宝妈去赶集，结果，雪地里一滑，摔倒了，肚子里的孩子也没了。打那以后，就一直怀不上，拼死拼活怀不上，城里的医院跑遍了怀不上，马路上贴的专治不孕不育的广告试遍了怀不上。钱花了个一塌糊涂，他们都绝望了，最后有人建议，到西安一家地下私人医院去试试，那里想生几个，就能怀几个。邻村马四的儿媳妇就做了个手术，怀了个双胞胎，一儿一女，就是价钱够吓人。他们卖了驴，粜了麦，倒了摩托，借了外债，揣着钱，抱着试一试的心态就去了，一试，怀上了，生下了黑宝。

看孩子上学也是个轻松活。早上，在巷子口买个猪油盒，提个豆浆，边走边吃，把孩子送到学校门口，就没事干了。中午，接回来，偶尔做顿饭，多数时候外面吃，晚上依旧如此。反正黑宝爸每个月都会把钱打到卡上，供老婆孩子花。手头宽绰，黑宝妈也就不像其他供孩子上学的人家手捏那么紧，她基本是由着性子花。她觉得年轻时，在乡下，把自己亏欠了，现在好不容易进城，又有一个能赚钱的男人，要把以前亏欠的弥补上，该吃吃，该花花，让自己活得潇洒一点，风流一点。

黑宝妈没上过几天学，端起课本，狗看星宿一串明，都不会，尤其数学和英语。看着孩子趴桌子上写字，她就躺床上，用手机看电影。她是个懒女人，衣服不洗，饭也很少做，害怕把自己的手弄粗糙了。这女人，一般人家接不住，黑宝爸能挣钱，才勉强镇得住。接送了一段时间，黑宝熟悉了路，自己便能回来了。黑宝妈站在校门口，涂着红嘴唇，画着三角眉，头发烫得像泡面，活脱脱一个妖怪。黑宝不让她送了，同学都笑话他，说你妈妈是个妖精。他觉得丢人。

不接送，黑宝妈解放了，黑宝也解放了。

最近，黑宝妈预约了一个做美容的。每天下午四点她就过去，一直做护理。她要把自己脸上的红血丝去掉，弄成一个地地道道的城里人。这两年头发掉得厉害，她顺便做了个头皮SPA，保养一下头发。不接孩子，她便安心地做，一直做到六点才回家。

没人接，黑宝也自由了。一放学，就跟着同学去河边钓鱼。他们到渔具店一元钱买了鱼钩，拴在半截风筝线上，再买个馒头，掐一点，捏紧，钩在鱼钩上，抛进水里。一个同学站在高处台阶上放哨，有管理人员来，吹个口哨，就跑了。另外两个，负责钓。鱼钩进水，不到一分钟，鱼一吞馍渣，上钩了。一条红鲤鱼噼里啪啦甩着尾巴被提了出来，在岸上弹了几下，被抓进了事先准备好的塑料袋里。钓一条，换个地儿，防止被抓。钓上鱼，他们有时候带回家自己喂，黑宝自己喂了三条一指长的鲤鱼。有时候，他们提到花鸟市场，两三元一条就卖了，卖的钱，换成画片玩，或者买包便宜烟，藏着抽。

有时候，黑宝回去迟，他妈问："怎么这么晚？"他拭着额头上的汗珠子，撒谎说："老师留下写作业。"他妈便不再多问，伸出手，翻来覆去看着下午刚画好的指甲。她对指甲上新贴的几十颗玫瑰钻满意极了，拿起手机拍了一张照片，发了朋友圈。有时，黑宝回去，他妈不在，桌子上放着一个盒饭。他知道他妈又跳广场舞去了。那天他妈还问他："宝宝，你说你妈像不像城里人？"黑宝啃着铅笔头，没吱声，好几道应用题，他都不会做。他妈又说："你妈现在就是城里人，你瞧我这皮肤，是不是比在乡里白多啦？还有手，你看。"她把手伸到黑宝面前，晃了晃，"不过妈的腰不行，你看城里女人的腰，细的啊，风一吹就能断一样，我的腰像水桶子一样，妈明天晚上开始跳广场舞去，练一个魔鬼身材，你信不？"黑宝没吱声，他不喜欢这样的妈妈。他突然想起最近男同学们都拿着一个新玩具，放桌子上会打架，超炫，超酷，他也想要一个。但话在嘴边含着，一直没敢说出来，因为最近测验，考了个不及格。

一个下午，做完美容，黑宝妈就直接去跳舞的地方，她顺路给自己和黑宝买了两个汉堡，一杯冰可乐，还有一份鸡翅，两个蛋挞。最近黑宝老叫嚷着要吃肯德基。她想着跳会儿舞，就给黑宝提回家去，然后就不再出门了。

她回到房子，黑宝不在，七点，按理说，早该回来了。她等，还是没有。她到巷子口去找，也没有。天暗下来了，似乎要下雨，巷道里一下子黑透了。她打了车到学校，校门锁着，四周没有一个孩子的踪影。

雨滴滴答答落了。

她又回到房子，坐在床沿上，等着儿子回来。她的耳朵里装满了雨打在铁皮屋顶上的声音。她实在有些心急，胡乱涂了一点唇彩，准备出门时，房东揭开门帘钻进来，吓了她一跳。房东抹了一把脸上的水，说："河边一个孩子钓鱼时，跌进去淹死了，你去看看。"

雨，下大了。鲤鱼浮在水面，一片血红。

12 腊花的男人

巷子里的人都说，腊花有两个男人。

巷子里的人这么说的时候，腊花提着装过酒的红布袋，里面塞着衣物，风风火火出了仁和巷，走了。一条衣服的袖子耷拉在外面，摆啊摆，像条尾巴，跟着她，走了。

腊花四十出头，年龄不算大，可脸上堆满了褶子。苍老正像一头潜伏的野兽，开始朝她扑来。其实，像腊花这年龄，正是小区里的女人打扮得花枝招展、焕发二春的时候，她们用牛仔裤紧绷绷地勒起大腿上的赘肉，用胸罩托起下垂的双乳，用各种油啊水啊粉底啊填平眼角的沟壑，在街上，摆出一副清纯的架势，像刷过绿漆的老黄瓜，扭摆而过。可腊花没这机会，也没这福分了。

十几年前，具体十五还是十六，她也搞不清。那一年三月，河里的水醒了，天上的云软了，岸边的柳树枝吐绿舌头了。她顶着红纱巾，骑在驴背上哭得稀里哗啦，把脸都哭烂了，嫁给了王世贵。也不是看不上王世贵，也不是舍不得娘，也不是有啥委屈，反正就是想哭，哭了一路，泪珠子在土路上淌出了一根线。后来她常想，是不是当初那一路的长哭把半辈子人哭臊气了，才落得如此下场。或许真是那些眼泪把喜气都冲掉了。自此，她就再也没哭过。就算天塌，她也咬着牙，像个男人一样，一膀子夯上去，顶住。

结婚以后，世贵对她也好，疼她，稀罕她，重活脏活都不让她沾指头。在家务了三四年庄农，那时，乡下正流行搞副业，年轻人都出门了，世贵给老人撂下八亩五分地，带着腊花进城了。

进城后，他们就在南关租了间房子，安身立命了。这一住，就是半辈子，够长的。好多人都以为他们打小就是南关仁和巷的人呢。在城里，世贵先是在工地上抱砖头，抱砖头不挣钱，然后学砌墙，学了半年，砌的墙倒了三次，挨了几顿骂，不学了。后来乱七八糟搞过很多，当保安，学厨师，开出租，跑保险，甚至专职打麻将和买彩票，都没挣下钱。那时，腊花一直摆地摊儿，进点小玩意儿，摆在校门口，给学生卖，挣点毛毛钱。最后逼得不行，两个人上顿接不上下顿，嘴像干羊皮，能敲打出响声。这日子过得真是马尾穿豆腐——提不起来了。

世贵一横心，借了八十元给腊花放下，离家出走了。走的时候，说："要么饿死在外面，要么挣一疙瘩钱，给你背回来。"腊花拉着他的胳膊，不让走。世贵说："放心，我不偷不抢，半年，就回来了。"他挣脱开腊花的手，挎着个烂帆布包，走了。一走，一年半，急死了腊花。

腊月里，天寒地冻，蜡梅花开。世贵背着烂帆布包，回来了。还真背了一疙瘩钱。两万元，那时候的两万元，值钱得很，一个吃公粮的人的工资也就三五百元。回家后，世贵就再没出过门，学起了粉刷。那时候，盖房子的慢慢多了起来，粉刷工能挣钱了。这一次，世贵倒是聪明，学了半年，会了，就跟村里的另一个搭伴到处跑。腊花在学校门口的摊子也不摆了，城管三天两头骚扰，烦得很，加之她有了身孕，就彻底不去了，好养着身子生娃。

后来孩子生下了，男娃。家里一切都顺风顺水。世贵能挣钱，也攒了二十来万，养活一家三口绰绰有余。小日子过得倒也自在，他们准备再攒点钱，到城里买套房，就不回乡下了，也不租住在南关了，当个彻彻底底的城里人。世贵常说，宁当城里的狗，也不当乡里的有。

当他们四处打听，开始张罗着买房时，世贵出事了。

那天下午，他们准备到东桥头附近的安居小区看看，听说有房，价钱适中。上午，世贵给一个三层楼的小公司搞外粉，粉了东边，移到西边，第一遍泥子刚干，抹第二遍时，脚手架上的绳子断了。世贵像泼出去的一盆水，哗啦一声，扑在了地上，脑袋都差点开花了。腊花疯了一样跑到医院，医生说："伤得太重，回去准备后事吧。"腊花硬是不依，死活不依。最后从中医院转地区医院，不行，转到兰州，不行，又转到西京医院，西北最好的医院。最后，钱花了一疙瘩，硬是把命保住了。人瘫了，痴呆了。

回家后，世贵只能靠呼吸机维持生命。眼睛睁得溜圆，可眼珠子一动不动，是空的。

就这样，他们的生活一落千丈，攒的二十万全看病了。家里开始穷得叮当响，只差揭不开锅了，给孩子买个书包都没钱。买房，更别提了。从此，腊花就开始了悲苦、忙碌、无助的生活。她每天早早起来，熬点米粥，给瘫痪的世贵一粒一粒喂。天蒙蒙亮，她就去蔬菜批发市场，捡菜叶子，还得早，迟了就被人捡完了，回来再送孩子上幼儿园。然后，洗衣服，干杂活。中途，她扫了半年马路，可人家嫌她事儿多，来得迟，走得早。不过，她的苦，谁知道呢。后来，就被人家打发了。她一个人跑到南山上，准备哭一场，一想，这辈子的眼泪早在出嫁那天流完了，咬了咬嘴皮，又下山了。

腊花从来没有想过要放弃世贵。当初进城，是她提的。让学粉刷，是她提的。接那笔活，也是她提的。都是她，如果不是她……再说，世贵对她没半点不好。世贵，她不管谁管。喂饭洗衣，端屎端尿，她都受。忙完家里的一摊，她急匆匆跑到一家公司，去给那里搞卫生，上午下午各一次，一月六百元。这活还是一起捡菜叶子的女人，看她实在可怜，托亲戚找的。闲了，腊花把嘴贴在世贵耳朵上，陪他说话，说出嫁那天瘦毛驴的刀背脊梁硌得她屁股疼，说胡麻地里他对她说的那些糊涂话，说后崖上两条蛇交在一起生儿子，说后院洋芋窖塌了冻蔫了一窖洋芋，说老黄牛不见了找了半夜，结果在厨房里用大舌头舔着锅，说进城后隔壁院子的老牛最近出了洋相后戒酒了，说巷子里一个小伙子偷了四川女人的胸罩被骂了一早上……什么都说，想到什么说什么，拉拉杂杂，唠唠叨叨。说着说着，也没个回音，就想哭，可一看世贵日渐活泛起来的脸色，就哭不出来了。

三个月，五个月，半年，一年，两年……慢慢地，世贵能动了，世贵会咿咿呀呀发声了。似乎世贵一天天在好起来，有个十年八载，说不定他就能“扑通”一声从床上爬起来，跳下地，跑一圈，或许能再提着刷子爬上脚手架粉刷呢。腊花这么想着，把一把虫吃成网状的烂菜叶子扔进垃圾桶，又觉得可惜，捡了出来。可这样的想法，终究是奢望，世贵也仅仅是能翻个身，能支吾两声，要像个正常人，估计这辈子，都难。

这些年，日子偶尔靠着世贵的老父亲和她娘家人接济，才不至于上街乞讨。可去年冬天，世贵父亲去世了。翻过年，刚打春，一场倒春寒刮来，携走了母亲的命。两位老人一死，也就没人跟她家来往了，都生怕这穷亲戚上门借钱，拖累了他们。老人在时，还会从班车上捎来一点面啊洋芋啊葱啊油啊什么的。粗茶淡饭，清汤寡面，没有油水的日子还能凑合着推。现在，就没那么容易了。吃一袋面，要钱。买一袋盐，要钱。滴一滴油，要钱。切一根葱，也得要钱。可哪儿来那么多钱呢，她一个月五六百元。可这钱，每个月光给世贵买药，就基本花干净了。还要供孩子上学，还要买油盐酱醋，还要交房费、水电费、等等，乱七八糟，各种想不到的钱，要支出。就算腊花把手捏得再紧，紧得插不进去一根针，可一个月还是熬不到下一个月。真是熬，熬得她眼窝子深得能装下两只拳头了。熬得她不到四十，头发根子齐刷刷开始白了。熬得她脸上的瘦皮能像擀面皮一样，揭下来一张了。低保倒是申请过几次，但人家说不是他们辖区内的城市户口，没法办。

最要命的是，孩子转眼就要上初中了，一开学，各种费用，从哪里弄？她觉得，这个家实在撑不住了。这些年，当然，最亏欠的还是孩子，从他上幼儿园起，到现在，也有好些年头，孩子就没穿过一件像样的衣裳，没吃过一次像样的餐饭。小时候，老嚷着去肯德基，她就哄，天天哄，明天说后天，后天说大后天，问急了，就骂："有面条就够好了，你看你妈的眼睛还睁着吗？"孩子怯怯地躲到门外了。后来上小学，一双鞋，穿了三年，补了又补，把一双单鞋补成了棉鞋。巷子口补鞋的师傅提着鞋子，实在没法下手，看不下去了，把别人送他的旧鞋，拣了两双小点的给了孩子。这两年，孩子营养不良，个子虽然长得挺快，可瘦得跟锹把一样。衣服短了，手腕、脚腕在外面亮了大半截，冻得红通通的。孩子乖，学习好，不惹事。长大点后，很懂事，从不乱要东西了，给一块钱，能捏一周。一想到这些，她的心，那个疼，就像有人把她的心抓住拧，一拧，疼痛就像水珠子一样往下滴。人家哪个孩子跟她的孩子一样，都什么年代了，还缺吃少穿。她恨自己，苦了儿子。

有时候，她坐在屋子里洗别人送的旧衣裳，洗着洗着，就发呆，就想，要是再有个人，帮帮她，哪怕是出一把力，她也就觉得这日子能过了。可谁又能帮她呢，她活得这么难，这么凄苦，谁又能帮她呢？

老黑。她偶尔想起老黑，她打扫卫生的那个公司的保安，光棍儿老黑。

老黑五十左右，无儿无女，无牵无挂，平时总是呆呆地站在门口，满脸黑黑的，不说不笑，像锯了头的杏树一般。别看老黑木讷，可人心眼儿好。

干完活，腊花就站在门口跟老黑唠一阵。这时，老黑话真多，一说就没完，可能都是穷苦人，一说，就能接上话茬儿，就能体会到对方的苦。老黑说他小时候多调皮，说他年轻时去过哪儿，说他现在一个人也没个家，跟孤魂野鬼一样。腊花也说，她把家里的事全跟他说了，说着说着她的眼圈就冒红。老黑说：“不容易，你一个女人家，真不容易。”腊花擦了一把鼻涕，说：“有啥办法，还得活。”老黑说：“以后有啥事，就吱一声，能帮的我尽量帮，反正我闲着也是闲着，不是发呆，就是打瞌睡。”

老黑也真的给腊花干了不少活。平时，她忙，老黑偶尔就帮着她把地拖了。春天，帮她拆炉子。夏天，帮她扛面粉，换床板。秋天，甚至给孩子顶人数开家长会。冬天，拉半三轮车煤，煤钱自己掏了，还劈一堆柴。有时候，买条鱼，称块肉，弄点香蕉橘子，塞给腊花，腊花不要，他脸一黑，就不依。腊花心里过意不去，可帮不上他什么，也没钱，就只能给他洗洗衣裳、床单。有时，做个鞋垫，送给他。日子久了，腊花被生活冻僵了的心，偶尔能感到一丝温暖。

洗衣粉沫子在盆里，破碎着，发出细微的叹息。她突然想，跟世贵离了，跟老黑生活。她的脸一红，心跳得厉害，跳上去，重重落下来，砸得她胸腔隐隐疼。这样行吗？她瞟了一眼世贵，世贵静静地躺在床上，眼珠转着，不知在看什么，像个婴儿。这样是不是对不起世贵？世贵娶了她，她是世贵的女人，世贵疼她，对她好，她怎么能抛下世贵呢？可这不是抛下，这是没办法的办法，这是无路可走的路。她心里始终有世贵，她一辈子都不抛弃世贵。跟老黑结婚？跟老黑结婚别人会怎么看？可现在管不了那么多，别人的看法和说辞能顶一碗饭吃，能当一个书包吗？不能，别人只是说说，看看笑话罢了。跟老黑结婚，不是抛弃世贵，而是让世贵、孩子和她，有一条出路。这么些年了，老黑人好，靠得住，这她比谁都清楚。跟老黑在一起，两个人挣钱，手头能宽裕一点，给世贵的药费也就不操心了，自己也就有个主心骨了。这些年，什么都是她承担，一个女人，她担怕了，怕得肉疼。再说给孩子找个后爸，上学啥的，就有人负担了，也不至于辍学。老黑不会亏待孩子的，她相信。可这样，是不是在利用老黑呢？不是，完全不是，她从来没有利用人的想法，她觉得，老黑需要一个家，需要一个女人，做饭洗衣，缝缝补补，需要过一个正常人的生活。她过去，正好可以把老黑这个家撑起。

这样，似乎两个本要凋残的家庭，会出现转机，走上坡路。也只有这样了，这条路不走，将是死路一条。

腊花翻来覆去，考虑了一个礼拜，就这样决定了。

一个上午，腊花拖完地，凑到老黑跟前，她觉得气都吸不上来，憋在肺里，肺在膨胀，她有些头晕。她嘴里干巴巴的，舌头干硬，像半块土坷垃，打不了转。最后，她伸着脖子，干咽了几口唾沫，才说了句："老黑，给你说个事。""啥事？""你看，咱俩……结婚……成不？""啥？！"老黑"呼啦"一声，跳了起来，然后落下，砸得地一抖，定在原地，眼皮都不眨，他差点惊死了。老黑这么一惊，腊花倒是不紧张了。她把老黑叫到公司门外，一个转角处，把自己的想法一五一十说了，毫不保留。她说着说着，眼泪珠子干脆忍不住，就成双成对地出来了。她都发过誓，这辈子，再不哭，可一想到这些年自己过的日子，就彻底忍不住了。老黑听完，脸慢悠悠红了，一直红到肩膀上，像刷了红漆。老黑半辈子没红过脸了，这次，他的黑脸红了，黑里透红，真像一块燃烧的炭，还扑簌簌冒着细微的青烟。

听完，老黑二话没说，递过去一团卫生纸，走了，走得有点东倒西歪。

腊花觉得没戏了。她有些后悔，觉得自己太鲁莽，太直接，甚至太不可思议，太搞笑了。人家怎么会看上我这个穷酸黄脸婆呢？人家怎么能让一个女人带着前夫和孩子跟他过日子呢？就算他不说啥，亲戚邻居会咋说呢？人家一个人逍遥自在多好，为什么要把不疼的指头塞进磨眼里？不说还好，这一说，把原本好好的关系都搞砸了，以后还咋见面，更别谈其他的。她后悔死了，恨不得扇自己两耳光。

两天后，老黑过来找她。她尴尬极了，故意歪过头，没敢正眼看老黑。她摸不透老黑要说啥，心扑通直跳。老黑说："这周有时间了就搬过来，孩子的床和写字桌，在小房间，我都收拾好了，你那儿挤，得让他有个学习的地儿。"说完，走了，走半截，回过头，又说："世贵那边，我不介意，你照顾好就行。"这次，老黑走得腰直脖子直。腊花在原地，愣了半天，才反应过来。当她反应过来后，拖把一丢，两步跑到窗户边，朝外面把声音拉得长长地吼叫了一声。窗外是晴天，白鸽携着云朵一圈圈飞翔，日光温和，花开在五月的梢头。

几天后，腊花办理完离婚手续，带着孩子，提了两件衣服，就过去了。简简单单，也没有仪式，没有宴请，没有通知别人，甚至互相没有说一句多余的话，就凑在一起，过起了日子。

从此以后，人们都说，腊花有两个男人了。

一大早，老黑骑自行车，把腊花放巷子口，自己去公司先拖地搞卫生。腊花进仁和巷，到出租屋里，给世贵换衣服，喂提过来的早饭，洗弄脏了的床单，扫地，抹桌子，收拾停当，就去公司。公司最近给她又安排了一个分发报纸的活，多加了三百元。中午，回老黑那边，做饭，吃毕，让儿子提过来，喂爸爸吃。晚上，做好饭，自己提过来，喂世贵吃，吃罢，帮世贵大小便毕，铺好床单，盖好被子，跟世贵说会儿话，提着换下来要洗的衣物就回老黑那边了。有时候，腊花实在忙，老黑就提来饭，喂世贵吃。腊花有时不让去，怕老黑尴尬。老黑说："尴尬什么啊，就当是自家兄弟好了，只要咱们四口人平安、顺心，就行了。"

后来，老黑提议给世贵买一台电视，要不平时留他一个人在屋里太冷清。腊花揉着眼眶，说："老黑，你真好。"老黑嘿嘿笑着，没说啥。

日子就这样，一点点拉开了帷幕，透出了外面的亮光。腊花每天匆匆忙忙。公司，老黑那边，世贵这边，三个地方，来回奔波着，风雨不歇。可她觉得充实，觉得日子走上正道了。

"腊花胖了，眼窝子浅了，皱纹浅了。"巷子里的人说。

13　表哥

我在以前的文章里写过，我有一个表弟，曾被黑社会组织骗去，挟持着披麻戴孝，跪在马路上乞讨，为他们敛财，差点丢了小命，所幸最终逃脱魔爪。表弟有个哥，三十来岁。因为是我三姑的大儿子，我便叫表哥。

我三姑生了两个儿子，小儿子是个懒货，大儿子也是个懒货。小儿子早早辍学，在城里打工为生。大儿子在乡下务农，养活老小。但由于人懒，不善侍弄庄稼，常常广种薄收，一家人除了填饱肚皮外，手头没有一点零用钱。

于是，表哥就进城寻活路来了。姑姑说："去吧，树挪死，人挪活。"表哥说："等我发财了，咱一家子就当城里人。"姑姑说："不要丢了人，走吧。"姑姑打发走儿子，其实是想眼不见心不烦，走了她图个耳根清净，反正在家，也不顶事。

进城不到一年，据说表哥真发了。

那天，我窝在出租屋睡觉，表哥提着一瓶海之蓝来找我。他把自己拾掇成城里人的模样，白短袖，修身裤，黑皮鞋。他顺手丢给我一包软中华，说："我知道你不抽烟，留着来人发，撑个门面。"我收了烟，问："你做什么生意了，一下子成'土豪'了？"

“来，喝酒。我是瞎猫撞上了死老鼠，靠手艺捡了两个钱。”表哥撕开酒盒子。

他确实是有手艺的，听他说，他会给楼房顶子维修漏水。也就怪了，他一个住塌房烂院土坯屋的人，咋就会治楼房的病呢，说来也怪。

他进城时，身上除了揣着粜过粮食的五百元，只背着一个喷灯，塞进化肥袋，口子一绑，肩上一扛，就坐上了进城的班车。到了城里，他在南关最偏僻的一个旮旯租了一间房，房租便宜，一月八十元。不过房子小到了极限，只能放一张床，人一坐，屁股都转不过。我去过一次，就不想去第二次了。在城里，他灌了两雪碧瓶汽油，找了块纸板，用毛笔写了“专业维修楼顶漏水”，另外找了些沥青。他给喷灯灌了汽油，装上沥青，脖子挂上纸板，收拾妥当，就出门了。表哥笑着跟我说，这叫“挂牌出售”。

在天水郡人力市场，表哥挤在那些打零工的乡下人堆里，脖子上挂个东西，显得怪怪的，有种鸭在鸡群瞎混混的感觉，也有种像立马要被枪决的罪犯的感觉。在市场边的马路牙子上，表哥蹲了又站，站了又蹲，把几天时间打发了，竟然没有一个人叫他干活。他觉得他的手艺虽非绝活，但也是独门，怎么就没人叫呢？难不成城里就没漏水的房？怎么可能！

表哥寻思着，这样死守下去，迟早就饿死了，还是要到处走走看。树挪死，人挪活嘛！

人家现在收废纸板、啤酒瓶的，清洗油烟机的，换纱窗的，修沙发的，都用喇叭录了几句词，穿梭在小区里，一刻不停地吆喝着。表哥也搞了个那玩意儿，挂在脖子上，喇叭里的男人，操着一口河南普通话，一遍一遍地喊着“专业维修楼房漏水，保质保量”、“专业维修楼房漏水，保质保量”……

这样到处在小区里溜达了三五天，只有两三户人家叫他维修。楼高，都是二十来层，他拼死拼活爬上顶子，一看下面，妈妈哟，他恐高，差点没一头栽下去。他匆匆忙忙点着喷灯，把起皮的牛毛毡压平，放上沥青，烤化，将裂缝处黏合在一起，然后战战兢兢地下了楼，裤裆里都湿津津的。

不到半个月，表哥觉得这生意没法做了。一是没有活干，二是他恐高。

表哥背着喷灯，揣着半块干饼子，落寞地走在马路上，他带来的五百元，不但没有添补进去，反而花得只剩下二百元了。他像一只抽了血的鸭子，摇摆在路上。他来到步行街，把屁股往花坛沿上一丢，顺势坐倒。他知道，反正这活没法干了，可又能干什么，他也两眼一抹黑。与其这样苦恼，还不如坐路边看看美女，调节一下心情。现在夏天了，美女们都穿得很薄很透很暴露，要么露着白花花的半个奶，要么透过衣衫能看见里面的红奶罩，要么裤子短到胯子沟。表哥坐着，呆呆地瞅着眼前过往的姑娘。他还没有结婚呢。他心里骂道：姑娘这么多，没一个是我的！三十岁了，除了二十五岁那年在镇子上摸过一个小姐外，再没动过姑娘一个指头呢，啥原因？还不是穷，盘不起媳妇！

一想起穷，表哥就开始黯然伤神，跟头顶的天一样，堆满了厚厚的阴云。

也不知坐了多久，突然下起了雨。早上出门时，还是个大晴天，人们都没有备伞，大雨突至，下了个措手不及，好多人都淋成了落汤鸡。不过城里人就是娇贵，屁大的一点雨，都打伞。哪像我们乡下人，暴雨哗啦啦下，还在地里赶着牛耕地呢。

表哥没有回去的欲望，他想被这雨浇一浇，看能不能把晦气冲掉。他浑身湿透了，跟个傻子一样，蹲在一棵矮个花石榴树下，满脸雨水。他看着匆匆忙忙的城里女人，十分钟之前，还是光鲜照人，此刻，化妆品被冲刷，露出了蜡黄的皮肤，像山沟里没人种的半亩干沙地。她们举着包，遮在头顶，咒骂着天气，抱怨着男人，跑来跑去跟肥屁股鸭子一样，摇摆着找伞买。

伞。表哥的耳朵里一次次听见这个词。

他灵机一动，既然你们都缺伞，为什么我就不是那个卖伞的人呢？表哥为自己的生意头脑一阵窃喜。他背起家当，哼着秦腔《拾黄金》里的几句词一颠一颠回了出租屋。

一天晚上，我都睡了，表哥背着他的喷灯来敲门。他和我说了半天自己卖伞的想法，我表示极力赞成。那时候雨季将来，我觉得是个不错的生意。表哥掏出两根黑兰州，给我发了一根，我没抽，放下。表哥似乎对未来充满自信，聊到十一点多，我实在瞌睡得要死，几次暗示之下，他才悻悻而归。

后来，我才发现表哥用十八元的黑兰州烟盒子装着五元的蓝兰州。

表哥从在城里开诊所的同村三娃那儿死皮赖脸借了点钱，进了几百把伞。天晴，他就在南大桥桥头铺张塑料布，摆上伞，放好喇叭，卖伞。现在他把喇叭的声音换了，换成“卖伞来，卖伞，精美的天堂伞，保质保量保信誉”。没雨的日子，他是不敢去广场、步行街这些人口密集的地方，那里有穿制服的黑狗子，不是赶就是没收。只有下雨天，黑狗子溜了，没人管，他才敢提着伞到那里卖。

于是表哥每天盼着下雨，一下雨，他的生意就好了。为此，他还到北山的泰山庙烧过一次香，祈求泰山爷保佑他，多多卖伞，早早发财。

可遗憾的是，这一年的秋季，偏偏就旱了，从八月到十月，树叶子由绿变黄，也没下过几场像样的雨。表哥的生意可想而知，几百把伞只卖出去了不到一百把，差点都没收回本钱。斜窝在出租屋的床上，看着床头码起的一堆伞，再看看窗外晒死人的太阳，表哥的心如凉水泼过。

再过不久，就到冬天，卖伞就成了笑话。于是，表哥的第二个活计就这样寿终正寝了。

还是一个晚上，我都睡了，表哥提着十来把伞来敲门。我想不明白，他为什么老是半夜里来找我。他哭丧着脸，说了自己的失败经历，鼻涕和眼泪搅混着落了下来。我也不知如何安慰他，只是说：“慢慢来吧，从长计议，人一辈子长着呢，不跌倒几次，咋能叫活人呢。”表哥点着头，像个孩子。过了十一点多，表哥起身，说：“这十几把伞给你留着用。”我说：“一把就够了，咋能用得了这么多，你拿去吧。”表哥推托着说：“反正伞又不过期。”表哥欲走不走的样子，我心里有点纳闷。过了一阵，我才明白过来，赶忙从枕头底下摸出一百元，给他。他嘴里说着不要不要，手早已捏住了钱。

后来，我才明白表哥不是来送伞，而是借送之名，卖伞来的。听说好几个城里的亲戚都收到了他积压下来的伞。

我和表哥喝着他提来的海之蓝，我们一盅一盅地喝着。每盅喝完，表哥都吱一声吸一下，要把盅子底吸出来舔舔一样，很享受。借着二分酒意，我说：“哥，除了修楼顶、卖雨伞，你还身怀其他绝技啊？”表哥嘴一咧，伸着舌头舔了一圈嘴皮：“修楼顶和卖伞的事，就别提了，丢人。”“到底啥手艺啊？给我也传授一下。”我给表哥敬了一盅。他眼睛一眯，嘿嘿一笑，秘而不宣的样子。过了会儿，他说：“以后有机缘再传授你，这可是讲究缘分的，也是个眼色活。”我知道从表哥嘴里套不出什么话，也就罢了。不过亲戚们常说，别看俊德（我表哥的名字）出门少，脑瓜子活泛着呢。我也觉得表哥脑瓜子活泛。一般人进城，不是当服务员，就是到工地搬砖和水泥。可他就靠脑瓜子吃饭，想着做点生意，卖个手艺，这样来钱快，人也轻松。虽然两次都失败了，但已经能看出，他注定就是靠脑瓜子吃饭的人。

我们喝到暮色袭来，黑暗淹没了南关，一斤酒才喝完，两个人都喝得迷迷糊糊，面红耳赤。我请表哥到巷道里的馆子吃炝锅面。我掏钱，他硬是推开我，自己掏了钱，还顺便加了两个小菜，一个胡萝卜丝，一个青辣椒。表哥要请，我知道他挣了钱，再说他也难得主动大方一次，就随了他的心意。不过话说回来，表哥能挣点钱，真是好事，总比成天窝在家，向一个在土里刨食吃的姑姑伸手要钱强百倍了。都是亲表兄弟，能不高兴？

吃喝完毕，我们各自散人，我回了我的出租屋，表哥回了表哥的出租屋。

直到年底有一次，我四爷过三年，我去烧纸。在席间，我五爸的儿子王伟神秘兮兮凑过来："听说俊德哥发财了？"

我说："就是，前段时间还揣了一瓶海之蓝请我喝了一场，好事情啊。"

"我看未必就是好事情。"

"咋说？"

"你不知道吗？"王伟睁大眼，一脸疑惑。

我有点蒙，摇摇头。

他往我跟前凑了凑，斜着眼扫了一圈院子座席的人，说："走，外面说。"

我跟着王伟出了门。王伟点了一支烟，狠狠吸了一口。"本来兄弟之间的事，不好说，不过这事我跟你说了，你给俊德哥提醒一下，你干公事，你的话他有时还听几句，要不他迟早吃亏呢。"

事情是这样的。表哥卖伞的生意失败后，一直很郁闷，准备卷了铺盖回家。临走之前，他捏着汗津津的二百元，准备给同村的三娃先还点钱。出了泥泞的巷道，刚准备过马路，对面冲来一辆出租车。车不是撞到了他身上，而是撞在了他前面一个玩手机过马路的少年身上。还好，司机刹车及时，少年只受了一点皮外伤，流了一摊血，人没有大碍。目睹了一场突如其来的车祸，表哥一路上感慨现在的年轻人啊，眼睛一睁开第一件事就是手机，闭眼睡觉之前最后一件事还是手机，这手机都成身体上必不可少的一个器官了。你看看，马路上，公园里，公交车上，都是低着头玩手机的年轻人，跟吸鸦片的有啥区别。当表哥的感慨准备告一段落时，他突然脑子一激灵，冒出了一个让他兴奋的点子——既然你们都爱玩手机，过马路连命都不要，我就不能在你们身上下下手，发发财么？再说，也让你们花点钱吃点亏买点记性，以后记住，走路不玩手机，玩手机不走路。这么一想，表哥倒觉得自己在做一件大善事，像菩萨一样，在普度深陷于手机泥潭中的众生。表哥对自己的想法满意极了。

他折身钻进隔壁的一个商店，买了两瓶二锅头，到了三娃的诊所。

他感谢三娃当初在困难时借钱帮扶他，钱暂时还不上，不过过段时间一定还。三娃见表哥心诚，虽还不上钱，但态度端正，便从露着海绵的烂沙发里起来，给他倒了茶，表示可以再欠一段时间。他们喝着，闲扯着村里的事情。最后，表哥让三娃给他开个药方子，三娃问治啥病，表哥说胡乱写，心脏病、肺癌、白血病，反正越严重越好。三娃绷着近视眼，迷惑不解。表哥连着发了两支烟，说："我急用的，你就不要问原因了，以后我请你好好吃一顿。"三娃极不情愿地乱七八糟写了一堆药名，都是西药，包好，装进塑料袋。临走时，表哥还拿了四瓶玻璃瓶装的葡萄糖，把九十元的新账统一记在了上一次借钱的名下。

一出门，表哥就把葡萄糖的标签撕了，把药片松散地包在一起，然后开始了自己的谋财之道。

柿子要拿软的捏。第一个目标是个女的，二十来岁，穿着还算洋气。表哥跟踪了半截路，发现她一直低着头玩手机游戏。表哥走到姑娘前面，在人烟稀少处，他清了清嗓子，故意把腰弓起来，跟病汉一样。他用指头挂着药袋，朝姑娘走去。姑娘依旧低头玩着手机，完全没有意识到前面有人。她撞在了表哥身上，表哥故意身子一晃荡，把药丢在了地上。葡萄糖落地，"哐当"一声，碎成了一包渣。白花花的药片滚洒在路上，沾上了尘土。

姑娘这才反应过来，一看闯了祸，顿时慌乱，忙说对不起。表哥干咳了一阵，气吁吁地说："姑娘，这是我的救命药，你光说对不起能顶啥？"姑娘不知如何是好，战战兢兢地说："要不我们打车给你去医院买？""买啥？我的肺癌，这药是从西安专门捎过来的，我刚从车站取上，这里买不到。"说完，从衣兜里掏出药方子，在姑娘眼前晃了晃。姑娘说："叔，实在对不起，我不是故意的。”表哥又干咳一阵，要把肺都咳出来了。咳完，他一手扶着腰，说：“我也知道你不是故意的，既然都摔烂了，也没办法了，我把你骂一顿打一顿都不顶事，要不这样吧，你给我赔点钱，我再麻烦人家亲戚捎，还有啥办法呢？”

姑娘一听，脸上稍微舒展了一点，忙问：“得多少钱？”“四百八十五，你给个四百八算了。”姑娘一听，脸上的肉一抖，愣住了。表哥说：“我也不哄你，要不你把药方子拿上，到西安去买，我也不为难你，你给我把药赔来就行。”姑娘一听让她去买，赶忙翻起了手提包，翻了半天，摸出了五百元，递了上来，表哥找了二十。表哥把碎渣子和药片捡起来，丢进垃圾桶，语重心长地说：“姑娘，以后走路看着点，别光顾着看手机了，你说你，好端端的路不走，非低着个头，你要是撞了老头老太，人家有个心脏病，出现个三长两短咋办？要是碰上小车啊摩托啊啥的，是不是就出大事了，唉，走路一定要小心啊。”姑娘哭丧着脸，点了点头，说着谢谢叔叔谢谢叔叔，走了。就这样，表哥用八十元净赚了四百元。

从此，表哥就开始用这种方式发财致富了。他变换着不同的地方，甚至到县上去，根据情况，三百、五百，能挣多少挣多少。最多的一次，他在一个县上讹了一千。他的目标基本是年轻人，女性居多。不要太有钱，有钱的女人厉害，他讹不住。没钱的女人白讹。就中等水平的，最好。时间一长，表哥就能通过女的衣着看出她的家庭情况，随身装着多少钱，好不好缠。然后准确下手，轻易得逞。每次讹完，表哥深情而充满善意地劝诫一番对方，让对方心怀感激地离开。当然，并不是每一次下手都那么顺利，但表哥通过耍赖、诈唬、逼迫、哭诉等手段基本都能满载而归。

没多久，表哥就发了。

王伟抽了一阵闷烟，说：“有空了给他提醒提醒，俊德哥有时候还是听你几句的。”

王伟说完这事后，我一直觉得心里不舒坦，就连上次那瓶海之蓝都突然觉得不对味，实在是有必要提醒一下他，这讹人的缺德事还是不要干。但后来杂事太多，要么忘了，要么抽不开身，一直没有机会去找表哥。

就这样拖拖拉拉过了两个月。有一天，听亲戚说表哥住院了。我满腹疑惑，买了水果去医院，他躺在病床上，不能动，头上缠着一大圈绷带，只留着两只眼睛，里面还布满了血丝。伺候他的表弟在病房外说，他是在讹人上吃了亏。那次表哥对一个少年下手，结果少年手一挥，吆喝来了三四个同伙，朝表哥一顿拳打脚踢，还加了几板砖。临走时，骂道："你讹一次就行了，还又来向爷讹第二次，爷也不是吃屎长大的，今天让你好好尝尝汤水，过过瘾。"然后在他头上又踹了两脚，吼道："你不是爱吃药吗，去吃吧！"拍拍屁股，闪了。

后来，听说表哥回乡下，又去种地了。他说，城里套路太深，不是人混的。表哥挨了一顿打，终究落了个头疼，治不好，真是天天吃上了药。

14 风声

风声循着夜色吹遍了大街小巷。

没有人知道这风声是从何而来的。

某一个早晨，跟任何一个早晨一样，陈旧、破碎、恍惚，便盆声、哭叫声、咳嗽声、秦腔声、叫床声，所有声音混合交织成一根麻绳，穿耳而过。但似乎终究有点异样，只是那么细微，不仔细在那些裹满烟尘、焦虑、疲惫的脸上搜寻，是很难发现的。那些揉着眼屎、敞着汗衫、摇着治疗不孕不育的塑料广告扇子的房东们，在巷道里拨开晨雾，一副若无其事的样子，瞅瞅这家，问问那家，但实际翻着眼皮，鬼鬼祟祟，藏着掖着，生怕被别人知道了自己心里窝着的那件事一样。

这一切，都是因为昨夜的风声。

昨夜，他们听说，南关要拆迁了。听到这样的消息，坏吗？坏啊，毕竟老祖先留下的一块地，自己也住了半辈子，突然要被拆掉，故土难离啊。好吗？如果真拆迁，胳膊扭不过大腿，拆，就拆吧，拆了也好，根据院子大小，补偿一堆钱，或者几套房，一眨眼皮子，就发了。从烂院到高楼，一下从乡巴佬升成小市民。说实话，这几年过来，人都爱拆迁了，有利可图啊。只要补偿标准高，能到位，政府一发话，大家装装不情愿的样子，没几天就搬得差不多了。就像小姐，一开始半推半就，装腔作势，像个良家女子，只要给上钱，二话不说，立马就从了。

既然要拆迁，那好，就在拆迁之前做做文章了。

所以，男人和女人在听到风声之后，团在被窝里，你一句我一句，既紧张又兴奋地说开了。

“说没说具体啥时候拆？”女人揽着男人脖子问。

“还不知道，不过拆是真的。”男人一手捏着女人空塑料袋一样的奶，一手摸着胡子楂说。

“那明天赶紧啊，到马六的厂子拉两车彩钢板回来，要不被人家抢光了。”

“急啥，满天水市还没几个彩钢厂啊。”

“放你娘的冷屁，马六那里的要比别处便宜，我们几间房子搭起来，要省不少钱，这省下的钱，你买几包烟抽，多好，总比你白白送给人家的强。再说，马六是南关人，钱上也好说话，打点折，欠一点，都好弄。”

“有道理，还是女人家虑事周到。”

“那你说，搭几间？”

“我觉得东面和南面搭两间，就行了，北面堆着一堆烂花盆、旧沙发、破椅子，没地方。”

“没事，那些废物明天一早我就腾了。不过你真是个猪脑袋，也不想想，多搭一间，就要多增加多少面积，这下来，又能多补一疙瘩钱，你不算算账啊？”

“有道理，看来家还是要女人当哩，以后你就是咱家的一把手、掌柜的。”

“说正事，一天油嘴滑舌，没点正经。你说，我们多搭一层，总共就成了四层，面积有四百个平米吧，按一比一拆，就能分四百个平米，你说这下来是不是就发得刹不住了？”

“我听说这一次是把东南面新盖的经适房给拆迁户分，这样子，我们家保守一点，一套一百平米，也要四套房，我们住一套，另外三套倒了，按现在的价，一平米七千，三百个平米二百一十万，他娘的，二百多万啊，半支双色球啊，这钱到手，天天花，到死也花不完。”

“我的天，二百多万，那你就天天打麻将，我就天天做美容，要不去一趟北京、上海，好好浪一圈，跟了你这个穷鬼，我连西安都没去过。”

“北京上海算什么，我把你带到缅甸啊越南啊马尔代夫啊这些地方浪一圈，在缅甸给你买个拳头大的玉石，再到越南看个人妖，然后去马尔代夫的海边，洗个澡，睡个什么海边房还是海景房，噢，到海边你要穿露奶露屁股的泳装，估计你不敢吧？”

“去，只要你有钱，我光膀子都敢，你看人家外国女人，大白天上街穿的衣服连屁股沟都遮不住。”

“人家那屁股又圆又瓷实，拍一巴掌颤得欢得很，哪像你的，跟一颗蔫洋芋一样，咋摸，都皱巴巴的。”

“滚出去，外国女人的屁股你摸过吗？还嫌我的，把你的狗爪放下来。”女人一巴掌打掉了男人的手。男人立马像癞皮狗一样，一边道歉一边缠到了女人身上。

女人掀过男人的头，说：“急疯了吗？听着，要拆迁这事，悄悄地，跟谁都不要说，到时巷道里其他人都不知道这事，没有搭活动板房，就少补偿一点，听到没？”

男人乖顺得像一只宠物，“嗯啊”着忙活开了。

这一夜，风声漫过，大大小小的巷道里，男人和女人都说了这些话，然后，就是前所未有的、声势浩大的“嗯啊”的折腾声。他们如此兴奋，对未来充满了幻想，他们似乎看见了海滩、宝石和人妖。他们像城隍庙的叫花子一样，拾到了黄金，似乎黄金真的要出来了。

当男人拖着疲软的肉体巡视时，发现巷道里的男人们都心怀鬼胎地在巡视，他们藏着同样的秘密，装作若无其事的样子，打个招呼，发根烟，说两句闲话，然后匆匆忙忙走开了。一圈回来，八点半，马六应该上班了。男人叫上女人，拿着卷尺，上了楼顶，测量完，在一张烟盒上算计了半天。然后男人揣上一条黑兰州，朝马六的厂子走去了。

当他们到马六的经理室门口时，发现里面已经挤满了人，而且身后还有陆续来的人，密密麻麻，肉挨着肉，烟混着烟。一开始，大家都装着不知情的样子，叼着烟，眼神胡乱漂移着，有人问，就搪塞几句。说找马总问个事，找马总说个话，找马总借点钱，找马总还个账。所有人都对买彩钢的事避而不谈，仿佛彩钢成了禁词，一说会咬掉舌头一样。但大家都不是傻子，从门缝里隐隐传出的说话声和迫不及待的眼神中，就都明白了，今天，所有人都是从马总跟前来买彩钢的。

马六坐在假皮沙发上，油头粉面，两指夹烟，烟雾缭绕，眼神迷离，完全一个“土豪”的派头。他一一接待着自己名义上的邻居们。一开始，还发烟、询问、倒水，后面连眼皮都懒得抬了，进来人，下巴抬抬，示意让坐，然后就说：“你放心吧，彩钢你用多少有多少，到时候来拉就行，咱们都是南关人，抬头不见低头见，好说话。价钱嘛，一个平米比别处便宜十五块，也算是我给大家做点慈善，咱不求名垂青史，只求问心无愧。”男人甚为感动，不知如何说好，便从腰里摸出一支黑兰州，恭恭敬敬地递给马总，马总伸出指头，夹过来。男人点火。马总摆手，示意坐下，自己点。男人从衣襟底下摸出一个黑塑料袋，里面是一条黑兰州，放到马总桌上，咧出一嘴笑意，说：“一点心意，马总笑纳。”马总把一张紫黑的脸从烟雾里伸出来，露着焦黄的大牙说：“客气了，客气了。”男人起身告辞，马总挥挥手，说：“慢走，不送了。”男人满嘴道谢，拉开合不严实的彩钢门，走了。

马六像大人物一样，一拨又一拨接待着邻居。都是同一件事，要买彩钢，希望便宜。马六慷慨大度，像救世主一样，答应了所有人。

第二天上午，日头冒头。整个巷道像有人发过号令一样，家家户户都在屋顶搭起了彩钢房。那时候，没有风，风在远方，不知去向。

当女人们站在屋顶，发现邻居们都在往屋顶搬运彩钢板时，她们心里，怅然若失。她们处心积虑藏起来的消息竟然不胫而走。女人怀疑绝对是那该死的男人走漏了风声，或者是哪个骚货跟男人挤眉弄眼了几下，男人把持不住，就泄密了。女人提着秃茬的笤帚，凶神恶煞一般冲下楼，把男人骂了个狗血淋头。男人满腔委屈，窝在屋里联系搭彩钢房的工人。

为了不浪费地方，让每一寸屋顶都利用上，将来好补偿，男人和女人头对头，撅着屁股，商量着，谋划着，算计着。他们似乎都要把半辈子攒下的一点脑浆都用在这次计算中，因为他们比谁都清楚，多一寸地方，就多一疙瘩钱，谁跟钱有仇啊。

后来，他们从搭彩钢的工人嘴里得知，马六给他们卖的彩钢不但不比别处便宜，还贵五元。当男人们听到这个消息后，气得嘴都歪了，因为他们不仅多付了几百元，还白送了一百八一条的烟。这样一算，亏大了。女人们站在屋顶，叉着腰，伸直食指，在青天白日下又戳又点地咒骂着马六，她们把马六从祖先一辈一直骂到马六这一辈，得出的统一结论就是马六可能是个杂种，因为只有杂种才会不要脸地玩弄邻居。她们发誓，下次碰见马六，一定会冲上去，朝他脸上啐两口。当然，女人们的愤懑里面，还包含着别的意思，她们看见别人家也在搭建彩钢房，想着别人日后也领彩钢房的补偿款甚至比自己家的还多，于是嫉妒和厌恶之情开始让她们胸口发闷。她们不敢明目张胆地骂别家，只能用指桑骂槐的方式，解解心头之恨。

随后的两三天，巷道里是热闹的。巷道里好久没有这般热闹了。

人们站在自家的屋顶，扯开嗓子，说着补偿的事（拆迁的事情大家都知道了，也没必要遮遮掩掩了），聊着最近的新闻事件，末了骂骂政府。说话声、电钻声、敲打声、电锯声，盖住了便盆声、哭叫声、咳嗽声、秦腔声、叫床声。闪着银光的工具、青白的铁皮墙壁、雪白的泡沫、天蓝色的屋顶，淹没了灰墙、褐瓦、漆黑的巷道、陈旧的衣物。泡沫沫子像雪花一样，被风一吹，轻飘飘洒满了巷道。人走来，浮起，人行远，落下。巷道里更阴暗了，高处盘踞的彩钢房遮住了阳光，只有巷道拐角处的缝隙里，挤出了一束细瘦的光。牵着黑狗的娃娃们跑过来，娃娃们是黑的，狗也是黑的。光在墙角躲着，水波一样，荡出了一层皱纹。

没几天，整个巷道里都搭起了彩钢房。从远处看，整个南关老城，壮观极了，像一层蔚蓝的天掉下来，棉布一般，搭在了屋顶上。

为了掩盖临时加盖的真相。很快，有的彩钢房里堆上了垃圾。有的被开辟成了厨房，或者麻将室。有的，住上了人。在南关，没有闲房。你就是搭个茅草棚，都会派上用场，或者被人租住。

男人搂着女人，女人缠着男人，在被筒里，他们皮笑着，肉也笑着。他们等着拆迁的日子一天天来临，等着一夜暴富的日子一天天走近，等着沙滩、玉石、按摩和推油。

风声再一次横扫了大街小巷。一切出乎意料。

男人去巷道里转悠，女人去串门，他们得到的消息是一致想让人骂娘的。据说，这次拆迁，以一年前政府测量过的那个数据为标准，超出那个数据再修建或加盖的，一概不纳入补偿范围。这就预示着，楼顶搭的那一层彩钢房白搭了。彩钢钱、人工钱、材料钱，这些就白白搭进去了。疯疯癫癫、火火热热搞了一个礼拜，结果是个屁。

男人和女人睡在床上，男人一边，女人一边，各自分开，像背对背的括号，两股大气呼呼吹着，吹得满屋子空气都乱颤。男人先是咒骂该死的政府，为什么非要按照以前的标准，为什么就不把四楼的彩钢房算上，这样白白贴进去了上万元谁负责，这哪里是为人民服务，简直是想把人民弄死。

女人转过头，吼道："大半夜的，不要叨叨了，怨政府啥，怨你没本事，驴不行了不要怨臭棍。"

"怨我啥？当初还不是你火急火燎地要盖，你不要老猪婆的气往驴身上撒。"男人回了一句。

"我火急火燎，还不是你半路听来的狗屁消息，你不说拆迁的事，我能让你搭房子吗？坏事的根源还是在你身上。"

"闭嘴，你鸭子晒粪——光会用嘴搅。"男人骂完之后，深深出了一口气，自言自语道，"这一万元留下，干啥不好，非要眼瞎了跟上人家一阵风搭房子。"

男人和女人背对着背。时间过了很久，巷道里的喧哗声渐渐安静了。月光洒在蓝色的彩钢房顶上，此刻，南关，是一片幽蓝的海。女人咳嗽了两声，幽幽地说："还算好，要不补偿满巷子，要不都不补偿，搭房子花钱满巷子都花了，又不是我一家，老天爷还算公平着呢，吃亏也是大家一起吃了。"男人转过身，一股汗馊味冲出被窝，他慢吞吞地说："就是啊，反正大家都吃亏了，这心里总算平衡了一点。"

这一夜，风声扫过，大小巷道的院子里，男人和女人都说了这些话，然后，就是各种唏嘘声、感叹声，最后甚至带着一些满足声。他们睁着酸软的眼皮，直到后半夜，睡了。

当初，听到拆迁的风声后，他们像捡到了一疙瘩黄金，满心欢喜地剥开七八层纸后，却发现，纸里面，包的不是黄金，是一块石头。就当他们捧着那块石头欲哭无泪时，石头却掉下来，砸了他们的脚。

一周以后，拆迁如期而至，但要拆掉刚盖起不久的彩钢房。

其实，当巷道里规模浩大、红红火火地在楼顶加盖着彩钢房时，城管已经掌握了消息。他们早已做好了拔掉所有彩钢房的准备，因为所有民房最高只能盖三层，四层以上，就属于违章建筑。不过当时，有领导提议说，在群众正加盖时去拆，会惹一身麻烦，大家都在兴头上，搞不好，就是一起群体性事件。所以，宜迟不宜早，等他们盖起了，热火劲过了，再公布拆迁补偿的标准，打击一下他们，让这些刁民对彩钢房失去当初的热情后，再行动，可以轻而易举地搞掉。再说，让他们盖好再拆掉，放点血，亏点本，尝点苦头，也不是坏事，要不还不知道马王爷长三只眼睛。

事情完全按照领导的意思办的。

一周后，就在大家对加盖彩钢房深感失望时，听到了城管要拆除的消息。这消息在南关并没有产生多大的民意反弹，好多人甚至还带着一种自暴自弃的随意态度——要拆就拆去吧，反正补偿也算不到里面。

就在城管抽调一大批人，声势浩大地进军这里时，有更大的领导发话了，说，既然要拆迁，就要讲究一点策略，也要人性化一点，不要搞什么野蛮拆迁、土匪拆迁，要善于运用方式方法，要和风细雨，不要暴风骤雨。再说呢，你们那么多人开进去，被人家拍张照，搞到网上，又要臭名昭著了。所以啊，先去做宣传，把舆论搞好，让群众知道民房是不能加盖四层的，是不符合有关规定的，再让群众知道拆除是有法可依的，这时候，再杀个回马枪，告诉群众，就说拆掉违建是必然的，如果大家自行拆除，所有的拆除物，属于自己，如果自己不拆除，执法部门会上门帮忙，那时候，拆除物就会当垃圾处理掉。

事情完全按照大领导的意思执行了。

没几天时间，四楼密匝匝的彩钢房被各自的房主拆掉了，他们知道，一个人再牛，也牛不过法，一个胳膊再硬，也掰不过一条大腿。自己动手，免得被人家来硬的。再说呢，拆掉的彩钢板自己还能卖钱，多少也算挽回点损失。

拆除时，跟搭建时一样，也是热闹的，就像给一个人搞满月和搞葬礼一样，都是热闹的。人们在各自的屋顶，扯开嗓子，一边胡乱咒骂着，一边撬着钉子。不过这一次，说话声、电钻声、敲打声、电锯声，再也掩饰不了巷道深处那些失落的声音。

人们提着半截铁皮，眺望着远方，远方被高楼截断，他们的眼里没有远方，只有一栋栋直戳云天的高楼，像竖起的中指，鄙视着人间。

风来时，吹动了站着的人。风动，人也在动。

第二天，男人们又揣着烟去找马六了。他们早已忘了马六曾比别处贵了五元卖给他们彩钢的事。他们只想让马六看在都是南关邻居的面子上，把拆除的彩钢回收了，而且回收时，能给个稍微公道的价钱，比别处高个五元也可以嘛。

他们拥挤在马六的办公室门口，焦急不安，一一等着被接见。他们感谢马总，马总愿意用高于别处收破烂的价格回收这些拆除下来的彩钢，但又直言回收量不会很多。马六躺在沙发里，一只脚搭在桌子的抽屉上，吞云吐雾，他已经懒得把脸从烟雾里抽出来应付这些势利鬼了。其实他的厂子再有几十吨拆除下来的彩钢都能回收，因为这是稳赚不赔的买卖，回收的彩钢，加工一下，喷点漆，又可以当新货卖了。但他不能这样做，他要用手中的这点权力调戏一下这些家伙。那些平时对他毕恭毕敬的，把他真当老板甚至大爷的，他就收，那些平时不理他的，甚至背后说他坏话的，他还偏不收。同样，他要让他们知道，他马六是整个南关的活菩萨，他这是在做慈善。人们颤抖着，生怕当初站在楼顶骂他的话，被风刮到他耳朵里，那就麻烦了。

马六打发走了所有人，翻着白眼吐了一连串烟圈，说："有钱就是什么来着，哦，对了，有钱就是他妈任性。"

风停了。

一切还是原来的模样，灰扑扑的，没有暗一分，没有亮一丝。日子，就那样过着，时间久了，人们都忘记了彩钢房的事情。

偶尔，当男人和女人抬起头，透过逼仄的屋顶看天时，那蔚蓝的天，会让他们想起彩钢房的屋顶，也是蔚蓝的。这时，他们会漫不经心地咒骂几句那个最初传播拆迁风声的人。他们不知道，风从何处来。他们也不知道，马六和那个更大的领导在一个月黑风高之夜在KTV的见面。当然，再大的风，也吹不来这样的消息。

15 房事

念青敲门时，李敢正在自己的出租屋里做梦，梦见六岁的自己正举着小鸡鸡踮着脚尖拼命往院子的梨树上撒尿，他要让自己的尿到达制高点，超越上次撒尿时留下的高度。但奇怪的是，他一泡尿，冲垮了他家院子偏西的一间青瓦房。梨花像雪片，盖下来。他高举着小鸡鸡黯然伤神、手足无措。念青敲门的声音像打牛皮鼓，把他从梦中吓醒。这个干事像男人的女人，你真摸不透她肚子里装的是什么药，这么早，就跑过来找他，郁闷。

看李敢还没起床，她凶巴巴地扯着他腮帮子说："我把你的嘴扯成鞋口子，你信不？你怎么一点心也不操，不到两个月就是结婚的日子了，你连个房渣都没买来，还有心思睡？你要不想结就打光棍儿去。"

一听房，李敢的头像被驴踢了一下，整个浑水了，一连串的数字在他脑袋里像残枝枯叶一样漂浮起来。传说北京买套100平米的房，种三亩地，要从唐朝开始至今才能凑齐，还不能有灾年；要是当工人每月工资1500元需上班170年，从鸦片战争至今才能凑齐。昨天河边上有一栋楼封顶，开盘价一个平米8000元，我的娘，买一套80万。80万元，一个月2000元的工资要33年才能攒够，还得处于真空状态不许吃喝拉撒。

李敢和念青认识三年了。李敢是个快递哥，人腼腆，性格有点像女人。念青是一家超市的收银员，人机灵，性格倒是像男人。虽然性格相反，但阴阳互补，反而还能合得来。他们本来要去年结婚，没房，就一直拖着，等房价降，结果房价不但没降，反而越来越高。他们观望了两年，走马观花一场空。

“我想着，没房我们先租着房结婚，不就是结个婚嘛，人家领导也说了，房价国八条、国十条都压不住了，年轻人趁早租房去。”李敢曾这样开导念青，可念青不同意，非要有自己的房，二手的旧房也行。她说：“结婚就是安家，安家没房能安心吗？”李敢郁闷地反问：“你这什么逻辑啊？”但她态度决绝，不容置辩，说房必须得有，她自己也掏钱，想办法两个人凑。她又说：“其实不是非要一套房才结婚，而是不能再等了，再等房价会顶破天的，长痛不如短痛啊。再说，这人，就得逼自己，不逼，啥事也干不成，不逼，你都不知道自己的能量有多大，你说呢，老妹？”说完念青在他胸脯上捅了一拳，然后像个痞子一样笑了。

这不，前段时间他们到一个老掉牙的小区找了套二手房，六十平米，每平米四千元，二十四万。这个价位，对他们来说已经求之不得了。房向阳，结构也行，水电暖都有。屋里旧点，但一刷，也挺好。不过房款要一次性付清，房子便宜的原因，也就在这里。可他们实在没有这么多钱啊。经过和房主三番五次、五次三番的协商，嘴上的皮都磨破了一层，最后敲定先付十四万，剩余的十万以后每年两万，陆续付清。

事情就这么定了，李敢便和念青开始搜肠刮肚筹集房款，凑啊、借啊、贷啊，缩衣减食、精打细算。用念青的话说，只差没把上下两头塞住了。最后拼死拼活弄了十三万五，还差五千，天啊，这五千实在不知道该从什么地方找了。借钱已经借得人断路息，能贷的几笔款都贷了。老家把刚生下不到十天的一窝猪娃连母猪一锅端起来，卖了。念青也把三尺长的头发剪了，卖了四百元，垫到里面了，她说，真想一狠心刮个光头，当男人算了。

李敢把念青的手掰开，从床上翻起，准备洗漱。念青说："就差五千了，办法想尽了，那边一早上打电话，问房子买不买，不买他就给别人出手了，一个平米还能涨五十元，一直唠叨着给我卖便宜了，有些后悔。"

李敢给念青倒了杯水，问："你咋说的？""我还能咋说，我说再等两天，两天后一定交钱，人家才勉强同意了。"他没有心思洗脸了，无所适从，蹲在椅子上挠着头，看头屑像面包屑一样落。心想，要是头屑像面包屑一样，多好，我就天天挠头，吃头皮屑，不用花钱了。他说："看来等不到崩盘了，人都疯了，这样吧，我去献身了。"他做出大义凛然的样子，念青瞪了一眼说："瞧你那小身板，经得起折腾吗？"然后嘴一咧笑了，水喷了他一裤裆。刚笑毕，她突然站起来，凑到他跟前，神经兮兮地说："我有个办法，准行，不过有点刺激、有点邪恶，另外，你要拿出自己的男人气，别整天跟个娘们一样，否则，事情就砸了。"她把声音压下来，说出了那个阴险的办法……

这个办法太不道德了，但是，也是没有办法的办法了，是房子把我们逼上梁山的，不要怪我们。念青长长地吐了一口气。

一切都按计划开始了。

在南关后街的巷口，有一个补鞋的男人，四十来岁，枣红脸，灰胡子，常年一身黑布衣，膝盖上铺着一片黑皮子，在巴掌大的水泥台上摆着他所有的家当。念青说："他，人老实，有次朋友补鞋，多给了几毛钱，他追上来硬是还了钱。"念青还说："老实人好欺负，这世道，人吃人。"桐花巷是条偏僻的巷道，行人少，冷清，只有一群没心没肺的麻雀吹着口哨游逛在巷子里，有时散步到补鞋人的摊子前，蹲下来，看他指缝里滑动的那根拉鞋帮的线，像纤细而又贫穷的日子。鞋摊儿对面隔条马路是间公共厕所，平时光临的人也稀少。再后边就是一个新开发的楼盘，机器和钢铁撕咬的声音，歌颂着平民们水深火热的欢乐生活。

这是一个理想的地点，目标就是他。

早上九点半，上班的人走完了，路上一片清静。补鞋的男人手头没活，闲坐着，阳光撒在他身上，那张枣红的脸泛着一层光。他好像有点瞌睡，眼睛闭着，像截树桩。

念青闪进女厕所，像猫，身手敏捷。李敢躲在厕所后面的墙角，急促地出着气，鼓励自己，要像个男人，要稳准狠，要不顾一切。

一切就绪。

念青在厕所突然大喊："救命——救命啊——"锋利的尖叫声一瞬间划破了早晨的宁静，一排麻雀扑棱棱被惊飞了，几根鸟毛落下来，黏在了男人头顶。念青继续喊："救命——救命啊——救命——"急促的尖叫声搅动了四周的空气，一股子风夹着尾巴吓跑了，卷起了一片悬铃木的叶子。补鞋的男人，脖子一伸，耳朵一展，眉头一皱，定了定神，发觉厕所里出事了。没来得及细想，他便起身，拖拉着鞋朝厕所跑了过来，不小心一脚勾倒了补鞋的机器。

念青还在喊叫着。当补鞋的男人冲进女厕所后，佯装上厕所的念青把裤子一提，一把抓住他的衣服，开始叫喊："流氓，你是流氓，抓流氓啊！"那男人一头雾水，茫然无措。当他反应过来时，已经迟了。躲在墙角的李敢，伺机而动，钻进厕所，伪装出一脸惊愕状，慌乱地问出了啥事。念青声泪俱下，提起的裤子又落到了腿弯处，幸好是初冬，已经穿了线裤，才不至于走光。她憋屈地说："老公，他是个流氓，我正上厕所，他突然冲进来占我便宜。"念青又开始声泪俱下，真像被占了便宜一般。那男人脸上一阵青一阵红，战战兢兢地说："没有啊，你胡说，我听见……"李敢一把揪住他的衣领凶巴巴地问："你少给我扯，你说你光天化日之下到女厕所干什么？你没干坏事她的裤子怎么回事？难道她红嘴白牙冤枉你不成？报警！"

那男人有口难辩，像掏空的口袋退到墙角，背着墙，一只手不停地搓着额头，直到搓出了血印子。说：“算我倒霉，我有口说不清啊。”

李敢依然揪着他的衣领，说：“你说啥，好像我们冤枉你了不成？你长得一点没流氓的潜质怎么竟干这缺德事？看来这警是非报不成了。”

“我怎么流氓了？我连她一根指头都没动，而且我是为了救……”

“你给我打住，动没动你说了不算，事情明摆在眼前，你还抵赖！我跟你说啊，这事今天没完，报警！”李敢装出了一副怒不可遏的架势，出着大气，攥着拳头，“再说一遍，这事没完，报警！”

“好了，不要报了，你说这事咋了结？”他有气无力地问。

李敢把头凑了上去，说：“那这样吧，你赔我媳妇三千元精神损失费，咱这笔账就算扯平了，为了你的面子我也不到外面声张，你看咋样？”

他摇了摇头。

李敢咬着牙，眯缝着眼，伸长脖子问道：“不同意是不？那以后你的补鞋摊子就别想摆了，我要让大家都知道你是个流氓。”

三千元，他犹豫了好久好久，一张脸，红了，白了，最后黑了。他同意了，点头默许。他都不知道自己是如何点下这个头的。

念青还在哭哭啼啼着，裤子也没提，头发像鸡刨乱的窝。

男人给家里打了电话，没说具体的事，光说急用钱。过了半小时，他家人把钱送了过来。李敢装上钱，念青抹着哭肿的眼，两个人，气定神闲地回了。

那男人卷了补鞋摊子，像一片枯干的叶子，被一面风吹得东倒西歪，飘远了。

回到出租屋，念青还拉着脸，说：“我这一辈子再也不走南关的那条巷道了，那男人也够可怜，我是没脸见他了。”

李敢一缩脖子，摊开手说：“你不是说过，都是房子逼的吗？”

念青又说："人不要脸，天下无敌啊，我是不要脸到家了。"

"对啊，脸总没有钢筋水泥重要啊，不过你的演技确实是一流的，颁个年度金马奖没问题，我的也不差，提名也没问题。"李敢死皮赖脸地边说边笑，念青突然朝他脸上啐了一口，骂了句没出息的男人，一头捂到被子里哭了，这次哭得有些莫名其妙。

十天后，他们搬进了新房子。

有了那三千，他们提前向公司预支了本月的工资，凑够了首付。

楼是旧楼，和小区里其他楼一样，灰不溜秋，暴露着20世纪90年代红砖头砌出的"肌肉"。但再旧，房至少是自己的，心里踏实。

周末，李敢和念青把房子彻底打扫了一遍。他们一改顿顿挂面的现状，到罗玉小区吃了顿大盘鸡。他说："已经三月不知肉味了，要是顿顿大盘鸡多好，我的小蛮腰也就嫩起来了。"念青眼睛一瞪，说："吃大盘鸡屁股去，还有十万元要等着还呢。"他说："下次我去厕所演主角。"念青把筷子往桌上一甩，吼道："再说这事，小心我敲烂你的小龅牙。"然后真夹起一块鸡屁股塞进了李敢嘴里。他们都喝了点酒，晕乎乎，热辣辣。

这一天，古城天水下起了鸡毛大雪，像一床被子，捂住了大地，封住了洪水猛兽般的楼盘，冻蔫了高高挺起的房价。白茫茫的雪糊住了眼睛，埋没了心事，真是一场幸福的雪啊。

告别了碉堡般的民房，晚上，李敢又梦见自己举着六岁的小鸡鸡踮着脚尖在撒尿，这一次，好像一泡尿冲倒了一栋楼，倒塌的楼又像冰块一样融化了。多么怪诞的梦，吉凶难测。

第二天，念青姑姑来了，说是侄女买了房，她心里欢喜，过来瞅瞅。她从房里转悠了半天，觉得挺满意，说以后有积蓄了再换新的，他们无奈地笑了笑。聊了半天房子的事，姑姑说起了她的家务事。她说："人心瞎了，不比以前了，前段时间儿媳妇她哥保苍被人骗钱了，这钱，还准备着年底给九岁的儿子到西安装假肢去呢，这下，人活着，钱没了，保苍气得起不了床，好长时间都没出门了。”

姑姑年龄大了，也是个慈善心肠，一遇事就哭，她抽泣着又说道：“唉，世道真变了，你们也注意点，平时多长点心眼儿，能不帮人，就少帮，免得惹一身臊气啊。”李敢和念青不约而同地问：“究竟啥事情啊？”姑姑摆摆手，说：“事情传出去臊得很，还是别说了。对了，他也在这里住，你们都是我的亲戚，以后要多走动，互相有个照应。”李敢心想，这里有个亲戚也好，毕竟远亲加近邻，算是一家人嘛。

姑姑起身要走，他们留她吃饭，她执意要走，说去那户亲戚家看看，给他宽宽心。念青说：“钱没了还可以挣，人不能垮，你就多劝劝，等过几天我和李敢去看他。”他们把姑姑送下楼，姑姑说：“要不一起去看看吧，认认门。”李敢在超市买了香蕉。他们跟着姑姑在小区院子里转悠了半天，上了一栋和他们家一样的旧楼。到三楼，姑姑看了半天门牌号，边敲门边转过头对他们说：“哎呀，你看我都老糊涂了，差点记不起门了。”那是一扇油漆剥落的红铁门，姑姑一敲，门浑身一抖，红漆就扑簌簌往下落。

等了半天，门开了。

里面一个披着黑衣服的男人，把上半截身子伸出了门。枣红脸，灰胡须，显得苍白，像一坡忘了收割的荒草。天啦，这不就是那个补鞋的男人吗？

16　嗐！眼镜

玩月巷的巷道不长，铺子也不多。摆在路两边，肩挨肩，门对门。

开铺子的人，互相称呼，或者跟人说起，不叫真名，卖什么物品或者干什么活就叫什么。比方，卖袜子的，就叫袜子；卖内裤的，就叫裤衩；卖大饼的，就叫大饼；开小百货的，就叫百货；卖碟片的，就叫碟片；卖彩票的，就叫彩票；理发的，就叫理发的；水洗店的，就叫洗衣服的，等等。铺面少，一说袜子，就知道是巷子口东边右手第二家。一说大饼，就知道巷子中间挂绿棉门帘的。开小卖铺的，有几家，就用肥瘦黑白区分，瘦百货，肥百货，黑百货，白百货。理发的，就用男女老少区分。

他们什么时候开始这么称呼别人的，不清楚，或许很早了，也或许就是这三五年之内的事。我不知道别处是否也这么叫。不过，这样称呼，简单，随意。这里的人，都是偎在被遗忘的老城区推日子的，没什么高低贵贱，也不管什么官名小名。再说，这铺面，都是租来的，生意好，多开几年，不好，三五个月，也就关门走人了，常事。大家也都明白，整个南关，也仅仅是个寄居地，不可能把一辈子托付在这里，都是要走的，只是时间长短罢了。所以，也就没必要把那些虚浮的东西搞得很清楚，清楚了也没什么意义，卖碟的还是卖碟的，卖菜的还是卖菜的，卖麻辣烫的还是卖麻辣烫的，烤红薯的还是烤红薯的，不会因为叫了你的大名，你明天就不卖红薯，做官了，发财了。鬼都知道，不可能的事。

年复一年，大家也就袜子内衣胸罩红薯面条这么叫着，从嘴里叫出了五谷杂粮、油盐酱醋、鸡毛蒜皮的味道。不过也有个例外，这可能是唯一的一个例外。进巷子，左手，第三家，开小卖铺的，大家不叫百货，也不叫肥百货，黑百货，叫眼镜。可他没戴眼镜，也没卖眼镜啊，啥情况，这就搞不懂了。

反正大家都叫眼镜，那就叫眼镜吧。

眼镜的铺子，生意还不错，人出出进进的。我买过很多次啤酒，啤酒一瓶两块五，一扎二十二元。也买过很多次方便面，酸菜的，一桶三块。每次去，眼镜都拿着本册子翻来翻去看，册子都黄黄的，打着皱，边上有几处翻烂了。像对账，也不是，册子上写的是人名字。不会是搞家谱吧，也不像，好像不是一个姓。是在找人，也不对，一个人能找那么久？反正搞不清，怪兮兮的。不过眼镜人倒是很客气，每次买东西，都给你搭两句客套话，要么说说天气，要么问问吃了没。时间久了，就会知道，他一年四季就这几句问候的话，完了，便不知道该说啥了。其实，他是个没话的人。

有时候，在巷子里走，就能看见有人把头伸出门，喊："眼镜，把你的煤夹一个，我的火灭了。""眼镜，过来搓一把，三缺一。""眼镜，你的刮胡刀，啥东西嘛，把我的皮刮下了一层。"他们眼镜眼镜喊着，好像生活中离不开眼镜似的。眼镜把头伸出去，不说啥，只是"哦、啊、嗯"答应一下，又把谢顶的脑袋收了回去。他不喜欢打麻将，不喜欢争辩，也懒得受人指拨，你怎么喊叫，他都是几个语气词，完了就蹲在铺子里，翻翻册子，想想心事。

我想着，眼镜这铺子，估计也就长开下去了。他话少，不爱走动，但人缘还行，生意也不错。在玩月巷，这就够了。

可我这么想的时候，事情就出来了。

那是一个黄昏，我下班，一头刚扎进巷子，就看见巷道中间围着一堆人，围成圈，圈里发出咒骂和喊叫声。我凑过去，透过人群缝隙，看见眼镜和一个光头在中间你推我搡，拉拉扯扯。围着的人，有的劝说："都歇了吧，商量着解决，动啥手啊。"有的说风凉话："要弄就往死里弄，看完了我还要哄娃去，媳妇骂着哩。"但更多的人，只是木讷地围观，也没有人报警，巷子里的人似乎都知道，再大的事，都会内部消化，没必要惊动警察，再说，警察来了，也未必就能处理了，处理了也未必就公平。反正，我在南关的这些年，除了看见警察查流动人口之外，很少碰见。

光头说："我今晚把你的灯灭了！"说着，一拳朝眼镜的眼睛捅去，眼镜一躲，拳头擦在了他的耳朵上。眼镜火了，一转身，从地上捞起夹煤的铁钳子，朝光头头上砸去，骂道："我今晚把你猪尿脬的气放了！"钳子还没落下去，光头举起手，一把接住，一拽，眼镜被一拉，扑向前来，光头抽手一巴掌，打在眼镜脸上。眼镜有点晕头转向，他被激怒了，顺势扑上去，一把抱住光头，拳打脚踢，开始拼命。

扭来打去，两个人倒在了路上，翻来滚去。但眼镜毕竟老了，不是光头的对手。光头两腿夹住他的腰，一翻身，骑在了他身上。眼镜仰面朝天，无论如何挣扎，都无济于事。光头在眼镜脸上左手一巴掌，叫你嘴硬，右手一巴掌，叫你不退房，左手一巴掌，叫你打老子，右手一巴掌，叫你抵赖……就这么左一巴掌，右一巴掌，围观的人看不下去了，开始喊："光头，差不多就行了，别把事情做绝啊。"光头转头回了一句："加紧。"刚说完，就"啊"一声，跟杀猪一样翻倒在一侧，两手捂住胯下，曲着腿，打着滚。原来就在他转头的一刻，眼镜抽出手，一个海底捞月，直接抓在了他下面的要害处，一使劲，差点捏碎了他的蛋。光头打着滚，眼镜翻身而起，抱住他的脑袋，在光头上狠狠啃了一口，嘴里叼着一块头皮，血淋淋的，才站起身，骂了句：

“我咬死你。”然后蹲在他铺子门口，呜呜哭了起来。秃顶上，落了一层昏暗的灯光，所剩不多的头发，被揉乱了，垂在脑袋上。

人们知道一场打斗结束了，伸着腰，搓着手，提着饼子，推着车子，心满意足地鸟兽散了。

我后来才知道，这间铺面是光头的，光头租给了一个人，一月一千，这人一倒手，转租给了另外一个人，另一个人又倒手租给了别人，反正眼镜也不知道经过倒了几茬手，最后在一个胖子手里一月一千五接过了铺面。胖子说要交半年押半年，眼镜想着迟交早交都得交，还不如租金押金都交了，图个安然消停。他一咬牙，给了胖子两万七，一年租金，半年押金。铺面租过来，开了小卖铺。但后来，眼镜没想到的是，那胖子拿着钱失踪了，这下可把他装里面了。这铺面倒腾来倒腾去，谁知道里面藏了多少猫腻，眼镜怪自己当时太冲动，没问清楚底细，现在肠子都悔青了。可有什么办法，铺子开起了，花了钱，办了证，卖了百货，总不能不搞了，那样就亏大发了。

刚开始的一年，还消停，也没人过问，他知道是交过租金的。可一到年底，房租链条断裂，麻烦就来了。上面一层一层的倒租的人，收不到租金，陆陆续续都来铺子要账，眼镜把他们赶了，说：“这房不是从你们手里租来的，凭什么交给你们，谁知道你们是不是骗子。”他们也拿着租赁合同，但合同上租铺面的人都不是眼镜。因为跟眼镜签合同的是胖子，眼镜只认胖子，谁让胖子失踪了呢。

就这么拖了一段时间，翻过年，光头来了。光头说他是这个铺面真正的房主，眼镜不相信，光头拿出了房产证和身份证，上面写着光头的大名。眼镜咽一口唾沫，再没话说。最后，他们口头商议，以后，眼镜把租金直接交给光头，一个月便宜一百元，再跟中间人没关系，至于那笔押金，吃个哑巴亏就行了。

事情就这么定了，眼镜安安稳稳又开了半年多铺子，也小挣了一点。

但后来，光头不同意了，他要收回他的铺面，他觉得这铺面生意不错，为何不自己开，反正自己也一天闲着，开个铺子还有点正事干。他去向眼镜要房，眼镜哪里肯给，他指着跟胖子签的合同，说："你看看，眼睛睁大看，四年，我租了四年，现在才一年半。"光头夹着烟的指头在合同上晃动着，说："这是你跟那个王胖子签的，跟我没关系。"眼镜摸了一下头顶的汗，说："那你为什么上次不跟我签合同？"光头一时无话可说，他支支吾吾了一会儿，说："反正我就要，这铺面是我的，我爱要就要。"眼镜把合同"啪"一声，拍到桌子上，吼道："没门儿！"

这事就复杂了，他俩没一纸之约，谁也拿谁没办法。像鼻涕缠在玛瑙棍上，咋揩都揩不净。眼镜和光头的矛盾也就全面拉开了，像一场拉锯战，你来我往，你争我夺。直到这天傍晚，他们酝酿了好久的正面恶战，终于爆发了。

当人们散尽以后，我也走了。走之前，我瞅了一眼他们。眼镜坐在台阶上，依旧呜呜地哭着，两只手捂着眼睛。光头坐在他对面的台阶上，抱着下体，也在呜呜哭着。他们像极了两只受伤的羔羊。

后面的事，我就不清楚了。

第二天，我出巷子，巷道如常，似乎昨天晚上没有发生任何事情一样。袜子还是坐在袜子堆里发着呆，内衣还是坐在一排五颜六色的内衣下玩手机，大饼还是挂起门帘在屋里揉着面，理发的还是在门口的电杆铁丝上晒毛巾，卖菜的还是蹲在门口翻拣昨夜沤烂的韭菜……袜子内衣胸罩红薯面条们，头顶着自己的称呼，像顶着自己的生活，一天天过着，把今天过成昨天的模样，把明天过成今天的模样，把每一天都过成一个模样，过得陈旧、散漫、黯淡，过得健忘、冷漠、无助。

经过眼镜的小卖铺时，门口停着一辆皮卡车，我瞟了一眼里面，眼镜不在，几个不认识的人正在把货物装箱。他们从货架上取下来，胡乱塞进纸箱，用塑料胶带一粘，抱出来，码在车里。装完货，皮卡车颠着屁股，开走了。

从此，眼镜不在了，巷子里再也没有眼镜了，再也没有眼镜这种称呼了。巷子里的人，是否还会想起他们动辄喊眼镜的日子，是否会想起眼镜比别处一扎便宜五毛的黄河啤酒，是否会想起他微微冒着虚汗的秃顶，是否会想起那总是不变的关于天气和吃了没的问候？或许没有人想起，或许有。但这不重要了，眼镜走了。

中午，眼镜的铺面门锁了。门口，零散地落着一些破纸箱、塑料袋、碎纸片，还有一本册子，眼镜翻来翻去的册子，躺在垃圾堆里，四开八裂，落着几个深深的黑脚印。

第三天，我回巷子，经过眼镜曾经的百货铺门口，门开着，里面一个人一手叉腰，指挥着别人在装修，这个人不是光头。

后来，我慢慢听说，眼镜是一个单位的副手，一个没权的闲职，好不容易抓住机会，挪用了一笔公款，结果被人举报了。举报后，他被免去领导职务，退还了挪用款。为此，他觉得很丢人，就不去上班了。后来，他寻思着开个铺面，给自己找点事干，另一个是挣点钱，过几年养老。他便来到了玩月巷，可谁知，就摊上了这事。而他每天翻来翻去看的那本册子，是单位的花名册，他一个个分析，一个个筛选，一个个排除，到底是谁举报了他。他在单位口碑很不错，也没招谁惹谁。他总是分析不出个头绪，最初觉得谁都可能，但最后觉得谁都没可能。可他还是要翻来翻去分析，因为这样，他的日子就好过一些。

直到光头跟他打架的前一天，他才知道，举报他的是分居的妻子，至于为什么举报，也就无从知晓了。也正是他知道了这件事，那天正在气头上，才跟光头干上了，要不，他才不是一个爱动手爱打架的人呢。其实，他的脾气，平时最厉害也就吼一声，吓唬吓唬别人罢了。

后来，我慢慢听说，这间铺面的真正房主也不是光头，光头不过是个骗子，拿着一套假手续吓唬人而已，而那天一手叉腰的人，又是不是真正的房主呢?

17 听风的人

一直走，快到南关的巷子尽头处，右拐，有条小巷，不深，跟半截树杈一样。小巷里住户少，也就没有什么商店、菜店、面条铺了，只有一家小店，挤在小巷后头，缩头缩脑。叫店么，也不算，没有招牌，没有店名，就连红漆剥落的门框四周，也是空荡荡的，连副对联都没贴过。

店里不大，五六个平方，黑洞洞的。既没有摆烟酒糖茶，也没有油盐酱醋，更没有衣帽鞋袜，只有两把椅子。一把藤木的，筋骨快散了，但藤条被屁股和腰背蹭磨得发亮。还有一把木椅子，是学生课堂坐的那种，漆皮掉了，露着白森森的骨头。除了椅子，真的就没别的了。黑黄色的墙壁，显然是之前被煤火熏的，像牛肚一样，打着皱褶，包裹着狭窄的空间。

这也叫店吗？可巷子里有人就叫它店。

为什么？不为什么，外面的人当然不懂。

开店的是两口子。此刻，男人正坐在藤椅上，不抽烟，只是定定盯着门口偶然经过的人，和被风卷起的垃圾，或者一片悠然凋落的叶子。他伸着猴子一样的耳朵，听着屋外的风声。哪怕细微的落叶声，虫子啃噬叶柄的声音，塑料袋挂在叶片上的声音，他都一一入耳。他的头顶稀稀拉拉长着几根头发，像乡下阳坡的旱地，疏疏落落长着几棵麦苗。女人坐在另一把椅子上，怀里抱着孩子，左手把宽松的灰短袖高高撩起，露出一颗硕大的奶，右手托着孩子的脑瓜，把奶头塞进孩子嘴里。孩子好像睡着了，脑瓜有点歪，但小嘴还含着奶头。女人耷拉着眼皮，也无精打采地瞅着门外。

他们每天就这样坐着，像两尊神像，泥塑一般，呆呆的，也不知道出门走走，也不去干活谋生，更不会串门子闲溜达。

整片老城区，都是那般忙碌，每天水深火热，每天鸡飞狗跳，活在低处的人们，为了填饱肚皮奔波着，满脸灰尘和疲惫，如表针一般，只要有电，就会嘀嘀嗒嗒走个不停。可巷子竟然也有如此消闲的两口子，他们整天泥塑一般坐着，吃什么喝什么呀？但毕竟巷子深，知道他们的人少，即便有人有疑问，可时光那么匆忙，泥沙俱下，裹挟着一切滚滚而去，也就没有多少心思去操心别人了。于是，时间久了，人们也就习以为常了，就认为他们应该是那样每天闲坐着过日子的。

直到某一天，男人不见了。

皱巴巴的屋子，藤椅摆在那里，依旧泛着微弱的光泽，被岁月的手指打磨久了，包浆一般。藤椅上落着几块阳光，占据了男人的位置。女人依旧在，抱着孩子，没有喂奶。她发着呆，孩子面朝着门口，皮肤是捂白的那种，也发着呆。孩子小小的，竟也学会了发呆。没有男人，你从女人的脸上看不出什么东西。她的脸是平滑的，黏不住任何心事和秘密，即使有，也会溜掉。

当然，怎么会有不漏风的墙呢？有人说了，男人是被派出所的带走了。

事情是这样的。

他们每天坐在门口，不是虚度着光阴，而是从事着一种隐秘的工作——放风。他们的店后面，是个狭长的小院，两层单面民房，上下各三间，进院的门开在后面。两层房里，住着一些面黄肌瘦，但目光闪烁的男女，在搞传销。他们住进来已经有一段时间了，每天在一楼睡觉，二楼上课。一楼三间房，两间住男的，一间住女的。说是住，不过是在地上打个地铺罢了。二楼的教室，摆着几十把小塑料凳，支着一张墨汁刷成的黑板。每天上课、交流、发展下线、哄钱、做发财梦，干这么几件事。他们顿顿白菜帮子清水汤，一个个饿得变了形，但心怀一夜暴富、坐拥万金、挥霍奢靡的梦想。起初，他们在五里铺、七里墩都安过窝，但被人举报，最后被工商和公安没收了凳子和产品，遣散到火车站。可他们还没有实现人生价值，岂会铩羽而归。于是又一个个偷偷摸摸聚集到了一块儿。最后他们发现，要在闹市中寻安静，要在安静中寻隐秘。于是找到了这里，跟那男人和女人商量妥当，租下了全部六间房。每月除了交房租，另外给男人和女人一千元的放风费。

男人和女人无所事事久了，本来就懒，这么好的生意上门，岂能不接。

他们每天坐在屋子里，一方面观察着过往的行人，看他们有无异样，一方面打听着公安和工商最近有没有打击传销的行动。当然，男人还肩负着另外一份职业——打手。每一个新进传销组织的人，没有被洗脑之前，总是想着逃离，这时，就需要殴打和恐吓，让他们惧怕，不敢跑掉。每次来的新人，传销里的人驯服不了的，他们会交给男人，让他收拾。几次下来，不管多么牛的人，都会被他治得服服帖帖，打消了逃跑的念头，一心一意做发财梦。至于男人用什么手段，没有人知道。

事情就这么持续着。看似寂静的屋子，后面却上演着疯狂和欺骗。

有一次，一个广西来的小伙，要逃跑，被传销里盯梢的狠狠收拾了几顿。但小伙脾气犟，几番教训之后，仍然心怀逃跑之意。最后，传销的头儿把小伙交给了男人，男人把小伙提到厕所，用夹厕纸的铁钳一顿毒打，小伙还像鸭子嘴一样硬，男人在小伙肋骨上给了两膝盖，“咔嚓”一声，小伙卧倒在了厕所边。男人知道下手太重，事情不对，摸着硌疼的膝盖，溜了。

第二天，公安局的来了。

当时，小伙假装昏迷，在厕所躺了半个小时，看四下无人，逃出去报了案。搞传销的一伙人再一次被遣散了，凳子、粉笔、黑板也被没收了。男人被公安局的提了，故意伤害，拘留十五天，窝藏传销组织，罚款两千。

后来，男人出来了，原先黑如煤球的脸，变白了，只是白得寒碜。回来后，有一两个月，他没有在店里的藤椅上坐过。屋子里，依旧昏暗，女人依旧坐着，不悲不喜，给孩子喂奶，发呆。好像男人没有被抓过，钱没有被罚过，日子还是照旧的样子，甚至让人产生错觉，以为时光不曾流淌，凝固在了活着的某一刻。

男人刮掉了所剩无几的几根毛发，不规则的脑袋泛着油光。他开始抽烟，眯缝着眼睛，皱着眉。他和女人照旧坐在各自的位置，像两尊神像，泥塑一般。

他们就这样坐着，三五个月，半年，甚至更久的时光过去了。时光只是在他们的屋外走了，屋里，一切还是旧模样。天凉了，也没有生炉子。吃奶的孩子能站住了，有时，颤颤巍巍挪到门口，扶住门框，看着远处，发呆，一副老气横秋的样子。门口，积满了黄色的白杨叶。有鸟落下来，拉了灰白的粪便。

某一天，男人再一次不见了。

当然，还是墙漏了风。有人说，男人又被派出所的带走了。

事情是这样的。

窝藏在院里的传销组织被端掉后，也端掉了两口子的财路。男人在床上躺了十几天，一边歇着身体，一边谋划着再搞点其他活儿。思前想后，他几乎把光头都想出了泡，最后，想到了一门生意。

几天后，他行动了。他在旧货市场购买了一批室内用的床、椅、柜子，又买了被褥、枕头、窗帘等，把六间房收拾成了简易旅社的模样。在门口立了灯箱，写着“住宿”二字。所谓住宿，其实只是幌子罢了，这么深的巷道，谁会跑这里住。当然，他们压根儿就没有做旅社的生意。男人知道，这里住着很多单身汉、老流氓、小混混，在这里，开个那样的店，对，是那样的店，应该很有市场。男人先是从以前相熟的人跟前买了一些“货源”，在暗处发展业务。有需求的男人和“货物”商量好价钱之后，由专门的出租车司机送到巷子口，然后来男人院内安排好的屋子，办理事情。完事后，男人从中抽取一部分费用。这费用，除了房费之外，还有一定数额的放风费。对，是放风。

这种生意不错，一月下来，收入好几千元。比上班、打工强多了，坐着挣钱腰不疼。

后来，男人不光接一些固定的客源，还与一些“货物”有了良好的合作关系。他这边有需要，会根据情况，和她们联系，并跟她们谈好价钱，安排好时间。男人俨然像一个经纪人了。他手头的“货物”价位合理，相貌不错，服务良好。加之他办事谨慎，遵守信用。慢慢地，在业界也有了一个好口碑。时间一长，男人建立起了一条属于自己的独立流水线，他自己储备“货源”，自己发展客户，自己安排房间，自己负责放风。当然，钱也自己挣。一套完整的体系，加之偏僻的位置，为这里的勾当提供了良好的土壤。

财源滚滚而来，男人坐在藤椅上，皮不笑，肉笑着，在听风，听风吹叶子发芽、叶子落下、叶子腐烂的声音；听风吹脚步过来、脚步走远、脚步湮灭的声音；听风吹烟火升起、烟火弥散、烟火死亡的声音。听所有南关的声音，声声不落。然而男人仍旧是十分谨慎的，他再也不像当初殴打广西小伙那样鲁莽了。他现在挣大钱，也有大风险。他知道，这是组织卖淫，是犯罪，是会判刑的，这可不比给搞传销提供场所。

就这样做了一段时间，也不知道具体多长时间，反正男人挣钱了，而且不少。

当男人的事业正处在巅峰期的时候，事情败露了，有人泄密，泄密的人不是别人，正是他的女人。那个端坐着、给孩子喂奶、面无表情的女人。

事情是这样的。

男人在给搞传销的租房时，认识了一个云南姑娘。那姑娘，在这里搞传销已经快十年了，算根老油条了。十年，黄粱一梦，分文未赚。男人家里的传销被端掉后，那姑娘到处流浪寻找“组织”，可找来找去还是音讯全无。在她穷途末路之时，找到了男人。男人给了她一些钱，请吃了饭，喝了酒，最后在宾馆开了房。姑娘人懒，害怕出力，就想坐着挣钱，自己穷得要命，还想吃好的穿好的。于是，男人很自然地把她发展成了他的“货源”，当然，这个“货源”除了接客外，更多的是供自己娱乐。

一天晚上，男人说去厕所。女人带孩子，可能天冷，孩子冻着了，发高烧，她想去买药，便去厕所找男人。男人不在，她看见二楼的一间房子门没关，她上去关门，竟然发现男人和那云南姑娘搞在了一起。女人悄悄地走开了，装作若无其事的样子。第二天，女人抱着孩子到派出所举报了男人。

女人是哑巴。她把情况写在了一张纸上。

女人毕竟是女人，她觉得，她受再大苦，遭再大罪，都可以，但唯一的一点就是男人不能背叛她，不管精神，还是肉体。

女人和男人是高中同学。一次，男人带女人出去玩，遇上暴雨，女人感冒了。由于困在山里，出不来，女人一直发高烧。等到从山里出来，女人哑了。男人说，会一辈子跟她在一起。女人回家后，父母得知情况，觉得女儿一个学生连续几天夜不归宿，跟野男人在山里鬼混，还弄成了一个哑巴，实在有辱家门，便狠下心赶走了女儿，断绝了关系。

女人辍学，开始了在外面打工的日子。女人挣的钱，供男人在学校挥霍。男人高中毕业后，没有考上大学，在社会上鬼混了几年。后来，带着女人回到自己家，说要跟女人结婚。男人父母知道女人是哑巴，极力反对，他的母亲口口声声说是女人勾引自己的儿子，导致儿子没有考上大学。他的母亲羞辱了女人一番后，在她脸上啐了一口，骂了声婊子，哑巴，最后把女人从门里推了出来。

女人在外面租了房子，在一家超市当收银，但因是哑巴，一段时间后，被辞退。女人便在建筑工地抱砖，和水泥。男人继续游手好闲，抽烟喝酒，打牌赌博，没钱了直接从女人跟前伸手要。晚上不回家，就直接在女人那里睡下了。女人挣钱养活着男人，可即使男人是个下三烂，但女人就是爱。女人是世界上最不可思议的动物，她喜欢跟他在一起，宁愿为他付出血汗。

女人怀孕了，男人不想要，只能做了。没钱，女人借了二百元，在一家小诊所做了。光人流，女人就做了三次。

男人的父亲得癌症去世，家里留下了中风的母亲。

男人没钱花了，半夜，在便桥抢了人家一千元，结果被抓了，以抢劫罪，判了几年刑。

男人在监狱，女人一直等着他。女人还去男人家里，担起了伺候男人母亲的担子，端屎端尿，做饭洗衣，跟亲生女儿一样。几年后，男人的母亲去世了，一院六间房子留给了女人。女人替男人守着空落落的院子。她不图钱，不图房子。老太太死了，没有给她留下一分钱，还让她拉了一屁股债。房子，老太太死之前，过继到了儿子名下，跟她还是没有一毛钱的关系。她只落下了老太太临死前，含混不清的几个字："我的儿，不争气，你多照看着。"女人也不知道图什么，或许她就图一个被别人指点唾骂的男人吧。这男人，跟她好了十来年，她为他付出了那么多，付出得越多，她越舍不得离开这个男人。

男人出狱后，跟她结了婚，生了个姑娘。男人不喜欢，送了人。女人哭了整整两天两夜，毕竟是自己的心头肉啊，送人，能不心疼吗？后来，男人喝醉酒，跟人打架，其实他没动手，只是瞎嚷嚷，但是打完架，人家都跑了，他还在那里跳来跳去要浑劲，被公安局的提走了。那天被打的人里，有一个成了脑震荡。当时，找不见真凶，男人无疑成了替罪羊。罚钱，判刑。又是两年。女人又给男人守了两年家，苦苦等了两年。还每天早出晚归，靠打零工挣钱还债。

后来，男人出来了。出来后，乖多了。每天坐在屋子的藤椅上，不出门了。一天干坐着，木偶一般。女人为男人生了一个儿子。男人高兴地说："他妈的，我一院房有人继承了。"然后笑了个天翻地覆。

女人就这样跟男人过了十几二十年。女人为男人付出的，男人也说不清，只有女人心里知道，但女人愿意。巷子里有人在背后说，女人就是贱。女人也承认自己贱，可没办法啊。她愿意为男人承担一切，就算再多苦难再多艰难，她都能扛了。唯独不能接受男人欺骗她的感情，去跟别的女人乱搞。

当女人看到男人跟云南姑娘在自己铺好的床单上滚来滚去，发出呼哧呼哧的声音时，她的心彻底碎了。她用十几二十年打磨成的心，终究还是经受不住这一击。她崩溃了。

男人再次被抓后，女人收了灯箱，关了店门。那椅子，昏暗的墙壁，以及遗落在地上的半块阳光，都被关掉了。

有人说，女人还在，只是不出门了。有人说，女人带着孩子，走了。

门口的白杨叶，又落了一层，今年的叶子，是血红的颜色。

18 味道

赵宝蹲在三楼楼顶，点了一颗烟，深深咂了一口。透过南关重叠的屋檐，他看见被穿制服的人架着的刘老汉的背影，像一件破汗衫，搭在两个人的胳膊上，轻飘飘，被拎走了。

赵宝干咳了一声，一只落在铁丝架上的灰鸟，一惊，撅起白毛屁股，“嗤”一声，射出了一枚鸟粪，扑棱棱，飞走了。赵宝在鞋底掐灭烟头，翘着兰花指，把烟头弹到了对面人家的窗台上。然后起身，说了句：“还不信治不住你。”下楼了。

院子空荡荡的，地上落着几片枯树叶，晾衣服的塑料绳上，挂着一个装醋用的红漏斗，细细的风，从漏斗里灌下去，像沙子，落满了地。

此刻，人去了，院子里，醋酸味也跟着消散了。

赵宝其实一开始是讨厌这种醋酸味的。他自小吃饭不放醋，一把盐，就够了。他觉得那种怪兮兮的酸味，像针尖一样，扎着他的味蕾和神经，让他心惊，难眠。直到中年，他依旧不喜欢那种酸味，甚至轻微的一缕，就足以让他日渐松弛的神经出现衰弱。对于吃醋的人，他也总是避而远之。由于他的口味，结婚后，他的老婆都戒醋了。一个曾经无醋不食的女人，在漫长的磨合里，也开始了清汤寡味的生活。

然而似乎没有什么事是不能改变的。时间改变着大地上的任何事物，也改变着一个人固执的嗅觉和敏感的神经。刘老汉的租住，正好改变了赵宝对醋的所有偏执。两年，赵宝闻惯了那种四处漂浮、无孔不入的醋味，最后，偶尔还在饭里调一两滴，尝尝。

刘老汉如何租进来的，赵宝已记不清了。反正租房的人，跟溜集一样，你来我往，形形色色。赵宝是懒人，从不理会这些闲事，一切都由他老婆打理。

直到有一天早晨，他在被筒里抱着霜煞过的蔫白菜一样的老婆睡觉时，闻见了一股浓稠的酸味，挤进窗户缝隙，钻进了他鼻孔。这古怪的酸味，呛得他连连咳嗽，他把脑袋像乌龟一样缩进被窝，咳嗽才有所缓解。

后来，他才知道，这酸味是从一楼最角上租住的刘老汉的房子里涌出来的。刘老汉在房子酿起了醋，这是什么时候开始的事，他好像不大清楚。

一口锅，三口大缸，五个大塑料盆，一堆醋壶，几袋子麦麸，还有些杂乱的东西。这些酿醋的物件占了房子的一大半，剩下的地方，是一张堆满了衣物被褥的床。刘老汉蹲在地上，用手搅拌着一盆麦麸。一旁的大缸底下，暗红的醋汁一滴一滴掉进盆里，溅起了一圈圈波纹。

赵宝推门，进屋，差点被浓烈的醋酸味掀翻在地。他顺手用袖子捂住嘴说："老刘，咋在我的房子酿醋啊？"

刘老汉站起来，伸着粘满麦麸的手说："这房子我花钱租的，酿醋不行？"

"我闻不惯醋。"

"那是你的事。"

"你这人咋这样说话？"

"咋样？你说，我卖醋养活我自己，有啥错，难不成饿死？"

“出来说。”赵宝挥了挥手，觉得胸闷气短。

“忙着呢，你没看醋满了？”刘老汉转过身，从床底下倒腾了半天，摸出一只红漏斗，插在壶嘴上，用马勺从大盆里舀起，小心翼翼地灌着。

赵宝这次是抱上木炭亲嘴——碰了一鼻子灰。他用手扇着醋酸味，赶忙点了一颗烟。烟雾升腾起来，冲淡了酸味。还从来没有房客这么跟他说过话，在房客面前，他颐指气使，态度傲慢，也习惯了房客们的那种战战兢兢，甚至跟他说话时带有的一种乞求口气。可今天，让他颜面扫地。他气呼呼地回到屋里，甩上门，看见老婆还窝在被里，怒火袭来，劈头盖脸就是一顿臭骂。骂了半天，老婆一弹，坐起来，晃荡着空布袋一样的奶子，怒目圆睁，回道：“你驴身上的气就知道给人撒。”她的一句话，把赵宝骂蔫了。

很长一段时间，赵宝都被无处不在的醋酸味折磨着。白天，看着雪白的面条想起暗红的醋，他就难以下咽。晚上，他梦见自己淹死在了醋缸里。他恨自己的嗅觉太敏感，他找了两块棉花塞进鼻孔，可喘气憋得慌。他把屋里所有的缝隙都用胶带糊了，可夏天热死人。当然，他不是没有跟刘老汉交涉过，而是几乎隔三岔五就过去找他算账，让他走人。他宁可房租分文不收，只要他搬走就行。可刘老汉死活不走，每次都说：“我卖醋养活我自己，有啥错，难不成饿死？”然后任由赵宝去说，他自顾自搅拌着麦麸，翻看着醋糟，装灌着醋汁。赵宝恨不得把缸搬到大门口扔了，可胳膊一伸，才感觉自己在醋酸味的冲击中是那么力不从心。他上前几步，揪住刘老汉的衣领，说：“你马上搬走，我院子不要你。”刘老汉站起来，瘦硬的身体，像突然竖起的一根木头。“你让我搬啥地方去？”“爱去哪儿去哪儿，关我屁事，你住我的房，你还牛皮靴子底翻上，有理了？搬……”话未说完，刘老汉就一头撞进了他怀里：“你让我搬，还不如让我死，我今天就死给你看……”赵宝落荒而逃，他可不希望一个糟老头死在他怀里。

赵宝闷在屋里，被挥之不去的醋味包裹着，痛不欲生。他从未遇到过这样一个死皮赖脸的人，住着别人的房子，心安理得，还动辄寻死觅活，这是什么世道啊。

后来，赵宝慢慢打听到了，刘老汉是城西边莲亭村的，一辈子，靠卖醋为生，以前也有他这样一院房子，只是很早前，城里人少，没人租。三十多岁时，娶了老婆，生了个傻儿子。老婆是母夜叉，天天打骂他，他脾气好，逆来顺受。后来，老婆找了野男人，鸠占鹊巢，把他赶出了家门。从此，他就带着自己的几口缸，满城租房住了。

前些年，傻儿子被车撞死了，他伤心欲绝地哭了一场。那些给儿子的赔偿款，他给自己交了一点养老金，换了几口新缸，迷迷糊糊地过起了所剩不多的日子。

他都活到了这份儿上，死活对他来说没有多大意义。说撞死，眼睛一闭，脖子一伸，脑瓜子一磕，“咔嚓”一声，轻而易举就死了。可他死不瞑目的是，被母夜叉和野男人霸占去的那个院子。他要等着他们不得好死，他要看着他们死得很惨，这样他才能安心。所以，他还得酿醋，卖钱，活着，推日子。

罚酒不吃，那就敬酒吧。赵宝觉得，硬的不行，那就来软的。他去找刘老汉，和颜悦色地跟他聊，刘老汉真吃软的。他跟赵宝坐在门口的砖头上，赵宝给他发了颗黑兰州。刘老汉接过，点上。猛吸了几口，呛得直咳嗽。

赵宝说：“老哥，我知道你的难处，你要靠卖醋过日子，可我真的受不了这醋味啊，一闻，就浑身难受。”

“我也知道你的苦处，可我也没办法啊，我搬出去，谁还给我租房啊，我就只能赖你这儿了。”刘老汉举着被醋汁浸泡得满是皱褶的手，夹着烟，手不停地抖着。

“大兄弟啊，你不知道我这半辈子是咋过来的。房子没了，老婆跟别人了，儿子死了，我活得人不人，鬼不鬼啊。”说完，刘老汉“哇”一声哭了起来，鼻涕眼泪一抓一把，伤心得像个三岁的娃。

从那以后，赵宝和刘老汉双方都退了半步。赵宝不再赶刘老汉走，刘老汉把房子堵得严严实实。

日子就这么过着，不咸不淡。南关的鸡毛蒜皮依旧被风吹得满巷子乱飞。赵宝家院子的醋味，或许是因为心情的缘故，似乎也若有若无了。赵宝依旧过着懒汉的生活，睡觉，打麻将，看电视，收房租。他神经衰弱，跟老婆说：“这病，只能静养，不能干活。”刘老汉躲在昏暗密闭的屋里，酿着醋。酿好了，装进塑料桶，卖给了小饭馆。除了酿醋，刘老汉每天都会把院子扫好几遍，扫得干干净净，有时候还用抹布把铁护栏从一楼擦到三楼。似乎，这院子成了他家的一样。对此，赵宝是乐意的，赵宝的老婆，更是乐意的。

慢慢地，赵宝对于醋酸味反应也不是那么强烈了。是那些酸味磨平了赵宝鼻腔里的嗅觉细胞，还是醋味圈在房子里难以逃出了，或许都是，或许不全是。其实最主要的是，刘老汉的醋，换了做法。

刘老汉酿了半辈子醋，也有一些固定的买主，多是牛肉面馆。醋酿好，装桶里，蹬个三轮，送过去，现钱现货。可这半年来，那些老顾主，慢慢不要他的醋了。嫌他的量少，等不住，最主要的是价钱贵。现在他们用的是一些小厂子的醋，不叫酿，不用麦麸，不用醋糟，也无须发酵，将一种粉末倒进凉水，一兑，一搅，响当当的陈年老醋就好了。量大，送货快，而且价钱便宜，一斤三毛钱。现在的生意人，精得要死，这账他们算得比谁都清楚。

后来，刘老汉知道了其中的缘由，便放弃了传统的酿造方法，紧跟时代节奏，买了醋精，勾兑起了醋。这样一来，省事多了，成本低了，买主也回笼了一点。老汉也想通了，阳世人间人弄人，阴曹地府鬼弄鬼，就这么一回事。

赵宝对日渐寡淡的醋酸味表示很欣慰。他觉得，醋，终于回到了本该有的味道。有时候，他会向刘老汉要一勺子，碗里滴两滴，发现饭菜增香不少。

用醋精勾兑醋，容易多了，但相比前些年，刘老汉的活少多了。他再也不用半夜起来，眼都睁不开就忙活着酿醋。然而多少年了，他夜里忙惯了，无事可做，反倒觉得无聊至极。于是，半夜里，他穿上破拖鞋，在院子的廊道里来来回回走着，消磨时间。

很多时候，他都仰着头，看着院子顶方方的夜空，挂着醋色的月亮。月亮在醋里浸泡久了，散发着一股陈酸味。他拖着拖鞋，“刺啦刺啦”来回走着。他想起了他莲亭的院子，也有方方的夜空。他想起了他的老婆，从一只乡下来的绵羊，变成了一只喝血吃肉的老虎。他想起了他的傻儿子，曾经流着鼻涕给他装醋，还不停地喊着爸爸……想着这些事，他的心里长满了杂乱的草，割了一茬，还是一茬。他甚至觉得，生活，把他的心，切成了块，丢进醋里，腌着，腌得他心力交瘁。

“刺啦——刺啦——”他拖着拖鞋来回走着。

就这样走了好几个夜晚。赵宝忍不住了，他刚刚从那些遮天蔽日的酸味里逃出来，想着过过安稳日子，没想到，毫不消停的“刺啦”声，又搅醒了他浅显的睡眠，扯乱了他衰弱的神经。这让他一听到那塑料鞋底跟水泥地面发出的摩擦声，就从梦里面惊醒，并失眠到天亮。

他再一次忍受不了这个犯病的糟老头了。

第二天，他找到刘老汉算账。

“你晚上能不能歇着，不要走了？”

“我睡不着。”

“你一个快死的人了，咋还像茅房的石头，又臭又硬哩？”

“我就是活得不耐烦了，我现在瞌睡正找枕头哩，你把我弄死。”说着，又冲上来，往赵宝怀里撞。坐在一边用旧毛衣扎拖把的赵宝老婆见状，跑过来，拦腰把刘老汉抱住了。

“你放开，让他过来，这老不死的，今天不拾掇他几下，不知道马王爷长几只眼！”赵宝一蹦一跳，挥着拳头叫嚣着。

刘老汉被赵宝老婆拖进了他的屋子。他在屋子里骂着：“你来弄死我，我这几天正好不想活了，还愁没人买棺材，你来，你来把我弄死……”

赵宝老婆又把赵宝拉进了屋，说：“你跟一个老疯子较啥劲，他老糊涂了，你没糊涂吧，再说，要是他有个心脏病啥的，气死在我们家，那不晦气死了。”赵宝坐在床沿上，呼哧呼哧喘着牛气。

晚上，半夜。赵宝又听见了“刺啦刺啦”的拖鞋声，这声音，像一台电锯，切割透了他的鼓膜，切进脑子，又开始切割脑髓。电锯声，叫嚣着，混合着脑髓沫子，四处飘着，让他痛不欲生。他用手指头塞住耳蜗，刺啦声，又从鼻孔吸了进去，从嘴巴吸了进去，通通挤进了脑袋里，混淆着，搅和着，像发酵的麦麸一样，揉来搓去。

他似乎再一次从早已寡淡的酸味里闻到了当初浓烈的、铺天盖地的、入心入肺的、无孔不钻的醋酸味。对，是醋酸味。让他失眠，让他神经衰弱的醋酸味。

第二天一大早，赵宝拨通了食品监督所的举报电话。

19 明锁

从正月里开始，到现在，都三个月了，生不见人，死也不见尸。

张老太提着半片砖头，一边咒骂着，一边砸着门锁。哐——哐——黑锁子在门扣上滴溜溜打了几个转，又摇摆着垂下了。地上落了几粒砖渣和一片黑漆。

捣鼓了半个多小时，锁子还是老样子，死皮赖脸地挂着。

“你不给房钱也就算了，还把门锁上，都多久了，人影子也不闪一下，还有其他人要租呢。”张老太顺手把砖头扔到门口，砖头跳了几下，磕出了几片渣。她一个六十岁的人，早已对一把明锁束手无策了，就像她对密密麻麻扑来的衰老束手无策了。“这样的人，占着茅坑不拉屎，以后再也不要了，真害人。”

“等我把门撬开，把你的破烂扔到门口，你爱管不管。”张老太朝着紧锁的铁皮门狠狠撂下一句话，朝手指啐了口唾沫，搓了搓指甲上的泥，拉着静脉曲张的一条腿，气呼呼下楼了。

房子是去年十月租出去的，那时候，刚秋凉。牵牛花籽黑漆漆，蹦出壳，跑满了院子。院子落着巴掌大的梧桐叶。

那天中午，一个女人进院子，问：“有租的房没？”女人四十左右吧，眼睛下面长满了雀斑，跟油花儿一样漂着。头上烫着波浪卷，像一颗花菜。没人应，她准备出门，有人隔窗户喊了句：“有。”

女人留步。

“谁住？”

“我。”

“几个人？”

“我一个。”

“你上来瞅一下，看行不？”

女人上去。是三楼最边上的一间，房子不大，摆着一张床，支着一张旧课桌，再没别的。

“多少钱？”

“三百二，你一个人住，给你便宜点，三百算了。”

女人“哦”了一声，眯缝着眼，扫了一遍房子，把头伸出门，看了看院子。院子昏暗，挤满了大大小小的房子，有人在屋里敞着衣裳给娃喂奶，有人蹲在墙角剥蒜，有人坐在楼梯口打盹儿。“三百也行，我下午就搬，给，这是六百元，我先交两个月的。”女人从暗红的手提包里翻出几张鲜红的钱。

“明天搬吧，墙刚刷过白灰，潮得很。”

“没事，潮就潮。”

女人走了。略显臃肿的腰身在大门后摆动了一下，像只企鹅，然后不见了。房子是张老太的儿子陪着上去看的。张老太的老伴去河坝遛鸟了。他一天只记得遛鸟，除了遛鸟，就是发呆，家务事，一概不问。家里基本是张老太做主，儿子三十多，离婚了，也是个懒人，年纪轻轻的，害怕出力，给一个倒闭了的破厂子看大门，三天打鱼两天晒网，一个月挣个千把元。

三楼的空房子是前几天刚搬的。人是被张老太赶走的。原因是吵人，还不是一般的吵，应该说是又吼又叫。房子是一对年轻男女住着，估计没结婚，算同居。男的张老太一直没搞清是干啥的，女的好像在一个唱歌的地方陪唱。张老太不懂KTV，也不明白什么“公主”，就一直说是陪唱的，当然只是私下里这么称呼。两个人平时住着也倒没啥，不吵不闹，不偷不摸。主要是晚上十点左右，年轻人，干柴烈火，精力旺盛，汹涌澎湃，特别能折腾。能折腾也没啥，毕竟是私事，谁也管不了。问题是这一折腾起，那女的就跟狼吓着了一样，撕心裂肺地叫，叫得快要断气了似的，叫得满院的砖啊水泥啊都麻酥酥的，叫得黑乎乎的夜能扯下来皮。一院人，十几二十口，男女老少都有，一听到这声音，松弛的肉皮立马绷成弦，稍微再有个风吹草动，就开始乱弹了，走音了，断弦了。舌头尖上，更是五味杂陈，说麻有麻，说酸更酸，还有一股腥膻，真是一言难尽。院子的人跟张老太反映了几次，说受不了了，给提醒提醒，让慢一点，声音小一点，院里有孩子，影响太差了。

张老太觉得她一个老太婆去说这事，有点怪兮兮的，让儿子去，儿子翻一下白眼仁，说：“你让她往死叫去，看能叫几年。”没辙，儿子不去，张老太就只好亲自出马了，她一想，自己都过来人了，没啥大惊小怪的。就借着收水费上去，推开门，女的翘着兰花指，正对着一块镜子涂嘴唇，涂得跟吸过人血一样，猩红猩红。“以后晚上啊，声音就小一点，你太吵了，啊，院子的人意见大得很。”张老太有点结巴地说着。女的继续涂着嘴，无所谓的样子。只说了句：“知道了。”

张老太的提醒似乎起到了一点作用，那女的明显收敛了许多，有一个月的时间，院子清静了不少，男女老少绷紧的皮松了，舌头也直了。可一个月以后，那女的又显回原形，开始死去活来地叫了。那几天，张老太正好跟痴呆的老伴吵了一架，她窝着一肚子气。一个晚上，那女的叫得正欢时，她冲上去，“啪啪啪”拍打了一通窗户，骂道：“你鬼把魂抓住了吗？图你叫得好听是不？明天赶紧滚！”叫声戛然而止。

年轻男女滚了以后，房子空了一段时间。为了清扫一下满屋子的臊气，张老太让儿子把房里又刷了一遍。儿子这次倒是勤快，没有推诿，因为他背着张老太收了九百元房租。张老太根本不担心，在南关这样的地方房子会租不出去，现在是房选人，不是人挑房。所以当这个四十岁左右的女人来问房时，张老太犹豫了好半天，她觉得一个中年女人来租房，是不是有什么问题。儿子瞥了一眼，不屑地说："能有啥问题，你啊，成天神经兮兮的。"张老太还没来得及说啥，儿子就隔着窗户喊了句——有。

女人是下午搬进来的。

帮女人搬行李的是一个男人，穿灰西装，棕皮鞋。谢顶了，头光得很，像打过蜡，脑门周围的一圈头发倒是水草丰茂，而且梳得整整齐齐。男人一手提着脸盆、水壶等，一手拎着一卷铺盖，进了那间房子。天黑前，男人拿着半片砖和改锥捣鼓着门锁，直到天黑了，女人打着手机的灯，男人才把松垮垮的黄铜色暗锁换成了一把黑明锁。

住进来后，女人的窗户关着，窗帘也一直拉着。就是秋老虎一来，天热得要死，她也不开窗。她不做饭，不洗衣，不游转。没有人知道她一天都在干啥。过了几天，女人不知从什么地方弄来了一条白狗，松狮，跟个毛绒玩具一样。她每天早上、中午、晚上都穿着一身粉红睡衣，抱着狗出院子，进巷道，在一个墙角的拐弯处让狗拉撒，完了用卫生纸仔细把狗屁股一擦，又抱上，摇摆着硕大的屁股进自己屋了。随手，也把门锁上了。

换过锁子的男人似乎没有来过，倒是一个十七八的少年来过几次。有人说是女人的儿子，有人说女人家就在这附近的银桥苑，有人说女人很早离婚了，也有人说女人是最近刚刚被男人从家里赶出来的，等等。大家交换着各自掌握的信息，像这低矮贫苦的日子里，人们交换着白菜韭菜大蒜一样，小心翼翼，又充满兴奋。不过人们除了看见女人抱着狗出门，就不知道她一天把自己圈在屋子里在干啥。她显得那么神秘，让人捉摸不透。

女人就那样住着，安安然然、无风无雨的样子。除了偶尔张老太因为房租而想起她之外，就再没有人想起院子里还住着这么一个女人。刚开始大家还在私下里热情地议论着，慢慢地，没新内容，也就索然无味了。最后，大家干脆就把她忘记了。在每一座老城区，总会有很多神秘的人，被人们忘记了。

几场绵长的透雨，秋天结束了。

立冬，小雪，几场大雪落下来，天冷透了。还是没多少人想起那个女人，女人仿佛空气，是看不见的。她不生炉子，门紧闭着，大黑锁挂在门环上，一动不动。

腊月里，女人结了一次房钱。借着春节，女人走了，就再没有来过。眼看着桃花都落了，春天也所剩无几了，女人依旧没有回来过。门锁着，黑锁子把着门，落着灰，像一个看门人，帽檐上落满了土。

儿子窝在床上玩手机，张老太进屋，没好气地说："叫你不要租，你偏租，现在好，门一锁，连个狗屁影子都没了。"儿子不耐烦地说："我又没长透视眼。"接着继续玩他的微信，他最近在微信上结识了一个女的，天天有事没事聊着，他也知道了那女的跟男人不和，要离婚，这跟他的遭遇基本相似。聊着聊着，他俩都有点同病相怜和惺惺相惜的感觉。他打算这几天约约这微友，看能收获一段爱情不，收获不了，上个床，逍遥一场，也完全值。这会儿，女微友正跟他商量见面的事，而且她的话里还隐隐透露了一种可以深交并且只要她满意就有上床的机会的意思。

"你不要跟蛆一样，天天窝在被筒里，啥正事也不干。"张老太扯了一下被角，嚷嚷道，"赶紧起，起来把门上的锁子砸了，那女人看来不来了，不来算了，我把她的破烂一收拾，腾出来，房子给其他人租，这两天问房的人多，早住一天，就能多挣一天的钱。"

儿子不耐烦地起了床，穿着秋裤，捏着手机，从床底下翻出钳子、锤子、锯子，说了句：“你啊，真是钱迷心窍了。”然后提着家当上楼了。他用钳子夹，锯子锯，费了一大堆力气，黑锁子还是丝毫未损，一副死皮赖脸的样子。他有些气极了，下楼，从厨房里找出一把斧头，上来。对准锁眼，直接一斧头砸了下去，“哐当”一声，锁子掉在了水泥地上，像陀螺，满地打着转，发出了一串剧烈清脆的撞击声。

他从窗台拿起手机，推开门，他惊呆了，那个谢顶的男人竟然躺在床上。这时，女微友发来了一条信息，说：“我租了间民房，过完年一直没去过，下午我们去那里，意下如何？”

20 鸽子啊鸽子，你要飞到哪里？

灰白的鸽子在天空一圈圈飞着，像钟表的指针，来来回回，转着。

鸽子不知道疲惫，但时间走得久了，就缓慢了、迟钝了。卖水果的女人，坐在南关巷子口的凳子上，她的时光是缓慢的、迟钝的。

巷子口，正对着，是团结路。团结路上的车，疯了一样跑着，卷起的灰尘，落在了卖水果的女人生锈的头发上，落在了那些水果上。一切都是灰扑扑的，就连那些水果都褪去了光泽。它们缄默着，把蜜汁揣在怀里，无人问津。

女人在南关的巷子口卖水果有八九年快十年了吧。她之前干什么，只有她清楚。反正嫁进南关之后，就卖起了水果。她的男人有点傻，坐在院子里，不说话，老是发呆。有时候，你让他晒被子，他就把床单铺在地上。也有时候，他吃完饭，不提醒他，就一直端着空碗不知道放下。女人是怎么嫁给他的，只有她清楚。她刚嫁来时，像一颗刚摘下的桃子，是那么新鲜。丰满的腰身，粉嫩的皮肤，远远就能闻见香味，就连那些细密的绒毛都泛着微微的光芒。

后来，要生活，她就摆起了摊子，卖水果。跟一个傻男人生活在一起，又能指望他干什么呢，还得靠自己。三轮车还是娘家哥哥贩菜时用过的，送了她。每天天蒙蒙亮，巷道里的清洁工划拉着垃圾，路灯的眼皮耷拉着。她便去光明巷进果子。昏暗的街道，睡意蒙眬的人，沾着露水的果子，皱巴巴的票子。她挤在人堆里，翻看着品相，讨还着价钱。感觉合适，样样进一点，然后，吱悠悠蹬着车子到巷子口来卖。

刚开始到巷子口卖水果，是难为情的。那时候，面皮薄，跟早酥梨一样，一动就破，别说拉下了，尤其遇见熟人。有的，一歪头，装作没看见，走了，还好些，免得尴尬。有的，故意凑过来，满嘴怪味，说："你怎么摆摊子了多辛苦啊，又吹又晒的留着男人干啥啊？"一说男人，她就没法回答，赶忙说："吃个苹果，吃个苹果尝尝。"有的摇着头说："你卖一分钱不容易，我咋能吃呢？"有的顺手抓一个，咬一口，唾沫星子乱溅，点着头走了。

那时候，时间是那么漫长，从早晨挨不到天黑。鸽子在头顶一圈圈地飞，没个尽头。晚上回去，男人坐在门口，笑嘻嘻地，他把饭做好了。米饭，莜麦菜，煎蛋。米饭是生的，米粒沾满了碗沿，地上也是。莜麦菜炒煳了，黑的，跟木耳一样。鸡蛋盐多了，咸得要死。她笑笑，忍着吃了，顺手给男人剥了一根卖剩的香蕉，递到他嘴边，男人傻笑着，吞了两口，又一把夺过来，喂她嘴边，让她吃。她摇头，但男人不依，可怜巴巴地一直举着，满脸委屈。她只好把剩下的吃了。她的眼眶里噙满了泪花。

巷子口，在风头上，夏天，算凉快，冬天，牦牛风，冻死人。她就提个火炉，架两颗煤，怀里抱着烤。刚开始，巷子口没人卖东西，除了招呼顾客，她就干坐着，没人跟她说一句话。后来，来了一个卖烤饼的，一个卖烤串的。烤串的小伙子话多，一天说个不停，全世界的大事好像都知道，人世间的道理好像全通透。不过说着也好，听一听，打发时间，总比一个人发呆好。

她的水果除了香蕉、苹果、梨等几样一年四季有的，其余全是节令性的。立春后，卖菠萝，菠萝削皮，得像螺纹一样削，难对付，不小心就把果肉削掉了。削好的菠萝，切块，插上木柄，摆进装了水的玻璃缸里。一根两元。后来就是草莓，陕西那边来的，大得出奇，像鸡蛋，红得滴血。草莓她总是进半竹篮，卖完了再进，要不容易烂。然后是樱桃，本地产的，饱满红润。早熟的一斤能卖二十元，十五六进来，能赚四五元，划得来。接着，谷雨过了，就是立夏。夏天，水果就多了，外地西瓜，本地西瓜，秦安脆瓜，下曲葡萄，清水核桃，一样接着一样。西瓜好，放得住，能卖几个月，不比草莓、樱桃，一阵风。立秋了，就是石榴、橘子、橙子。落霜，卖完柿子就没啥了，回到老三件，香蕉、苹果、梨。像芒果、椰子、榴梿、阳桃、火龙果，这些南方产的名贵水果是不进的，进了也没人买，光赔钱。

年年如此，水果一筐筐，都是新鲜的，人却一年年旧了。就像那个没人买的柚子，放了那么久，皮都干了，原先的金黄色，慢慢地，褪成了淡黄，最后灰白了。

她的生意还算可以。一天能落五六十元吧。来钱的其实就两个渠道，一个是挣从批发贩子跟前的进货价和卖出去的差价，越贵的水果差价越高，一斤能赚一元钱。可巷子里住的人，都过着清汤寡面的穷日子，有几个能买得起名贵水果。另一个就是秤了，八两秤，做大小生意的人谁都清楚，这是行情，卖一斤，赚二两的钱。有些人好哄，可有些人就不好对付。买了水果，五斤四两，走了，提到另外的摊子上一称，四斤六两。气哄哄地提过来，就是骂。骗子，黑心秤，口口声声要举报。女人自知理亏，赶紧抓几颗果子放进去，息事宁人，忙说，刚没看清秤。那人拎了拎袋子，明显重了些，骂骂咧咧提走了。女人其实刚开始时就是认不得秤，这里人骂人说认不得秤，她还真认不得。后来吃了几次亏，找人学了学，才搞清楚星和花了。

卖果子，白天提一天秤，到晚上胳膊就酸痛，捏筷子都吃力。时间长了，左胳膊明显粗了，还有了一嘟噜肌肉。后来，木杆秤换成了电子秤，方便多了，放上去，一摁，多少钱就显示了，不需要蒙着头算半天。她的八两秤也调过了，经人家骂了两次，觉得划不来，再一个巷子不远处有个工商所，动不动检查，所以还是调合适了，自己也省心。

这些年，反正一天天，都是那样子，千篇一律，甚至把十年都当成一天过了。每天，都是进水果，看摊子，卖水果。卖完的进点，没卖完的接着卖，卖得好，多进几斤，卖不动的，舍不得吃，摆着，一直摆到等顾客拎走。最后，还是没人要的，蔫了，烂了，快坏了，舍不得扔，细细地削了皮，有的坏得严重，削过之后，就只剩核了。削完后，装塑料袋，带回家，给儿子吃，给傻男人吃，自己从来舍不得吃一口。卖了这么多年水果，有些她尝都没尝过。刚开始看着，咽唾沫，时间长了，就木了，再好再甜，也是一堆毛毛钱。

就这样，一天天摆着，用微薄的收入养活着一家人。她把路口常坐的道牙都磨光了，磨出了豁口。三轮车也老掉牙了，一蹬，就掉链子。车轮的钢圈也扁了，走起来，咯噔咯噔的。她卖出去的水果，有多少，她不知道，她也从不想这些。只是，慢慢地，她把自己从一个二十来岁的姑娘，卖成了一个中年妇女。就像从光阴的手里，把右手光彩鲜嫩的桃子，换成了左手干硬灰褐的龙眼。

跟马路上来来往往穿丝袜、皮草的女人比，她老了。其实她的儿子都快十岁了，能不老吗？可她毕竟不到四十岁，但满脸灰尘，挂着细密的皱纹，头发拢着，乱乱的，像从苹果园来的一样。

她不知道自己的后半生该怎么过，她没想过，想有什么用呢，想了也白想，其实不用想，还是卖水果。她什么也不乞求，就想着一辈子在这里平平淡淡、稳稳当当地摆摊子，大钱挣不了，小钱，有点，能过日子就够了。年轻时没挣来什么，现在，都这份儿上了，还能干啥。这么想着，她就平静多了，像一颗苦柚，不动声色地坐着，把苦装进心里。

原先的老城南关，有几千口人，每天出出进进，算是热闹。中午、晚上，下班时买水果的人不在少数，有时候围一堆，弄得她手忙脚乱。尤其是酒店里的姑娘，嘴馋，下班了，多多少少都会买一点，提回房子吃。时间一长，好多常买的人都熟络了。送来的快递，捎寄的东西，都往她跟前一放，回家时，顺路来拿。她这里，也倒有点像整条巷子的寄存处了。虽然要帮着看管，也操心，但她乐意帮别人这个忙。

后来，听说南关的一部分要拆迁了。消息刚传来不久，她还怀疑真假时，拆迁就真的来了。

惊蛰刚过，下了几场雨，天晴后，人们都陆陆续续开始搬了。大包小包，被褥案板，玩具皮包，桌子水壶，风扇电脑，甚至门窗大床，贴画报纸，镜框花盆，都通通搬出来，堆进架子车、三轮车、小卡车，你拥我挤，难民似的拉走了。巷子里的路上，破鞋，废纸，碎玻璃，落得到处都是。风一吹，塑料袋，纸屑，漫天飞。

女人坐在路边上，看着他们一个个搬走了。有熟人，她问："要搬了啊？"

"不搬就被铲车埋了。"

"去哪儿啊？"

"先搬出来再说，鬼知道去哪儿，你还摆吗？"

"不摆能咋办，就饿死了。"她看着他们一个个都走掉了，心就像被一镢头一镢头凿空了，就像搬空的房子，空得能听见巷道深处的风。这儿都没人了，卖给谁啊。不摆吧，就饿死了，摆上吧，没人买，也就饿死了。实在是难心啊。

再后来，就能听见砸房顶的声音了，一砸，"轰"一声，她的心里就一紧，像一只手，捏她的心，一下又一下，捏得心疼。

巷子确实没有人了，曾经热热闹闹的巷道，现在，除了麻雀，就是风了。女人呆坐着，木愣愣的。那些水果，落着灰尘，无人过问，可怜兮兮地，躺在筐子里，像一群没有爹娘的孩子。灰白的鸽子在女人的头顶上空一圈圈地飞着，像钟表的指针，来来回回，转着，磨损了女人的光阴。她想着，当初，假如她哥没有开车撞死了男人的姐姐，假如撞死了但筹齐了那笔赔偿款，或者假如没筹齐但她不同意作为中间交换的筹码。这样，她就不会嫁到南关，不会跟傻男人生活在一起，那样，又会过什么样的日子呢？生活没有假设，只是一次性的消费品。再说，她想，也想不来，即便有假如会过什么样的日子。

几天后，巷子口卖水果的地方空了，落着一群灰白的鸽子。一阵风吹来，吹起一溜灰土，旋转着，旋出了一根鞭子，抽打着鸽子。鸽子扑棱着翅膀，飞了起来。鸽子啊鸽子，你要飞到哪里？

21　南关旧事

都是很旧很旧的事了。其实在这里，也真的没有多少新鲜事，都是旧事重演罢了。

闲来无事，去找我的邻居老胡乱谝，他说起此事，便录于此。

老胡，五十有六，也不算老。前些年，解决了副科待遇后，悻悻然告老退休。一辈子都想谋个正科当当，但终究未能如愿。嗨！有些事，就是这样子。歇下后，老胡回到了南关仁和巷的老院，养三两只鸟，栽五六盆花，守八九片云，过起了无所事事的日子。

在南关，说老胡是外来者，也不对，他家本就在这里。说是本地人吧，也是勉强，他常年在外工作，很少回来，与巷道里的人多是陌生，尤其来来往往的租房者。巷道里的人，对老胡，也是毫无印象，可有可无的角儿罢了。我跟老胡咋认识的，说来话长，就不啰唆了。

我问："退休了，除了花花草草，还干些啥？"

"瞎想。"老胡摸着早已秃顶二十余年的头皮，说，"老想巷子里的事，年轻时候的，这人一老，就不由得爱想以往的事了。"他把后脑勺稀稀拉拉留着的几根头发，用指头梳了梳，接着说："你说，我是不是被阎王爷惦记上了？"

“你身体硬朗着呢，再领个二十年政府的退休金都没问题。”

“你小子，哈哈，净会说好话。”

“说说年轻时候的事听听，印象最深的是啥？”

“要听？给咱俩把茶添满，我给你慢慢讲。”老胡指着老屋里屁股乱抖、口吐蒸汽的一壶水。

老胡慢慢讲开了。

很早了。早得时间都有点模糊了。快三十年了吧，也不对，差几年就三十年了。

张大娃爸，你肯定不知道，都殁了五六年了。

那一年，几月，我忘了，反正是村里对面的麦子杏黄了，“旋黄旋割”的鸟在官泉边的树林里成天叫，听说叫得嘴角上都滴血呢，我反正没见过，“旋黄旋割”的古经你肯定听过吧，我就不给你讲了。张大娃爸，以前是个教书的老先生，巷道里教出了一帮子学生，有两三个学习好的都考上北大清华了。老先生谦和，人好，也有名望，大家都尊抬。谁家有个啥事，都要请过去坐坐。红事情，去坐坐，给大人提点一下乡俗。白事情，过去坐坐，给子女安顿一下讲究。两家子吵架了，请过去，主持公道，老先生中间一调停，就啥事也没了。

有一年啊，就是刚说的，麦子杏黄的时候。巷子里的一个老汉提着一斤白糖，登了老先生的门。进门后，灯光陷进了老汉的眼窝子，眼窝子深得能捣蒜。老汉搓着手，结结巴巴说了事。老先生摆了手，意思是这事他办不了。老先生办不了的事，不多，办不了，就真是难事了。老汉“扑通”一下跪倒在炕地下，额头在油亮的炕沿上不停地磕着，已经开始哭哭啼啼。老先生收腿下炕，扶起了老汉。

最后，老先生答应了，但事情能不能办成，自己也没个底。老先生答应的原因是旧社会里，有一年闹饥荒，老汉爹曾借了半升子玉米给老先生父亲，就靠那半升子玉米，拉扯活了一儿一女。老先生念着旧情。

那天凌晨，鸡儿叫了头遍，老汉背着几片干馍馍，一把葱，和老先生换着抽了一锅水烟，就上路了。他们要去的地方是清水县的一个村子。从半夜，到下午四五点，两个人呼哧呼哧不知翻了多少山，过了多少河，走了多少路，才到。那时候，没班车，更没啥摩托之类的，私家车就不用提了。出个门，全靠两条腿。走到半路迷路了，折回来，问了一个放羊老汉，才又找到路。

啥事情？我就知道你要问啥事情了，现在的年轻人啊，就是心急，米没进锅，就想当熟饭吃。你先莫急，听我慢慢说。

两人一拐一拉进了村，打听清了要找的人家。姓张，在村子最上边，孤零零一个院廓。两个人摸进门，院子里，一个男人，三十出头吧，刚背回来一捆麦子，放在门口的场里，进来舀了一马勺凉水，仰着脖子，咕咚咕咚灌着，只见喉结一上一下，跟打鼓似的。清水那边的麦子比我们这边的要早黄七八天，所以就割得早。院子的廊檐下，张家老汉坐在地上，闷着头，歪着胳膊磨镰刀。老先生上前一步，问：“你是姓张吧？”张老汉抬起头，愣了一会儿，问：“啥事？”“给你们带大姑娘的消息来了。”老先生话刚搭在嘴皮上，张老汉“呼啦”一声立起来，提着滴水的镰刀片，忙问道：“你说啥？”张老汉的老婆隐隐听到了，系着油乎乎的围裙从厨房里冲出来，喊道：“大姑娘人呢？”

这里我就给你说清楚一点，要不你就听不懂了。

事情是这样的。那一年，三月三，社棠集上，唱大戏，给泰山爷唱，热火得很。张老汉的大姑娘去看戏，瞅上了前面刚说的老汉的儿子，然后跟人家跑了。这两人，年龄都差不多，这小伙啊，人长得是英俊，没得说。可问题是，这大姑娘刚结婚半年，娃都没怀上呢，就跟人跑了。三天不见人回来，婆家的人找上门来了，以为不给人了，过来一看，娘家的人也在找人。最后打听村里那天看戏的人，才知道大姑娘跟人跑了。

这事情，闹大了。婆家的人，要人，死活不依。娘家的人，也没辙，人跑了，到哪儿去找，又不能变一个，又不能捏一个。最后，婆家的人商量了一番，发现要人是不可能了，因为谁也不知道人跑到哪里去了。就要彩礼，一千六百六十六元。当时讲究六六大顺嘛。那时候的一千六啊，可不是小数目，能值现在的六万六呢。娘家人一听，吓个半死，哪能拿出那么多钱，当初收的彩礼，给大姑娘她妈做了个阑尾炎的手术，又给驴搭了个土圈。以前驴一直窝在露天底下，总是着凉，死了两三头，把张老汉死伤心了，这一次，牙一咬，搭了个土圈。剩下的一点钱，粜了点粮食，凑一块，五百块买了一头驴娃。

一分钱，逼死人啊，何况那么多彩礼。当初收了彩礼，谁知道会出今天的这事。况且，彩礼也花得一分不剩了。婆家人，三天两头就上门，不依不饶，要钱，提着铁锹斧头，凶神恶煞的样子，站在院子里吼叫着，要把几间土房掀翻似的。张老汉整夜整夜睡不着，一边咒骂着千刀万剐的姑娘，一边掰着指头给人家凑钱。凑个啥啊，把麦粜光，玉米粜光，猪卖了，鸡卖了，还是凑不够。再说，粮食能粜吗，粜了几张嘴顿顿喝凉水啊。借，跟谁借呢，亲戚邻居都知道他现在的处境，谁敢借给他。思前想后，还是没办法啊。

不出一个礼拜，张老汉的头发就全白了，然后就一撮一撮掉。

最后，张老汉和老婆商量了一个下下策，实在无路可走了啊。他们决定把二姑娘嫁给大女婿。也只能这样了。张老汉找中间人，给那边通了气。那边也担心儿子年龄大，再找算是二婚，成个家，也难，就答应了。张老汉的二姑娘自然不同意啊。凭什么当姐的扔的屎盆子要往她头上扣，凭什么？凭什么啊？她还没有好好谈一场恋爱呢，怎么能像卖东西一样把她这样轻易处理掉呢。再说让她跟姐姐的男人结婚生子成为一家人，这让四里八乡的人咋看。她想着都来气，气都能把她肚皮子胀烂。她半夜跑过两次。可吃过亏的张老汉再也不敢掉以轻心了，两次，二姑娘逃出门不到一百米，就被他捉回来了。后来，她又喝农药，喝了半瓶，趴在地上吐白沫，当妈的去厢房拿鸡食，看见了，哭天喊地地找来村里人。抬炕上，压住，掰开嘴，撬着牙，灌清水，洗肠子。水灌了一桶子，再灌肚子就撑爆了，可二姑娘死活不吐，没办法，有人上了一马勺粪，稀稠搅混，撬开嘴，灌下去。二姑娘这才呼啦啦吐了个狗儿干净。

又是跑，又是寻死觅活，看来来硬的不行，张老汉就和老婆来软的。二姑娘躺着，他们就坐在枕头边，一遍遍说着家里的难场事，说到最后，就说："这门子事要是成不了，就把我们老两口逼着上吊了，你姐夫说不定也就疯魔了，那边的人也照旧还是来折腾我们家，这日子还能过下去吗？你想想啊，你应了，一下子就救活了两家子人啊。当父母的，也实在是没有办法了才走的这一步，还不是形势逼的啊。我们老两口，也没个儿子继后，现在身边就你一个独苗苗，我们全指望你了。真是逼得没办法啊，逼得我们眼睛里滴血啊。"说着说着，就趴在枕头上鼻涕眼泪混合着哭起来了，哭得伤心欲绝，哭得撕心裂肺，差点哭断了气，昏死了过去。

一个月的软磨硬泡后，二姑娘应了。她觉得，这是命。是命，再挣，都没治，有时候，越挣，就绑得越紧。

二姑娘和姐夫成家了，没有彩礼，没有婚礼。两家人坐一起，吃了个饭，就算成了。两家人从仇人又成了亲家。

结婚后，两口子过得也不错，生了个儿子。丈夫对二姑娘也疼惜。

来来，给我把烟点上，讲的人嘴皮跟羊皮一样干了，歇一歇，再讲。

说到哪儿了？哦，对了。老两口立刻到老先生跟前，四只手抓住老先生的肩膀，摇来晃去，问人在哪里。老先生拨下手，说：“先不要急，慢慢说。”张老汉的老婆挥舞着手，吼道：“这次见了，我要把狼吃的娃撕成一点一点，剁成末，喂狗吃了，狼吃的娃，可把我们一家人害惨了。”老先生说：“两位先不要生气，有话好说。”转了身，指着背后缩成一疙瘩，微微打着战的老汉，说：“这位就是那个带跑你家姑娘的小伙的爸，今天过来，专门给你们赔不是的。”

张老汉和老婆偏过脸，盯住老汉，眼睛一下子喷出了火，要把老汉立马烧死才能解心头恨一样。老先生看事情不对，话锋一转，说：“我们走了整整十个小时了，这大热的天，能进门喝一口凉水吗？俗话说，有理不打上门客，你说呢？”张老汉也是老实人，看老先生说话分寸得体，外貌端庄，可能也是重要人物。心里虽急，但还是压着火，让进了门。老先生进门，自己找凳子坐下。老汉跟着，前脚刚踩进门槛，张老汉的老婆一声吼：“你少踏我家门槛，你生的畜生，还有脸进我家门，滚出去！”老汉收回腿，满脸涨红。他知道，儿子做了亏心事，勾引了人家姑娘，毁了人家家庭，理亏啊，所以任凭人家咋骂，都该忍着。

张老汉的老婆冲过来，揪住老汉的肩，直接往门外掀，被张老汉拦下了。女人家，遇点事，就哭天喊地，把持不住。张老汉毕竟是个男人，活了一辈子，经见了不少，自己心里再恼火，也能把持得住。他瞥了一眼女人，狠狠说道：“你个女人家，一边去。”

老先生剜了一锅水烟，递给张老汉。张老汉一开始不接，老先生再递，张老汉接上了。老先生忙朝门口摆摆手，说：“快进来，还不给亲家把火点上。”老先生这句话，妙，顺坡骑驴，既让老汉进了门，也暗示了两家人的关系，又给两个人搭边做了铺垫。张老汉的老婆在院子的半截木桩上呜呜咽咽哭了半天，钻进厢房再没有出门。

张老汉端来茶炉，放了炭，点了火，搭上蛐蛐罐，下了一撮茶叶，倒上水，煨起了罐罐茶。火跳上来，抱着积满烟垢的陶罐的底。水开了，茶翻滚。茶溢出来，流到炭火上，“嘶啦”一声，冒一团白气，浮起一缕薄土。张老汉只给老先生倒了一杯。老先生端茶，润了润嘴皮，说：“你这个茶，味道正。”“哎，将就着喝的。”张老汉边说边用一根竹棍捣着蛐蛐罐里的茶。老先生看张老汉心里平静下来了，便和声细语地说：“都是为人父母的，你老两口的心情，我们理解。今天来，我们是下门客，你们说啥，我们都听着。”张老汉还是用竹棍捣着茶，没有言语，头蒙着，夹在两个膝盖之间。

“既然这事情发生了，成这样子了，就顺着事情来，总得有个解决的办法。你和娃他妈都不要来气，事情都过了好几年了，我也理解你们两口子这几年的难处，人心都是肉长的，出了这事，谁心里好受？可话说回来，你说当初怨谁，谁也不怨啊。怨父母，父母把娃娃拉扯大，就尽心了，出了事，也怪不上父母。怨这个老汉，老汉生儿子也不想今天摊这个事，老汉也是无辜的。怨娃娃，娃娃都年轻啊，搞不懂这人世间的事情啊，谁没有年轻过。再说，事情说到天东地西，姑娘还是你的姑娘，是亲的割不掉，是假的捏不上，是不是？”老先生顿了顿，说，“来来，喝一盅茶，煮薄了，还愣着干啥，给亲家把茶倒上。”老先生给老汉使了个眼色，老汉赶紧起来，在方桌上捏了两个茶盅过来。

老先生倒了三杯茶。

张老汉长长出了一口气，说：“老哥，这几年，我是哑巴梦见妈——有苦说不出口啊。”

老先生递上一杯茶，安慰道：“现在就慢慢好了，今天，我跟他来，专门就是来认亲的，互相认下，以后就是两亲家，再一个给你带点信息，就是大姑娘过得好着呢，最近生了个儿子，以后啊，有时间，你就去看看外孙子。”

老汉从背包里翻出了三片馍，三个人，一人一片，就着苦到心里的酽茶，一口口嚼了起来。

张老汉的女婿进屋倒水，可能是听说了这事情，冷冷地瞅了老汉两眼，走了。出门时，故意一脚踢翻了门槛边的半盆磨镰水。老汉浑身打战，像被泼了一盆凉水。他自知理亏，对不住人家，眼皮垂得低低的，看都没敢看一眼人家的背影。张老汉的二姑娘去场里扫粮食回来，抱着娃，直接进厨房烧火，面也没露。

晚上，老先生和老汉赶不回去了，只能留宿，第二天回。

晚饭好了，茶面浆水片片，张老汉的老婆端了两碗，一碗给老先生的，一碗给自家丈夫的，没有给老汉。张老汉起身去了厨房，老半天，回来了，端着辣椒和盐，又折回去，端了一碟腌韭菜，客客气气让到老先生跟前，让调。一会儿，老婆端了一碗面进来，直愣愣戳给老汉，说了一个字："吃。"老汉咽着唾沫，抖着嘴皮，颤巍巍地接过，点着头，连连说："麻烦你了，麻烦你了。"

一顿饭吃完，老两口的怒气似乎消了不少。

十点多，老先生、老汉、张老汉、张老汉老婆，上了炕，四个人围了一圈，坐着。窗外还是"旋黄旋割"的鸟，不消停地叫着。黑夜深远，挂着星斗。老先生拉过张老汉的手，说："娃娃的事，你就别操心了，今天把这个亲认下，以后就互相走动走动，一回生，二回熟，等中秋家里事少了，就让大姑娘来看你们。"张老汉点着头，搓着膝盖，自语道："有个音讯，也算是个好事情，娃娃的事，也不能怪娃娃，既然你们来了，说明这心意就到了，咱乡里人，就在乎一个心意。"老婆捏着被角，不停地抹眼泪，哽咽着说："去了让早点回来，都三四年没见过一眼了，当妈的，口里再骂，心里记着呢，经常梦里梦见啊。"老先生说："你放心，等娃过了百日，能出门了，就让她回娘家。”

老汉剜了一锅水烟，点上，递给了老先生，老先生眯缝着眼，吸了几口，递给了张老汉，张老汉咂巴着嘴，吸了几口，递给了张老汉老婆，张老汉老婆用手背抹了眼泪，捉着烟杆，瘪着两腮帮，吸了两口，交给了老汉，老汉见火星小了，赶紧咂了两口，在炕沿上磕掉烟灰，又剜了一锅。点上，一次转了一圈。三圈烟吸完了，四个人，沉默了一会儿。

盛夏的乡村夜晚，此刻，变得寂静极了，除了虫鸣，再无声息。人都乏了，吃了一口，头往枕头一倒，就睡了。就连狗也乏了，睡着了，做着年轻时的梦。

老先生说：“娃他爹，娃他娘，今天，亲家也给你们带了一点彩礼，本来是八千八，家里紧张，暂时凑了七千八，等年底，攒一点，再给你，钱少，你们不要介意。”老汉赶忙从屁股底下的布包里翻出一块手帕，打开，里面整整齐齐码着几摞钱，双手恭恭敬敬地呈了上去。张老汉犹豫着。老先生说：“接住吧，千里路上送鹅毛，礼轻情意重啊，你也看到了这亲家，是个多老实的人，你不接，就伤人的手了。”张老汉搓了搓手，接了过去，忙说：“够了，够了，钱是小事，只要娃娃过得好，我们老两口死了也就安心了。”

老汉收了空手帕，暗暗出了一口气。他抬头望向窗外的一刻，张老汉的目光正好从对面落下来。两对目光，搭在了一起。

月亮升起来了，油亮油亮的。山里的夏夜是凉的，麦芒上凝聚着露珠，只有稀稀落落的蟋蟀，在草丛里弹唱着。空气里，弥漫着麦香。

后半夜，张老汉和老汉一起披衣下炕，到了院子里，像两个老兄弟，搀扶着，坐在一块大石头上。两个人，拉着满是皱褶的枯手，肩披月光和麦香，说了很久很久。

给我把茶倒上，你这个娃娃，听得认真，连茶都给我忘了，你看看，水都凉了，再烧一壶去。

其实，故事讲到这里，也就差不多完了。啥？你要听结尾，听大姑娘和后一个丈夫以后的事？哎，太多了，三十年，一时半会儿也讲不了，再说，一讲起，都是伤心。

好好，听你的，看你想听，我就简单说几句，不过你要把这事写到你的书里啊，你前几天不是说在写老城区里邻居们的故事吗，把我讲的也写写。那就一言为定。

后来啊，后来，中秋节，大姑娘、丈夫，抱着孩子转了一趟娘家，那几天，张老汉正好不在家，去城里给人家干活了，没见上外孙子，也挺遗憾。倒是曾经的大女婿和现在的大女婿坐一起，高高兴兴喝了一场，都醉了。

张老汉一直忙着庄农，没去看成外孙。有一年，孩子四岁，张老汉挤了点时间，刚上路，就听说了一个不幸的消息，外孙在巷道里的邻居家玩耍，在玩一瓶打针用过的药瓶时，把瓶子底下剩余的一点药水喝了，最后，毒死了。张老汉终究没有见上外孙一面。

后来，大姑娘和丈夫再没有怀上孩子，半路要了一个，长大后，人家不认了，走了。前年，大姑娘得了病，殁了，丈夫五十六，单位退休了，也没捞上个科长当当，回到了他父亲住过的老院里，一个人，无儿无女，过起了残生。

说完，老胡端着茶杯哭了，昏黄的泪珠，一双，一双，落进了杯子。茶是苦的，眼泪比茶，还苦。老胡的身后，是日渐败落下来的老宅，一边快塌了，用一根杠子顶着。屋顶，黑瓦青苔，风过无痕。花开着，鸟叫着，旧日子，再也回不去了。

老胡捏了一把鼻涕，摔在地上，扯着袖子，擦了擦眼角，木愣愣地看着天空飞过的两只灰白的鸽子。自言自语道：“要是你，能给我当干儿子就好了，我后半辈子，也就有活头了。”

22 破裂

没人结婚，没人去世，没人入烟，也没人乔迁。秋分过后的一个下午，一串鞭炮突然响起。噼里啪啦的声音，惊得巷道里闲逛的野狗一激灵，夹着尾巴，逃跑了。

秋后的巷子是枯寂的，像收割后的田野，毫无生机。

鞭炮是大喜和二喜一起放的。两个老头，六七十岁的人了，像两个孩子。大喜叼着烟，二喜拿着火机点。烟着后，大喜皱着额头，猛吸两口，烟头上冒火星时，夹在手上，侧着身子，小心翼翼朝鞭炮凑过去，抖着手，倒弄了半天，才点燃鞭炮。二喜点完火，就早早跑到门里面，把头探出来，像一只蘑菇，两只手捂着耳朵，噘着没有门牙的嘴。

大喜和二喜在鞭炮声里，两只老得皮都松垮的手拉在一起，进屋了。屋里，旧沙发上坐着老包，一张老雕漆茶几上，摆着几样小菜，天水酒碟、炒花生米、洋葱木耳、凉拌猪头肉。三只酒盅，挨在一起，酒水从盅里溢出来，漫在桌上。茶几边，堆放着几疙瘩行李。一捆被褥，一化肥袋衣服，纸箱锅灶碗碟，两编织袋杂物。大喜二喜一进屋，就和老包喝上了。

“这是喜事啊，来来来，再喝两个。”

“两个不行，咱弟兄仨，要喝个桃园三结义。”二喜双手又端起一盅酒，敬到老包跟前。

老包二话没说，一一接过，全喝了。人上了年纪，量就不行了，八两酒，人均不到三两，三个人就晕晕乎乎，迷迷瞪瞪了。要是放在当年，他们个个都是酒家啊，一人一斤半都不在话下，可岁月不饶人啊。三杯酒下肚，老包只觉得老肠子老胃里点起了一溜子火，烧得他想掏出来凉一凉。

老包喝了一气儿煮了半天的酽茶，茶水把酒气压了压，才稍微舒服了一点。可肠胃刚轻松，酒劲又上了头。他眯缝着眼，一堆话涌上了心口。“我在这院子住了五十七年，五八年，到现在，整整五十七年。”他伸出一只长满老年斑的手，晃了晃。“有感情啊，从一个二十多的少年，住到了黄土把脖子淹过了，咋能没感情呢？这院里的一棵草，一片瓦，一根木头棒棒，我都认得，它们也都认得我。虽说是个塌房烂院，但住得心里暖和。”他揉了揉眼睛，瞟了一眼窗户外面的院子，院子昏暗，草木凋零。墙头，一只蜘蛛，忙着搬家。“可还是要走啊，没办法，来也是政策，走也是政策，命啊！”

“老哥，没事，你现在要去住的那地方，好歹也是楼房，光线好，环境好，比这破烂的院子强多了，我想住，还没那个命呢。以后，想了，就来看看，坐个21路，就到了，方便得很。”

老包就要搬走了，离开这个他生活了五十七年的地方。

1958年，他住进这个院子，就再没有离开过。那一年，全国有政策，开始进行私房改造。他当时在公社当干部，乡里人进城，没房住，一直挤在单位的宿舍，但老挤着也不是一回事，总要娶妻生子啊。政府按照私房改造的政策，把大喜家的一间房子租过来，分给他。就这样，老包就在这里安顿下了人生，直到后来娶了老婆，生了姑娘。姑娘长到十六岁，安排到一个供销社，一年秋里，坐拖拉机回家时，从车上掉下来，跌进沟里，殁了。六十岁时，老婆得了宫颈癌，先走了。再后来，就剩他一个人孤苦伶仃地活在这人世间了。每天，他坐在院子里，看其他屋里的人吃饭拌嘴，看门外同他一样的老人飘忽而过，看院子上方的天空飞过一群灰鸽子，那嗡嗡响的哨音，和几十年前的一样。

恍惚间，他又回到了二十来岁，刚住进这个院子，有了新居，用两天时间，用石灰把屋里刷得白白净净，墙上挂了一幅毛主席像，挂了一张公社发的年画，他满屋子转来转去，觉得家就是这样子。后来，那个穿着清爽带着酒窝的姑娘就进了家门，爱笑，爱揪着辫梢说话，爱让他骑着自行车载她去河边上兜兜风。再后来，就有了一个胖乎乎的小姑娘，像极了她的妈妈，有酒窝，爱笑，每天放学进家门，第一件事就是喊——爸爸。屋子虽小，日子也清贫，偶尔缺吃少穿，但一家三口在一起，油盐酱醋，有说有笑，心是踏实的，日子是顺心的。接着，事情就来了，姑娘走了，老伴也走了。留下了他一人，坐在这院子里，看流年像落在墙上的阳光，一丝丝褪尽，只留下空荡荡的黑暗。

老包住进大喜家院子时，大喜不到十岁，二喜刚会走路。大喜祖父是老地主，在南山上有旱地二百亩，在河道里有川地百十亩，家里长工十八九人，短工来来往往，数不来。祖父的家业做大了，修了一院房子，前前后后二十来间。在巷子里，也算是家底殷实、轰轰烈烈的人物了。后来，世事变化，风云乍起。田地被收回，分配给了贫下中农，家道日渐衰落。新中国成立前，祖父死了，只留下一院房子，和一肚子对时事变迁的不解和疑虑。五八年，私房改造，大喜的父亲积极响应国家号召，接受房屋改造，除了留出一间住的，其余全交给国家经租，因为他戴着地主后代的帽子，不积极由不得他，再说那时，经过多次改造，父亲的思想也开明了，他觉得把房子给更需要的人、给贫困大众是应该的，早期他们剥削人、压迫人，现在就要受点苦“赎罪”。老包就是当时住进来的其中一户。

刚开始，国家还给大喜家发租金，后来有了新政策，这些房屋属于国有了，租金也就很少发了。不发也就不发，大喜父亲常说，这些房是穷苦人流血流汗盖起来的，理应归他们，再说建设社会主义，一切都会成为公有制，这房子，也不例外，这人啊，还是应该顺着潮流走。他们腾出了最后一间房，全家搬到祖父在城郊留下的一个老院子，住了起来。

后来，大喜的父亲去世了。80年代中后期，国家开始对私房进行退还。当时的政策是，原属自住的房屋，一般应退回原房；原属出租的房屋，只退产权，不负责腾退房屋；因国家建设需要，房屋已被拆除的，应由拆除单位根据当地的实际情况，按有关规定给予补偿。大喜听说了这事后，就开始跑动要回自家的房子。按政策，这些住户就要搬走，把房子退给大喜，大喜将拥有这房子的产权。但政策归政策，这里面的门道也不少，首先，房子过了三十年，有三四间盖楼拆掉了，大喜应该找拆除单位要补偿，可拆除单位在他找之前就已经倒闭了，大喜满城跑断了腿，连个门都找不见，别说补偿了。拆了也就拆了，至少多一半在，但问题又来了，房屋是把产权退回来了，但是国家不管腾退，住在房子里的人，你自己看着办。能怎么办啊，住在这里的人，你让他们搬走，那怎么可能，住了一辈子，都有感情，扎下根了，能说搬就搬吗？最关键的是，这些人，搬走之后，到哪里去？总不能睡到马路上吧。大喜一开始还以房主的身份每家每户去讲政策，提腾退的事，结果差点没被人家用擀面杖乱棍打出来。他没有办法，只好去找政府，三番五次，政府说他们协调，但说归说，解决不了住户的实际问题，谁也不会搬出来。搬迁就成了鼻涕缠在了玛瑙棍上，没处下手。

就这样，大喜拿着产权证，但只是一张纸，名义上属于你，可没有使用权。大喜就不停地反映，不停地找领导，最后变成了上访户，去市上，省上，甚至北京。但每一次的反映都被批回原地方处理。在客观现实下，地方也没有办法解决。最后，这事就一直拖着，大喜落了个上访难缠户的名义，被作为重点监控对象，一出门就被拦截。

那时候二喜在干什么呢？好像在深圳。一开始，他当小学老师，90年代，下海经商，去了广州。那时他谋着挣钱发财，家里的事也不管不问。

日子就这样一天天地推着，像驴拉磨，转啊转，转了一二十年。院子里住的人，有的老死了，有的病死了，有的跟着儿女外面住了，有的工作换了去了他乡，有的买了新房去了别处。曾经的难题在时间深处，一一迎刃而解了。房子一间间空下了，大喜从儿子那里搬了过来，拾掇了一间自己住。他常想，当初急什么啊，上什么访，遭了那么多罪，早知道今天，还不如一天天坐着等，这房子迟早就归自己了，用土话说，就是“馍馍不吃，在篮篮里放着呢”。

最后，院子的人都搬完了，只留下了老包。大喜一直盼望着老包搬走，可老包就是搬不走。他一个孤寡老人，何去何从。大喜反正也不急了，就这样耗着吧，总有一天，老包会先他而去世，这房子又会成为他的。到时候，祖上留下来的一院房，就完完整整全是他大喜一人的了。虽然几十年，房子没有翻修过，有塌有破，东倒西歪，但看着满当当的一院房，心里是踏实的，再说这地皮，慢慢成了城中心，值钱得很。以后要是拆了，有补偿款，给三个子女一人分一疙瘩，剩下的，自己揣上满地球旅游去，潇潇洒洒把这一辈子打发完。

就在大喜做好了长期耗下去的打算时，老包找上门，突然说，自己要搬家了。那时，大喜正对着一面沾满污垢的镜子安假牙，老包慢吞吞的一句搬家，把他惊得塑料假牙掉在了地上。他真想冲过去，把老包抱起来，转一圈。但胳膊刚一举起，才发现自己已经是半截老人了，哪还能抱起一个人。

“住得好好的，咋就搬了呢？再说年纪大了，搬出去也不方便啊。”大喜按捺住内心的激动，故作挽留地说。

“哎，一辈子，都住别人家的房，没个自己的窝，死了，心里不踏实啊。”老包扶着墙说。

“在哪儿？”

“西十里，廉租房。”

“那里面啥都没有，咋住啊？”

“我前段时间买了一张床，凑合活着就行了，都快死的人了，没必要住多好。”

老包从去年就开始考虑着弄个自己的房子了，虽然年龄大了，住不了多久，但至少是属于自己的，活了一辈子，有个居所，也算是对自己人生一世的交代吧，死了，阎王爷问起来，也是个有房的鬼啊。后来，他听说社区能申请廉租房，房子面积小，四五十平米，可以租，也可以买。租的话，一月三四百元，买下来，一平米两千元。老包到社区登记了一套，第一批，没申请下来，他跑了好几次，给社区书记送了两条四百多的吉祥兰州，第二批，下来了。老包翻腾出自己一辈子的积蓄，九万，交了房费，买下了这房。

大喜没有挽留老包，其实他也希望老包早点走，走了，这院和院里的所有屋子，就全属于他了，他早早搬掉，心上的一块石头就早早落下了，免得夜长梦多。

大喜只说：“搬之前，咱哥们儿坐坐，给老哥敬两盅，这是大好事，再说一个院子住了这么些年了，不坐坐，说不过去。”

一个秋分过后的下午，老包要搬走了。大喜邀请老包到他屋子坐坐，喝一杯，老包人犟，执意不去，说年龄大了，喝酒误事。拉扯了半天，大喜要来了自己远房侄子的电三轮，让晚上六点骑车来送老包。老包才安下心。大喜帮着老包把行李提到自己住的屋里，方便装车。然后钻进砖头垒砌的厨房，倒腾了半天，收拾了几样小菜，端到屋子，又从旧衣服堆里翻出一瓶酒。“这可是我珍藏了六七年的好酒啊，一直舍不得喝，害怕那不争气的狗崽子（儿子）偷去，一直藏在烂袄里。今天高兴，咱们老哥们儿把这酒解决了，晚一点让俊娃把你送过去。”

他们你一盅我一盅地喝着，说些陈芝麻烂谷子的事，说起五八年挨饿，人们没吃的，把南山上的树皮都啃光了，信阳定西那边饿死不少人，接着后面一连串的政治运动，可真是热闹啊，那时候人虽然肚子空着，可心里满当当的，不比现在，肚子实了，心空了。甚至说起大喜的地主祖父，当时是何等辉煌，而到了儿孙手里，一败涂地，曾孙更是不堪提及啊。说起这几十年，满院子的人一户户走了，当初还是亲戚邻居，这一走，天各一方，谁也念不起谁，谁也不知道谁的下落了。一起喝酒打麻将的人，估计有些早已不在这世上了，活着的，也像秋里的蚂蚱，蹦跶不了几天。他们甚至说起那一场灾祸，如果姑娘活着，也五十好几了，孩子也应该结婚生子了，真是没有三世同堂的福气啊。

他们漫漫散散地说着，似乎旧日的云彩飘过来，罩住了他们，让他们的眼角和嘴皮上落满了暗淡和昏黄。他们唯独没有说起未来，未来似乎是不可靠的，一说满是困苦和茫然。人，活到这个份儿上，也就没有什么未来可想了，活过一天是一天，而唯一有的未来，也就是不远处的某一天，死了，埋了，啥都没有了。再说，他们谁敢谈未来，一个无儿无女，没有老伴，有一天，不能动了，后面的生活咋过？想也不敢想。另一个虽说有儿有女，但女儿嫁到远方，联系甚少，两个儿子都是怕老婆的，天天都在谋划着怎样剜他的肉吃，即便有这一院房，有那两个都不是省油的灯的儿媳妇，也没他多少份，去旅游也不过是哄自己罢了。再说为了房子，在儿媳妇的操控下，鬼知道两家人会争夺打闹成什么模样，说轻一点，断绝关系，重一点，怕是你死我活啊。所以，这以后，还是不敢想，一想心就被撕成两瓣了。

正当他们不紧不慢地喝着时，二喜来了。一进门就说："这老包总算是要搬了，好事情啊。"老包没言语，听这话，他心里一噎，想，这房虽然是你们家的，但当时也是国家给我分的，又不是我抢来的，你这话……大喜招了一下手，说："进来坐下，一起喝两盅。"大喜有些纳闷，他搞不清这二喜是咋知道老包要搬的。二喜搓着手，说："不能光喝酒啊，老包要乔迁新居，是喜事，我们要放一串鞭炮，庆祝一下。”大喜一听，连连说是。其实鬼知道他们的心思，名义是庆祝老包有新居，实际是庆祝老包终于要搬走了。这两兄弟，都是人精，比鬼还鬼。

二喜出门，在巷子里买了一串鞭炮，硬拉着大喜在门口放了。

老包坐在屋里，眼睛昏花，这会儿，他倒无所谓了，真是无所谓了。有喜又咋，有忧又咋，高兴又咋，痛苦又咋，到头来，还不是那么一回事。他突然觉得这酒喝得好啊，好多年不沾，今天来了几盅，感觉飘飘荡荡，浑身都轻了。

放完炮，大喜拉着二喜进门了。这两兄弟，可是从来没有这么亲近过。二喜在南方经商，小挣了一点，2000年左右，回来了。回来后的二喜明显看不起过得很背的哥哥，处处都是不屑，跟他基本没有往来，兄弟之情也很淡漠。大喜知道人家有钱，自己寒酸，也躲得远远的。二喜这次来，着实让大喜有点疑惑不解，也有点受宠若惊。

天色渐渐暗了下来，昏暗再次降临了巷子。有风吹过，那些红色的鞭炮皮被卷成一堆，又四散开来，随风而去了。鞭炮声早已湮没在了空旷的巷道里，没有人记起，这里曾放了鞭炮，也没有人会记住，这落寞的秋日午后，无限的凉意在人们背上像一条河流一样，缓缓逝去。唯有桌上的酒盅里，盛着最后的一丝暖意，哪怕是苦涩的，是辛辣的，但入喉，入胃，入肚，这苦涩辛辣也刺激得人浑身暖暖的。

秋风起，秋风吹倒了酒盅，吹红了结满皱纹和褐斑的老脸，吹灭了往事的眼睛。

六点，大喜和二喜帮着把行李装上电三轮，老包走了。老包就这样走了。

老包走了后，大喜和二喜把剩下的二两酒解决了。兄弟两人，久不来往，这次相聚，分外亲热，拉拉杂杂说了一堆家务事，还说以后兄弟之间要多来往，多走动，不要那么生分，好歹都是一个娘生的，又没怨没仇。喝完酒，二喜喊着要请客，拉着大喜，摇摇晃晃地出了巷子，在小肥羊吃了一顿火锅，又提了一瓶牛栏山二锅头，那一顿饭吃得两人心里热火朝天，这是少有的。高兴啊，老包搬走了，能不高兴吗，祖先的家业又完完整整地回到了手上，完完全全成了私人财产了，能不高兴?

兄弟俩簇拥着下了楼，拉拉扯扯，黏黏糊糊，东倒西歪，满脸褐红，神志迷糊，站在路口又说了半天，差点被一辆车撞上。二喜跳起来，朝车骂了句:“瞎了吧，老子把你做了!”然后挂着满嘴唾沫，和大喜告别了。临走时，二喜含含糊糊说:“大哥，老院房子的事，你考虑一下。”

他们各自打车回家了。一开始，大喜没明白二喜的话是啥意思。回到家，在床上躺到后半夜，清醒了，他拖着鞋，到院子，心满意足地转悠着。月光很亮，泼下来，院子像个盆，盛着明晃晃的月光。院子静极了，没有了老包的呼噜声，似乎一切都变了，好像是另外的地方。大喜坐在廊檐下的木头墩上，乱七八糟地想着心事，突然，他又想起了二喜临走时的那句话。“老院房子的事，你考虑一下。”老院，不就是这个院吗，让我考虑一下，考虑啥?大喜一下子明白了，二喜昨天来，是有目的的，要不然他从不登门的人，怎么突然就来了，他可是半辈子没看得起当哥的啊。再说二喜是个吝啬到家的人，自己发财了，从来没给当哥的买过一包烟，昨天竟然那么大方，又是饭又是酒，少说也花了五六百，原来是惦记着这院房啊。这算盘打得也是太如意了，我大喜跑来跑去跑断了腿，说来说去磨烂了嘴，最后被当成上访难缠户一天看管着，跟犯人一样，费尽了力气，受尽了折腾，把这院子弄到手，你倒出来拾便宜了，你咋就那么爱拾便宜呢，真是奸诈啊。

看来事情挑明了，二喜想要这房子。月亮西移，院子黑了不少。月光照不见的地方，漆黑像一张幕布，覆盖了所有。慢慢地，黑幕聚拢而来，要把大喜埋没了。

第三天，大喜正收拾着老包住过的那间屋子，他把窗户打开，通通风，屋里太潮，墙角竟然长着苔藓和蘑菇。大喜刚抠掉一块苔藓，有人进来了，是二喜，二喜提着两盒礼当。大喜擦着手，把二喜领进自己住的屋子。他已经不像前几天二喜来时那么亲热了。他倒了一杯水，没有放茶叶，一是不想放，二来觉得自己茶叶档次低，二喜估计还看不上。二喜倒是很热情，哥哥长、哥哥短地叫着，说一些八竿子打不着的事。大喜听着，闷着头抽烟，烟雾裹住他稀疏而花白的头发。

“哥，你说咱这院子租出去，一间多少钱？”

“二三百吧，具体不清楚。”大喜把烟蒂在鞋底研磨着。

“这些房子再拾掇拾掇，还能住。”

“哦。”

“里面檩子和椽好着没？”

“哦，不清楚。”

“这院子的产权证在你手里吧？”

大喜一激灵，把烟蒂在烟叶和丝绵处扭成了两截。一听产权证，他的心尖上像被谁抠了一把。他没有回答，只是干咳了两声。

“哥，我知道你这些年过得也不顺当，儿子不孝顺，儿媳妇难缠，虽然咱们走动少，但你的事我都上心呢。其实，怎么说呢……”二喜搓着手，嗫嚅着，似乎不好意思，过了一会儿，他把手往大腿面上一拍，“咱兄弟，打开天窗说亮话，也没啥不好说的。是这样，老包前几天搬走了，这院子也就全归我们李家了，房子是我们的。”二喜故意把“李家”和“我们”这些字眼压得很瓷，意思已经很明白了，这是我们的房子，是李家的，不是你大喜一人的。“你看啊，我们的祖先一辈子没积攒下什么，给咱儿孙更没留下啥值钱东西，来来回回就这个巴掌大的院和几间房子。”

大喜把烟头往门外一扔，抬起头问：“你啥意思？”

二喜被这么一问，愣了一下，然后，笑呵呵地说：“也没啥意思，咱就挑明说吧，我觉得这院和房，既然是祖先留下来的，就应该人人有份吧，不能大哥捏着个房产证，自己独占啊。一碗饭，大哥你吃面条，我当兄弟的也该喝一口汤吧。”

“啥？二喜你说啥？人人有份？你的意思是你也有份？你也好意思说这话，这些年我为了这院，受了多少罪，吃了多少苦，你在哪里？事情最后成了，你倒出来捞便宜了。”大喜咽了一口架在喉咙里的痰，开始喘粗气。

“我知道你有功劳，但功劳归功劳，这是祖先留下的遗产，不是你后天挣来的，只要是遗产，我们就人人有份，不能你独吞。”二喜用右手背拍打着左手心说道。

大喜咧着嘴笑了笑，讥讽道：“二喜，你不是号称李百万吗，还在乎这点塌房烂院？这不是掉了你李老板的价吗？”

“是啊，就算我有钱，可我这钱没偷没抢，有什么好笑的？可我再有钱，属于我的一份不管咋样我也会要回来，哪怕是一片破砖烂瓦。”二喜开始朝着大喜吼了起来。

“我跟你说，二喜，要不是看在兄弟的情面上，要不是怕被亲戚邻居笑话，我早把你从这门里赶出去了。”大喜瞪大眼珠子，凑了上去。

“我也不想跟你吵，我来是解决问题的。”

“没门儿！走！出去！”

大喜“呼哧”一下站起来，抓住二喜西装的肩，使劲往外拽，二喜胖，衣服一扯，胳肢窝“呲”一声撕开了一道口子，烂了。二喜站起身，肩膀一甩，差点把大喜甩到门框上。二喜咬着牙，出了门，说了句：“当兄弟的，不要把事情做绝了。”然后甩着西装，闪着风，走了。

大喜抓起门口放的两盒礼当，朝门口砸了出去，吼了句：“滚！”

谁也不知道事情会是什么样的结果。天气渐渐冷了，院子里的花石榴和李子树开始落叶，黄的、红的，落了满院，一片狼藉，大喜也没有心思去打扫。他整天坐在院子里，想着那天两人由说到骂的情景，叶子落下来，盖住了他的头，像雪地上落了枯叶，他也浑然不觉。他当初都是盘算好的，这院过几年拆了，钱分给三个子女，剩下的归自己，现在没拆，全租出去，也能挣点房租，他养活自己够了。没想到，半路杀出个程咬金，二喜来了，二喜来要房和院了，他像头上被闷了一棍子。他想，这房子，给二喜一半，院子产权一分为二，这势必意味着他的几百万就没有了啊，几百万，天啦，不是几千几万，谁能甘心送了人。话说回来，你二喜凭什么来要？这房子，你盖的时候出了几分力，要的时候你跑了几步路，你凭什么啊？就凭你也是子孙？想得美！祖先活着时，也没说过一人一半，拉倒吧，你就别妄想了。

大喜这就死了心，房和院，无论如何也不会给。我住在这院，你二喜拿我有啥办法。这么谋算了一番，大喜的心里轻松了许多，他起身，树叶子哗啦啦从头顶落了下来。他唱了一段秦腔，进屋睡觉了。

两天后，他收到了一条短信，二喜的，说："再叫你一声哥，产权和房的事，你考虑好，不要到时候伤了兄弟和气，弄成仇人，一人一半不行，退一步，给我三分之一，也行。"

大喜从鼻孔里笑了几声，他不太会发信息，只打了几个字："一片瓦都没。"几秒钟后，二喜又回了一条，一个字："好。"

大喜关了手机，摸了一把头发，叹息了一声："这头发啊，真像日子，越过越少喽。"他把眼睛闭上，突然无比轻松，很快睡着了。他梦见小时候，和二喜在河边上捉蚂蚱，二喜胆小，不敢捉，站在酸刺丛边上，等着他，喊叫着："这儿一只，那儿也有一只。"他捉了三只，给二喜两只，自己留了一只。二喜拿着半个氧化的苹果，舍不得吃，给他留着。他们坐在草坡上，七月的阳光，好明亮啊，照在蚂蚱身上，蚂蚱都成透明的了。蚂蚱在他们手上蹦跶着，怎么蹦跶，也逃不出他们的手掌，他们开心极了，哈哈笑着，他们把牙齿都笑歪了。

几天后，大喜收到了法院的传票，二喜把他起诉了。

23　雪拥南关

张王氏，八十多了吧，无儿无女，丈夫早亡，一辈子孤苦伶仃。巷道里的人，为了尊称她，叫张王太太。这几天，她锤头子大的屋里可够热闹了。人出人进，踩着门槛，跟赶集似的。这么多年，她孤零零一个人惯了，突然来来去去这么多人，倒不适应。

这房子，靠着一户人家的后墙，用一堆烂砖垒起来，顶上架了一块牛毛毡，四边用黄泥封住，窗户是木头的，可能是谁家旧屋上拆下来的，方格上，张王太太蒙了一层塑料纸。屋里，黑乎乎的墙，裹着一张黑乎乎的床，一堆锅碗，就再无他物了。就这房，靠张王太太一个人是搭不起来的，还是邻居帮手搭的。在这南关，张王太太住了二十多年，把一个腿脚利索的妇女住成了一个行走不便的老太。屋子久了，人也老了，除此之外，时间再也没有送给她什么，让她双手空空了一辈子。

还好有低保，二百来元，每个月准时就来了。这钱，她买点面、盐、油，菜基本不敢买，剩下的还要给自己买药。她脚疼，年轻时落下的毛病，最近，还咳嗽得不行，一咳起，整个染布巷都被她嗓子里的干咳声撕得心疼。有时候，她十天半月不出门，随便啃几口干饼子，日子就过了。

人们常常怀疑张王太太是不是去世了时，她就推开三合板钉着的门，颤巍巍地出来，坐在小凳上，晒着枯瘦的太阳，用一把差不多掉光了齿的篦子，悉心地梳着头发，一下，一下。白头发落满了衣襟，她一根根捡起，整理成一把，塞进墙缝。人们说，张王太太啊，命牢。张王太太也常说，像我这样的人，老天爷咋不收呢，活着，一个人，也是遭罪，还不如死了，早点脱身了。张王太太常跟人说："老天爷是不是把我忘了，不收我了？"听的人说："你老人家，胡上心啥呢？"说完便走了。留下了捏着一把白发的张王太太。

或许老天爷真把她老人家忘了，她就这样孤零零病歪歪地活了好多年，又好多年。

又是年底了，天开始冷透心。巷道里，野风扫着枯萎的梧桐叶，扫来扫去。张王太太缩在她烂棉絮一般的被子里，昏昏沉沉地睡着。寒冷灌进屋里，把屋子塞满了，像个水桶。张王太太冷惯了，窝在棉絮里，半截半截想着这急匆匆的一辈子，也就不冷了。她不生火，要买煤，煤费钱。也不用电热毯，费电，加上也不会用，怕着火。

年底，各级领导就开始慰问了。老惯例，一堆人，提着米面油，挤进屋，递个钱，握个手，照个相，摄个影，就散了。以前，困难户是怎么安排的，张王太太不知道。今年，人家把她定下了。定下就定下，送点东西，好事情。想来想去，政府还是好，除了发低保，还慰问。像她，放在旧社会，男人死得早，那可不得了，早饿死几遍了。

社区的干部来了好几趟，为了迎接领导慰问费了不少苦心，花了一堆心思。领导来之前，得把张王太太的屋子收拾得有个样子，要不这破破烂烂的地方，领导一看，会批评的，说你们这社保工作是咋做的，那就不得了了。社区的干部跟张王太太说："今年慰问的可不是一般的领导，是个大领导，大得很。"张王太太听了几遍，也没听清是个啥领导，有多大，她也没搞明白，反正大得了不得。大就大吧，反正不吃人，况且还是来看她的。社区的人说：

“老太太，领导来了，问啥，就光点头，说‘好’就行了。”张王太太嗫嚅着没有牙齿的嘴巴，含混不清地说：“好，好。”

社区的干部先是把她的屋子彻底打扫了一遍。她坐在床上，两只手握在一起，腿上卷着棉絮，望一阵窗外稀稀拉拉的雪末子，又看看给她扫屋顶灰尘的干部，觉得好像坐在别人家里一样，不自在。干部们从顶子的灰，到床上的杂物，再到地上的垃圾，还有满是油垢的锅碗，通通给她收拾了。近十年，她都没怎么收拾过这屋子，反正一个人，推着日子，推过一天是一天，还哪有心思收拾，连认真洗一次脸的次数都扳指头数得过来。

干完活，临走时，一个小伙从她床底下的一堆棉花里掏出了一窝老鼠儿子。六只，没有毛，指头大，红兮兮，蠕动着。两个姑娘一看捂着嘴，跑了。小伙用铲子端到屋外，一只只拍死了。小伙笑着说：“张王太太，我把你的邻居打死了，你不怪我吧。”张王太太说：“打死好，打死就不跟我抢吃的了。”

晚上，下起了雪。

巷子里安静极了，喧嚣收敛殆尽，除了偶尔一两声狗叫，就是落雪的声音。雪拍打着雪，雪落在牛毛毡的屋顶上，沙沙地响成一片。

张王太太躺着，听着雪声，似乎回到了从前。那时，她跟丈夫在一起，给公社割麦子，大块大块的麦田，阳光泼下来，金黄金黄的。风吹麦浪，一片麦香。他们戴着新草帽，镰刀锋利，一镰下去，麦穗翻着跟头，落入怀抱。远处，是碧绿的豌豆，像一根飘带，挂在南方。豌豆饱满，野鸡飞来，蹲在地里，剥着吃豆。社员们唱着样板戏，红旗招展，人欢马叫。那个下午哦，天是那么蓝，五朵白云朝东而去，她和丈夫割了五百捆麦子，公社的书记在喇叭里表扬他们两口子……

张王太太做梦了。近来，她总是梦见二十来岁时的光景，梦见那段激情燃烧的岁月。她好想去那边——阴间，看看那个狠心留下她再也不管的丈夫，过得咋样，有没有吃穿，衣服脏了咋洗，裤子扯了咋补，胃疼了吃啥药。这么想着时，偏偏就死不了。她常说，死不了，才是难事情。

她这么胡思乱想时，有人敲门。她披着棉袄，开门，是社区干部。给她抱着两床新被，两件棉衣，两个水壶，还有一堆别的东西。社区干部说："明天上午十点半，领导就来慰问了，你也不要紧张，就是来看看你，你是我们辖区的五保户，领导来给你送温暖，送爱心。还有十来天，就是小年，顺便给你拜个早年。"张王太太连连点头，说："好好，麻烦领导，麻烦领导，感谢政府，感谢，我有吃有喝，感谢，麻烦。"社区干部拍着她瘦骨嶙峋的手背说："说得好，明天这样说就行了。"他们把东西摆好，就走了。临走时，嘱咐她说："今晚就把新被子盖上。"

张王太太听着社区的人踩着雪，咯吱咯吱声渐渐远了。大块大块的雪落着，倒是没有了声息，染布巷似乎屏住呼吸睡着了。

张王太太伸着手，一遍遍摸着被子，被子那么绵软，光滑，像摸到了白鹅的羽毛上，还散着微微的热气。被面上，大朵大朵的玫瑰，宛若昏暗的灯光下晃动的一盆水。好多年了，张王太太都没有盖过一床新被子，甚至连一张新被面都舍不得扯，一直凑合着，凑合着，过了好多年，好多年。今晚，突然有了两床新被子，她想都没想过的新被子，她想起死去的丈夫，再也没有机会盖这么好的被子了，那个短命鬼，就没个享福的命。或许是激动，也或许是伤心，她早已枯干的眼睛，竟然落下了眼泪。

彻夜，张王太太都没有打开新被子盖上，她舍不得，她仅仅用纤瘦的胳膊抱着，睡了一觉。这一夜，她无比温暖。

第二天，雪落了满地，厚厚一层，能淹没脚面。雪把所有飘浮的东西压下来，盖住了，空气明净，只有寒冷，四处闯荡。

天蒙蒙亮，社区干部又来了，叫了匠人，替张王太太换了窗户，这次，是玻璃的，还安了窗帘。门上也挂了门帘，棉的，很厚，一看就沉甸甸的。

有了门帘，屋里一下严实了，野风也窜不进来了。张王太太坐在被窝里，看着被白雪映亮的玻璃窗户，那么洁净，比糊了一层油垢和灰尘的塑料纸，清亮多了。再看看被子，水壶，新棉衣。这突如其来的一切，让她有点陌生，有点心慌，有点欣喜。看着看着，她隐隐觉得好日子才刚开头，享福的生活似乎还在后面，她活个一百岁，都没问题。好死不如赖活着，她常念叨死，这会儿倒不想死了，还是活着好。她想起社区干部昨晚交代的话，脱掉穿了好些年的衣裳，像蜕皮一样，脱了一身汗。然后，换上了新棉衣，感觉一下臃肿了许多，也笨拙了很多，不过到底是比她的破棉袄暖和。她用手一遍遍摸着棉衣，借着窗外的光，看看衣服的针脚，料子，颜色。她深深叹了一口气，自言自语道："还是新衣服好啊。"

从昨晚过来，她的咳嗽似乎也轻了，以往咳起来，能把心颠出来。昨晚，只是稀稀拉拉地咳了几声。

九点，办事处、社区的领导一涌而来，在张王太太的屋子里扫视了一番，议论了一番，觉得再没有问题，就走了。

九点半，办事处领导过来做最后一次查看。他又嘱咐了一阵张王太太："领导来时，就说'好'和'感谢'，其余的闲话，就不要说了，有人会替你回答，听清了没，老人家？"张王太太点着头，表示记牢了。她虽上了年纪，记性多少还有一点，何况这事，记不住也得记住了。最后临出门时说："领导问这些吃的穿的，就说，是刚入冬时，就送过来了。"张王太太知道这是骗人，可说什么好呢，人家咋安排就咋来，上面领导检查完，屁股一拍，走人，再也不来。可地方上的，随时要照面，一点不能得罪，再说，几个低保钱，就在人家手里捏着呢，说不发就不发了，自己哪敢乱说。她可是经历了一辈子事的人了，什么想不通透。再说，人家送来的东西也实在够多了，她也很知足了。

张王太太坐在床上，像个听话的孩子。窗外的光在她满脸的皱纹里，水流一样，缓缓游走。她本是不紧张的，经这么三番五次地来人拾掇屋子，并一次又一次地安顿，倒让她有些紧张，毕竟这么大的阵势，活了一辈子的人，还是第一次经见。还好，她没有心脏病，否则，早翻倒了。因为紧张，她浑身有点抖。

刚要出门的办事处领导一看浑身抖动的张王太太，拍了一巴掌脑门，说：“咋搞的，忘了一件大事，缺个煤炉子。要是上级领导来一看，这么冷的天，外面的雪两尺厚，老人家没个炉子，轻则挨批，重则弄个免职，那就闯了天大的祸。”他立马给干部打电话，让搞一个煤炉过来，最好是旧的，这样领导就不怀疑了。

还有半个钟头了，时间紧迫。新的好买，旧的难寻。干部们在办事处和社区找遍了，没个空闲炉子。打电话告知领导，领导劈头盖脸一顿臭骂：“连个煤炉都找不下，还当什么狗屁干部，不会在自己家里找找吗？”最后，终于找到一只一户干部家仓库里塞着的废弃的煤炉。于是，一路人火急火燎赶去拉，一路人准备煤和干柴。

煤炉来不及拉回去放下慢慢生了。煤炉架在电三轮上，三轮跑着，一堆人蹲在车兜里，手忙脚乱地生着炉子。一路上，电三轮扯出了一根灰白的长长的烟，扯进了南关的巷子。领导下了死命令，一定要在大领导慰问之前，把炉子生好。巷道窄小，车进不去，没办法，只好放在巷子口抬。四个干部抓着四个角一边呼哧呼哧跑，后面的干部拿着铁簸箕呼哧呼哧追着扇。路上，雪扫过了，有些地方是青冰，有些是刚倒过的洗脸水，冒着热气。干部们跑得东倒西歪，摇来摆去，雪渣溅了一身。一股浓烈的煤油味混合着干柴味，夹杂着受潮煤块的烟味，在巷道里又扯出了一条灰绸缎，飘荡起来，飘着飘着，散开了，钻进了两侧院子，呛出了一片枪声一般的咳嗽。

进屋时，煤炉基本着了，稚嫩的火苗在炉膛里蹦跶着。

摆好煤炉后，为了不露馅儿，干部们立马撤了。

张王太太换了一条很少穿的藏蓝新布裤，然后吃力地爬上床，把崭新的被子铺开，盖在腿上，又把衣服拉链和纽扣整理好。或许是盖的厚，或许是生了煤火，也或许是兴奋和紧张，张王太太的额头微微冒出了汗，这一辈子快下场了，她还没见过大领导啥样子呢，她想了半天，还是想不出个眉眼来。她掏出枕头底下压的一块小圆镜，镜子不是用来照的，是以前，她老爱做噩梦，压枕头下，辟邪的。她用一只颤巍巍的手举着镜子，一只手整理好领口，又蘸着唾沫把鬓角翘起的头发抿了下去。看着镜子里穿戴体面的自己，她都有些不认识了。她想，下次这么收拾自己，穿这么好，应该是死了穿寿衣时吧。

十点，雪末子又开始没眉没眼地飘了，天上，铺着一张厚实的黑云，大雪似乎又要来了。一排白色的鸟，掠过窗口，扑棱棱的声音被玻璃滤掉了。张王太太静静地坐着，等着领导来慰问。她心里慢慢平静了下来，像被风吹得晃晃悠悠的一片雪，此刻，落到了地上。

屋子很严实，很暖和，外面的冷气丝毫挤不进来。煤火渐渐旺了起来，火苗偶尔在炉口探一下头，用好奇的眼神，扫视着屋里。

半个小时过去了。

十点半，很准时。大领导出现了，他的身边簇拥着各种各样的小领导们，陪媚笑，哈着腰，献着殷勤，夸夸其谈着各自的政绩。摄像、照相的记者在前面不停地拍着，像苍蝇绕着馒头转一样。提米的，拎油的，抱面的，胳膊弯里别着挂历的，跟在后面，屁颠屁颠。他们轰隆隆朝张王太太的屋里走过来，声势浩大，气势恢宏，踩得地上一片狼藉，搅得雪花乱舞飞扬。

有人弓着腰，替大领导揭开门帘，一股热气迎面而来，糊在脸上。紧接着，浓烈刺鼻的煤烟味扑面袭来，翻腾着，汹涌着，能打断人的气。

床上，张王太太一颗雪白的头栽在被窝里，像一只鹅，静静地，把头塞进翅膀下，取暖。

雪又下大了。大雪拥堵了老城南关的每一条巷子。

24 饮刀少年和他的邻里

老莫，四十多，房屋中介。可别以为带“老”字的都是男人，老莫，偏偏是女人。也不知啥原因，大家都那么叫，于是所有人都跟着那么叫了。

尚在更年期的老莫，拥有所有中年女人的特征。短发，烫成波浪卷。日渐松弛的皮肤，点缀着黄褐斑。腰身滚圆，本不苗条的身材，在漫长日子的饲养之下，犹如水桶，肚子上甚至架着一个肉乎乎的“游泳圈”。走路外八字，下脚重，能踩死一只鸡。常年穿一件中性黑夹克，上面落着几圈油渍。大大咧咧地说话，如同下过蛋后邀功的母鸡。大大咧咧地坐着，两腿叉开，裤裆里的线头裂了，隐隐露出红裤衩的红。与这红能对应的是她干巴巴的嘴唇上涂着的跟喝过人血一样的口红。

她在巷道口开一家中介，出租、出售房屋，顺带征婚。也不知她办公的房是自己的还是租来的。门口左侧，立着两块大黑板，上面用红白两色粉笔歪七扭八写着出租、出售信息。地段、价钱、面积等，一一在列。右侧，立一块，上面全用红色粉笔写着征婚信息，年龄、性别、家庭情况等一清二楚。门头上，一块彩色塑料布，喷着“红玫瑰中介公司”几个字。进她的公司，只一间屋，光线暗淡，得定定等会儿，才能适应。屋里只有锤头大，靠后墙摆着一张旧桌子，右手一张棕色双人破皮沙发，满是窟窿，海绵翻出，墙上挂着几个卷角的教案本，然后就一无所有了。

闲着时，老莫坐在自己的办公桌上抽烟。她有两种烟，一种便宜烟，一种贵烟。便宜烟来人发，贵烟自己抽。她抽烟的姿势比男人还娴熟，抽烟的感觉比男人还享受。她每天的工作就是坐在自己的所谓的公司，等着。等电话来咨询。或者等顾客上门说自己的需求，然后骑着吼叫不止的摩托车载着顾客去看房。或者等房东到她这里来让她代理出租出售。或者等一些怪模怪样的男女进来，发征婚信息。

在她这里，租房为主，售房几乎是零，婚姻介绍也是屈指可数。有人来租房，她发烟，然后询问租房人需求，要楼房还是平房？多大面积？要不要家具？哪个地段？一月多少钱的能接受？一次付还是半年付？对小区环境有没有要求？用带厨卫不？干什么用？几个人住？啥时候住？租多久？当把这些问题搞清之后，她就在自己的教案本上哗啦啦翻过来，哗啦啦翻过去，来去几次，就能挑选出两三个符合租房人需求的信息，然后一一介绍。有租房人满意的，老莫在门口的一堆破烂里推出自己的烂摩托，载上租房人一户户去看。当然，看房费，五十元，没有白看的。这五十元，你可以看好几次，看到你满意为止。若一直没有满意的，就随你定了。若看成功，便和房东、房客签协议，房客需要另外给老莫支付第一个月房租的一半作为中介费。这些都是行价，没得商量。

老莫的生意还是不错的，尤其这几年房价变态的高，年轻人基本以租房为主，加上进城务工和带孩子上学的乡下人增多，需求量更是旺盛。老莫的破摩托呼哧呼哧来来去去，消停不下来。一间房，你刚看罢我又登门，不出两天就能出手，尤其春节过后和九月份学生开学，租房的人能挤破头。在旺季，一天看六七户房，成交两三套也不在话下。当然，也有淡季，四五月，十一腊月，就不行。生意不行，老莫坐在公司，默默地抽着烟，被烟雾和昏暗裹成一只茧。

这就是老莫，让老莫自己说说前几天租房遇上的事情吧。

是这样的。前些天，一个少年到我公司来租房。一进门，不问房，先要烟。我发了一支好盒子里的差烟，他凑在鼻子上闻了半天，又装进衣兜了。

这少年看起来也就二十出头，黑瘦，个子不高，一看就是外地人。秋分了，还穿一间短袖。坐了半天，把沙发的烂海绵掏出了一疙瘩，在手心里搓着，搓了一阵，才说起了租房的事。我以为他这么扭扭捏捏是要我给他介绍对象，不好意思张口呢。他说不要楼房，一间平房就行。我翻了半天，就在我这公司后面一个大杂院，倒是有一间，也不贵，一个月三百元，就是光线不太好。少年说光线暗点最好，先去看看。我就带他去看了。

后面院子就靠在我公司后墙，也算是邻居，但要进院，入口还在另一边，七拐八歪，要走老半天。少年也不说话，在院子东瞅西看了半天，才进屋，在屋里，扫了一圈，就出来了。也没说要不要。我们出门，我问："看上没？"他一只手捂着胃，黑乎乎的脸有点煞黄。他说："再看吧。"就走了。我也没再追问，看这架势，觉得这单生意做不成，也没必要为一间平房浪费时间。最后就各自散了。

就这样子，过了有十来天，另有一个租房的要一间平房，我觉得隔壁院子那间应该可以，便领了过去。一进院，才知道那间房租出去了，我当时就胀气，这房东老朴也不地道，跟我签了代理合同，自己却把房子给别人租了出去，这老贼，要给我违约金。当我把门掀开看时，却发现屋子里正是前段时间来租房的那个少年。我当时一肚子气，和那少年吵了起来。我就知道他为了躲一半房租的中介费，私下里跟老朴联系了。我当时跟他说得一清二楚，看房的人当着我的面，没有看上这房，三个月内不能租，如果租了要无条件给我付中介费，这是行规。

我进屋跟那少年理论，我说了一堆，他坐在床头，屁都不放。我本想找老朴出来解释这事，但这老贼出门不在家。我实在气得不行，冲过去让他付钱，一把拎起他的领口，可真轻。我这人就这样子，干个啥控制不住自己，我小名叫三妹，熟悉的人都喊我“张三疯”。当时，我抓着他领子，晃了晃，我当时想，要是他拒不付钱，我就照他脸上一顿锤。结果没摇两下，他两眼一闭，两腿一软，瘫在了地上，脸一下白透了，跟死了一样。我吓得赶紧跑了，生怕惹上臊气，有个三长两短，可就说不清楚了。

就这样，那房就白让那少年住了。事情就这么个事情。

老莫说的少年叫阿呆，阿呆不呆，只是样子有点呆。阿呆据说是大凉山人，2001年来到天水。刚到天水，有招聘，他就到一家大型的电子厂上班了。电子厂前些年效益一般，工资也中等，慢慢地，随着电子产品的销路好转，厂里的效益也好了，工资发得还可以。但效益一好，就要加班，三班倒，隔三岔五一个十二小时的大夜。起初，阿呆还能受得住，但半年下来，就撑不住了。上夜班，前半夜还可以，后半夜实在难熬。最要命的是瞌睡。听着机器哗啦啦的声音，单调、枯燥，永不消停，像把鼓膜搞成了一根丝，从耳蜗里往外抽啊抽，最后抽得眼睛发麻，四肢酸软，整个人都被抽空了，成了一个风干的蝉蜕，挂在机器上。好不容易熬到天亮下班，在厂门口胡乱吃点东西，就回到出租屋开始睡觉，一睡一天，下午五六点起床，外面吃点，磨蹭一阵，又开始了让人发疯的大夜。

日子久了，黑白颠倒，日月混淆。白天需要活动的时候，阿呆在睡觉。别人睡觉时，阿呆在机器旁做着一个“人肉零件”。由于接触人少，加之是外来人，话不多，腼腆，和别人不太熟。厂里的本地人也有排外思想，再说他也长了一副寒酸土鳖样，不招人喜欢，也就没什么狐朋狗友。半年后，阿呆越发孤僻了，呆呆地坐着，眼皮子耷拉，老是睡不醒的样子，两只手无意识地动着，像操作机器。另外，一天只吃早晚两顿，时间一长，本就瘦骨伶仃的人，由于营养不良，看起来蔫不叽叽，跟病汉一般，无精打采，薄得像一张纸，会被风刮跑。

这样坚持了十个月，一天晚上夜班，后半夜，操作机器的阿呆实在瞌睡得不行，本想眨一下眼，但上下眼皮子刚搭在一起，就黏住抬不起了。当他的一个春梦还没拉开序幕时，他感到一阵钻心的疼，睁眼一看，右手的无名指和小拇指被机器吃了。吃掉指头的机器依旧运转着，干干净净，没有任何骨肉的踪影。正当他被疼痛揪住心使劲拨动时，他看见两根指头的断裂处像两只水枪，鲜血开始往外喷射。疼痛和惊恐让他昏迷了过去。

最后，厂里给阿呆赔了两万元，一根一万，阿呆辞了工作，闲下了。

他就那样无所事事地闲着，除了偶尔去网吧看看自己的网游，就真的无所事事了。闲了一年，积攒的一点工资和赔偿费花光了。三根指头的阿呆真的做起了“三只手”。

阿呆凭着大凉山人的机敏和灵巧，很快就在“三只手”界立了足。他不砸玻璃偷车，也不在大街上小摸，他只半夜翻窗进屋，拿手机和现金，手机他只选苹果，现金只拿百元钞票。他翻窗户有一套绝招，从小就在大山里练就的。白天，他瞎溜达，瞅好点，半夜三四点，是人睡得最死的时候，下手最易成功。一到点，他就换一双母亲纳的布底鞋，抓住水管，猴子一样，一蹿，又一蹿，上去了。然后翻窗入户，下手成功。

不过这两年，阿呆的“三只手”也不好干了。满城装了摄像头，一举一动都在监控之下。有了监控，他出门“干活”少了，手头自然也就紧张了。一紧张，原先还租大点的房，现在就只能找个鸡窝大的了，房租能躲就躲，能赖就赖。在他住进老朴家院子之前，就因欠了人家三个月房租，被赶走了。

很多时候，阿呆基本是逢盗必有收获，他轻易不下手，下手总是稳准狠。当然，再牛的江洋大盗，都有马失前蹄的时候，何况他一个自学成才的阿呆。今年前半年，他进了一户人家，那家正好没人，屋里收拾得挺豪华。阿呆在那大席梦思床上躺下，把自己摆成一个大字，睡了一觉。早晨五点多，他在屋里翻腾出两条中华、一条苏烟，八千元现金，一个苹果6S后，大摇大摆地出门走了。

这一次阿呆赚了不少，烟留下自己抽的一条，其余的连手机一起倒卖出去，又是好几千。加一起，到手一万五。当他在成功的喜悦中沉浸到第三天时，他出门吃早点，刚在小吃摊儿上把一个包子喂到嘴里时，民警围上来，将他摁倒在地，戴上了手铐。这一次，阿呆偷的不是别人，是一个分管社会治安的副县长。一个管治安的被盗，这不是讽刺吗？最要命的是手机里有一些他跟情人在三亚旅行的照片。那东西传出去，将会让他身败名裂，妻离子散，甚至锒铛入狱。所以他下了死命令，无论如何要抓住小偷，找回手机。手机当然没找到，因为阿呆早就出手了。

阿呆在看守所待了半年就出来了。因为有两次审讯时，营养不良的他昏死了过去，口吐白沫，四肢抽搐。后来他动不动就装死，因为每装一次，看守所的人对他态度就会好转一些，吃喝也就改善一点。最后，公安局领导觉得让他这样反复死去活来，会出人命的，所以还是放了算了。

阿呆出来后消停了一段时间，但他早已经过惯了好吃懒做的生活，干什么活，他都是两天的劲头，第三天就不去了。几个月后，阿呆又开始上墙翻窗了。不过在这次动手之前，阿呆做好了充分的准备，因为他在一个同行那里听到了一个一劳永逸的秘诀。

那天晚上，他买了一个刀片，把刀片敲碎，准备吃进肚子。一开始，刀片一进嘴，他就反胃，无论如何咽不下去。后来，夹在馒头里，馒头下去了，刀片还在口腔里，一股铁锈味让他作呕，他趴在脸盆上吐了半天，只吐出一堆清水。反复试了好几次，还是不行，他倒了半杯水，把刀片放进嘴里，喝上水，像咽糖果一样，头一仰，眼睛一闭，“咕咚”一声，下肚了。他感到刀刃在喉管里划过，然后坠落进胃。一道火辣灼人的疼痛从喉头点燃，弥漫了整个肉体。从此，阿呆的胃里就留着一块刀片，消也消化不掉，拉也拉不出来，就那样一直睡在胃里，腐蚀、生锈，尝尽人间五味。

他偷盗被抓后，看守所要体检，一拍片子，就能看见胃里的刀片。因为胃里有东西，押在看守所，怕出事，所以看守所也束手无策，象征性地关几天，就放了。从此，刀片成了阿呆的“万能钥匙”。

就这么一招，为阿呆的“三只手”事业铺平了后路。

这就是阿呆，关于阿呆的事，就说这么多，下面让阿呆自己用半生不熟的天水普通话说说房东老朴吧。

说是老朴，其实呢，也不老，五十来岁。常年梳个大背头，梳子抿过，头发一缕一缕，油光亮滑，爬只苍蝇上去，有可能就把大胯掰了。上身黑夹克，下身牛仔裤。白毛线手套四季戴着，哪怕是三伏天，也不摘掉。

听说老朴年轻时，也是个风流人物，到处招蜂引蝶，跟不少女的勾三搭四，最后被老婆发现，捉奸在床，闹了三个月，就离婚了。法院把儿子判给了他，把女儿判给了老婆。从此两个人就各过各的独木桥，各走各的阳关道了。离婚后的老朴，一直没有娶老婆，听说外面有相好，巷子里的人都叽里咕噜说着，但谁也没见过。

上次我找房子，那个中介女人把我领到老朴院子，我瞟了一圈，没看上房子，但我发现侧面的屋里，收拾得不错，里面应该有“货”（一个从事特殊行业的人，没点职业敏感，就可以走人了，没个好眼力，也就该退休了）。再说这院子好进好出，可以干一笔。我在院子周围盯了几天，发现老朴是房东，那间屋子正好就是他住的。

一天晚上，凌晨两点多，我从大门侧面的一个破墙头翻进去，撬开了老朴的门，偷偷钻到床头柜前，提起他的裤子摸索着时，老朴醒来发现了我，他刚要喊，我一把手电照到他脸上，一把刀子凑到他脖子上，悄声说：“别吵，我知道你半夜出门的秘密。”他合上了张圆的嘴，嘴皮子打着战，问：“你是谁？”我说：“别问了，兜里的钱，我先拿上用了，常联系。”他没有吱一声，估计是被我这样的贼吓傻了。我大摇大摆地走了。

后来，我白天去了几趟老朴家，找过他，故意说了那天晚上偷他钱的事，他倒是很镇定，这让我有点意外。慢慢地，几次交往之后，我和老朴成了所谓的朋友。他答应我，把他的那间房送给我住，前提是再别偷他家的东西，最重要的是他晚上出门的事情不要声张，尤其是不要让儿媳妇知道。守口如瓶，这对我一个话少甚至有点自闭症的人来说，太容易了。

当然，我这么说，估计很多人不相信，觉得这是编小说，讲故事，但事实确实如此，我和老朴成了朋友。你要是实在不信，我也没辙。

就说这么多吧，话一多，我就嫌麻烦。

阿呆说的老朴的秘密究竟是什么呢？

那天晚上，凌晨一点，阿呆翻老朴家墙时，大门开了，老朴从屋里蹑手蹑脚地出来。借着灯光，隐隐能看出老朴穿着皮衣，戴着白手套，黑皮鞋锃亮，泛着一丝光。一股劣质香水的味道瞬间在巷道里铺散开来，让黑夜变得暧昧不清。阿呆跟上了老朴，这对他有好处，他只有熟悉掌握一个人的起居出行，才能更好地下手。

老朴迈着轻快的步子，生怕皮鞋发出的声音惊动了什么。他快步出了巷道，在巷子口右手，停住，左右扫视了几圈，除了偶尔飙过的出租车，和野鬼一样晃荡在街角的醉汉，再没有什么会在午夜出行。老朴抖了抖肩，摸出一支烟，点上，然后径直朝另一条巷道拐了进去，没走几步，他一头扎进了一间屋子。屋里灯光暗红，透过印着花纹的玻璃，像一杯兑过的红酒，晃荡着。阿呆清楚了，这老家伙原来是去洗头房逍遥。他站在一堵墙投下的阴影里，等了十来分钟，老朴和一个穿着暴露的中年女人前后出来，打了一辆出租车走了。

那一夜，阿呆知道这是个绝佳的下手时机，但他放弃了，一来他有些瞌睡，二来他想在这老贼身上多做点文章。

后来，估计过了三四个月，反正天气有点冷了，人们穿上了外套。就是这时节，老朴东窗事发了。他的儿媳妇知道了这事。

那天凌晨，老朴还和往常一下，鬼鬼祟祟出了门。他这段时间频繁凌晨出门，是因为那个店里新来了两个女人。当老朴领着女人两脚刚出门时，他的儿媳妇闪到了他跟前，开始暴跳如雷地吼叫了起来："一个老不要脸的，都几十岁的人了，拿着钱干这勾当。"老朴愣在门口，冻僵了一般。那女人看事情不对，立马转身回了屋子。"你都当爷爷的人了，你不丢人吗？你让我们咋出门？你让孙子咋出门？我说一个月的房费经常花得一干二净，还有时候向儿子要，原来都给这些婊子奉献了。"巷子里的灯"哗"的全亮了，有人穿着睡衣出门看热闹，有人揉着挂满眼屎的眼把头伸出窗户看究竟，就连过路的醉汉也闻声而来。

"我实在难骂你，六十岁当嫖客，你一点没有廉耻。"她把指头差点戳进了阿公老朴的眼睛。骂完，冲进了那家店，开始拳打脚踢那些女人，不住地咒骂着。老朴见势不妙，赶紧溜了，他没敢回家，在避人的马路上坐了一夜。此刻，老朴的儿子正在床上装睡，他知道媳妇要去捉父亲的奸，但这事，他绝对不能出门。一是觉得丢人现眼，二是他怕老婆。围观的人越来越多，人们穿着五颜六色的睡衣，甚至有人挂着一条裤衩，在灯光下，瑟瑟发抖着，看一场难得一遇的戏。大家七嘴八舌议论着。"朴家的儿媳妇把嫖娼的阿公抓住了。""这儿媳妇也是够厉害啊。""这老朴平时人模人样的，结果还好这一口。""一个老头子整天收拾成那样子，我看就不正经。""是个男人都好这一口，这儿媳妇也管得太宽了。""我看儿媳妇是另有所谋吧。"

洗头房的门开着一条缝隙，人们只能看见老朴的儿媳妇上蹿下跳，满嘴污言秽语，提着一根什么东西追打着那群女人，偶尔能听到东西砸碎的声音。女人们惊叫着，躲闪着，巨大的影子落在门上，像演着一场皮影戏。“你们这群婊子，给我滚出南关，死不要脸的婊子，赶紧滚，不要再害人了！”当她打砸咒骂得正起劲时，“咣当”一声，头顶的吊顶落在了地上，砸碎了。

屋里一片漆黑，瞬间凝固成了一颗琥珀。

过了几分钟，老朴的儿媳妇顺手牵羊，提着一只电吹风出来了。灯光落在她扭曲的脸上，显得阴森骇人。她推开人堆，回了家。那只电吹风在她大腿上晃荡着。

第二天，那家洗头房关门了。南关的人们知道的唯一一家洗头房被老朴儿媳妇赶跑了。

老朴在外面亲戚家游转了几天，回来了。亲戚不知道那事，给他吃喝，也很客气。他回家，儿媳妇、儿子，甚至连孙子也不理睬他了，满院的人，都用奇怪的眼神看着他。儿媳妇也不给他饭吃，他到厨房门口，人家“啪”一声把厨房门就关了。他坐到餐桌上，儿子一言不发，也不正眼相看。儿媳妇朝他剜一眼，转过了头。孙子说：“爷爷，给你筷……”还没说完，儿媳妇就像狮子一样吼道：“还要脸不？还有脸没？吃你的，多管闲事我把你嘴撕烂。”孙子像一只猫，缩成一团，把头塞进碗里吃饭了。老朴坐了一会儿，内心凄凉，眼眶暗红，走了。打那以后，他开始自己捣鼓吃的了。

前几年，有亲戚给老朴介绍过一个，也是离异的，人年轻，四十来岁，家在城郊，据说人老实，长得也算攒劲（漂亮）。两人见过，都满意。老朴想着可以，六月六，日子不错，请亲戚简单坐坐，就算成了一家人。可这事说给儿媳妇时，却遭到了极力反对。为什么反对，也不明说，就是死活不行。要成，就让老朴搬出去。搬出去老朴住哪里？他又没收入，咋养活两口人。但他也对儿媳妇没办法，自从这个女人进门，就成了一家人的掌柜的。

那个强势，那个霸道，不是能说的。刚开始，屋里的房租老朴收支，但最后被夺了权，只有少一半的留给老朴收取，留作生活费。刚开始老朴住正屋，后来被赶到了偏房里。反正老朴就这么一步步没权的，名义上他是房主，但只是个傀儡罢了，实权在人家手上握着。

老朴的儿媳妇反对阿公再婚，是有小算盘的。这个女人年轻，过些年，老朴肯定死在她前面，老朴一死，人家是合法夫妻，自然要把这家产分一半，如果拆迁，补偿款人家也有一份。这么一盘算，是不是等于白白给人家送钱。再如果这女人和她一样有心计，说不准几年下来，这院房全成了她一个人的，这不等于引狼入室吗？她才不是那种蠢驴呢。她和丈夫窝在被子里划算着、思谋着，丈夫觉得有理，只是点头。

另外，阿公手里还捏着一半的房租，这也让她心里不爽，她一直想使个招数把剩下的权力全搞到手，但是没缝隙可趁。直到有一天，巷子口的老莫和她站在马路上瞎聊时，说出了她阿公半夜嫖娼的事。

最后，老朴所有的权力被剥夺了，房租跟他再也没有关系了。起初，他挥霍，他在女人身上花钱，现在，手头积攒的一点花完了，吃喝都成了问题。迫不得已，他去了建筑工地，给人家和水泥，伺候匠人，挣点饭钱。有时，天下雨，他就歇着，他没脸在巷道里出出进进了，只能窝在屋里，院子里没人和他说话，他只有和阿呆说几句，阿呆不嫌弃他。

阿呆有时候问那个介绍的女人呢，起初，老朴闭口不谈，后来，问的次数多了，老朴就张口了。

那个女人啊，我们见了几次，两人觉得还算对眼。像我们这岁数的人，不讲究什么爱不爱，缘不缘的，能对上眼就行了。那女人起初在城里打短工，就在三中那儿的丁字路口，跟一帮女人站一堆，提个干粮包，有人叫，讨个价，就去了。多是一些工地上打扫卫生、花园里刨土栽花之类的活。以前，活多，能挣一点。现在经济不景气，活也少了，站一天，也没人来叫。我们见面后，她跟我说起干活的事，不想打短工了，一来没活，二来辛苦。那时候我也想得好，觉着一个女人家风吹日晒，出死力气，也不好，再说我收的房租，养活我们两个还是没啥问题的。

后来，有次游逛，一个朋友说他朋友的麻将馆要一个做饭的，他那儿生意好，有些人打麻将早上进来，半夜出去，一天两顿饭都顾不上吃，老叫外卖，有人提议办个灶，把伙食管上，岂不更好，家常便饭，价钱跟外面一个样，量大一点，能吃饱就行。我问了一下那女人，她同意了，隔了一天，就去做饭了，一月开两千元工资。

做饭也轻松，中午、晚上，两顿，基本都是面，炒点臊子，下点机器面，一人两碗，也没多少油水。灶是开在麻将馆门口，屋里支着近十张麻将桌，连个下脚的地方也没有。

在麻将馆里，就有老莫的男人。他可真是麻将鬼，啥事情也不干，成天就是打麻将，从早到晚，从晚到早，最厉害的时候连着打了八天麻将，中途除了上厕所，门都没出过。八天下来，整个人的两只眼珠子也跟麻将一样，成方的了。走在路上两只手都在不由自主地摸着牌，跟抽筋一样。浑身那个臭啊，你想想，能把厕所的苍蝇熏死。

他成天打麻将，也没挣下钱，身上一年四季装着百十块钱，输了，赢了，又输了。一个月，就靠二百来元的低保混日子。老莫看他那德行，刚开始还管，后来管不住，就放弃了，跟世上没那个男人一样。两个人光是挂着一个夫妻的名分，一年连面也见不了几次。

就这么个男人，麻将鬼，结果就把那个女人哄跑了，用现在时髦的话说就是私奔，我说就是哄跑了。

当初虽然儿媳妇反对，但我心里还是有那个女人的，常打电话，偶尔还叫出去吃个饭。有一次，吃毕饭，她说家里急用一点钱，问我借，我也二话没说，就从卡上把剩下的三千元取给了她。第二天，我打电话，停机，我寻摸着估计没钱交话费了，就跑到移动公司给交了三十元，通了，没人接，一会儿就关机了。我心里就觉着不对劲，打了个车过去到麻将馆。老板说辞职了，已经两天没来了，跟她一起没有来的还有那个麻将鬼。我到处打听，才理出了一点头绪，那女人和老莫男人跑了。他们是有预谋的，故意把我的三千元骗走的。

我当时就很痛苦，咋能不痛苦，别以为天底下只有你这个年龄的人才痛苦，我这年龄的人也有。我痛苦的是我的一片真心被人家拿着玩了一场，也痛苦不分青红皂白就把三千元给了她。我就想不通她怎么就跟那个麻将鬼一起跑了，即便跟个瞎的跛的也比他强，我心里还平衡一点。除了比我年轻，那样的烂货到底哪点比我强，实在想不通。

打那以后，我对女人不动心了，也不相信什么狗屁感情了，他妈的男人跟女人之间，除了睡觉，其他的都是假的。也就从那时候起，我就偷偷摸摸出去找小姐了，觉得人啊，一辈子，啥都能亏欠，就别把肉体亏欠了，人生在世，就活着一堆肉罢了。

后 记

那个女人跟老莫男人远走高飞以后，再也没有回来。老莫一直觉得是老朴找的那个女人勾引跑了自己的男人，虽然那女人跟老朴没多大关系，但老莫依旧迁怒于老朴，对他耿耿于怀，并将老朴半夜出来嫖娼的事故意向老朴儿媳妇告了密，这样她就可以看戏，以解心头之恨。而老莫一个准时上下班的女人，是怎么知道老朴的秘密的？当然，是阿呆告诉她的。阿呆常在巷道里出出进进，欠了老莫的违约中介费，她自然不能放过，向她这样的恶人，自然要给阿呆一点颜色看看。一个晚上，她叫了一个帮手，在巷道里把阿呆拦住，准备敲诈一顿，一阵吓唬之后，阿呆说了老朴的事。老莫为什么对老朴的事情这么感兴趣？因为她和老朴的儿媳妇是远房姊妹，她要帮妹妹把老朴的一院房夺过来，将来给自己分一点，占点便宜。（当然，她们之间的关系一直是保密的）这或许才是问题的根源。

后来，老莫还是出租、出售着她的房子，阿呆还是干着“三只手”，老朴呢，在工地和水泥。

再后来，老莫的那条街要改造，临街的铺面都拆了，老莫的“红玫瑰中介公司”也被拆了。阿呆回老家了，好几次胃里大出血，差点要了他的命，正好家里给他找了个越南的媳妇，他就回去结婚生娃过日子去了。老朴被工地掉下来的一块砖砸了个脑震荡，瘫痪在家里，儿媳妇天天守在床前，眼巴巴等着他死。工地上的赔偿款她全装进自己腰包了，等老朴一死，整个院子就全成她的了。而那个女人，其实是所有人故意安排给老朴的，所有人都是导演，只有老朴是不知情的戏子，演了一场苦情戏。这里的隐情，不说自明。

唯有老朴是可怜的。可老朴就偏偏死不了。

25　共命鸟

尖头老汉病了。啥病？也说不清，躺了半个月了。

我去看尖头老汉，提了半把香蕉，一盒牛奶。他家住得深，七拐八拐，能把人拐蒙。沿着水泥块铺的路，七窝八坑，走到门口有一堆柴的地方，就到了。院是大杂院，不过都是一层砖混房，一户挤着一户，摩肩接踵。瓦房，一坡水，黑漆漆的瓦缝里长着墨绿的苔藓，像一整片的心事。有些地方瓦破了，漏雨，铺着一块牛毛毡。风吹日晒，毡也破了，上面再铺一层塑料纸，四周压着断砖。真跟小孩的尿垫子一般，一层又一层。这房年头久远，差不多三十年了。墙壁有些倾颓，勉强撑着。原先的墙皮掉光了，露出了青砖，像骨头茬。墙角下，太潮，反碱，长了一溜子厚厚的白毛，能一把抓住了。

老汉家住的是当时的公房，厂子给的，说是过渡房，先住着，等以后盖楼了，就搬上楼。那时候年轻，有的是时间，能等，一家三口人就在这里住下了。可这一住，就住了大半辈子，甚至把这辈子都快要住完了。因为后来，厂子倒闭了，楼房就成了水中望月的事，也没人再过问他们的住宿，他们就这样被彻底遗忘在了工厂倒闭的洪流里。

尖头老汉家，两间房，一间堂屋，客厅兼卧室，隔壁一间巴掌大的厨房。没卫生间，院子一角用三片烂门扇遮起了一个旱厕，共用的。堂屋不大，住着老汉和老伴，还有儿子。堂屋东边支着一张大床，老两口的，西边窗户下，一张小的，儿子睡。屋子中间，支着煤炉，久不生火，落了一层灰。堂屋正中，一张老方桌，摆着三十二寸的黑白照，旧照片，泛着岁月浸染过的黄，是一家三口的合影。那时候，他们多年轻啊，那么精神，幸福，对未来充满想象和期待。儿子坐在中间，穿海军衫，笑着，露出一排门牙，可爱，秀气，甚至有点像姑娘。你很难想象照片中的人在二十多年之后，会变成床上的模样，头发灰白，眼窝深陷，枯瘦不堪。真是让人心酸。

我进屋，他的儿子在床上，一动不动，跟被人点了穴一样，定住了一般，眼皮子也不眨。

我说："老人家，看你来了。"尖头老汉微微侧了一下头，无力地摆摆手，说："费心了，真是费心了。"我放下东西，坐在床沿边。

我是怎么认识尖头老汉的，是因为老贾。尖头老汉常来老贾跟前游转，我有时去老贾屋子坐，常碰上，时间一长，就熟了。老汉可能是老贾最后的朋友了，他们盘腿坐在一起，换着抽那杆水烟枪。你一锅，我一锅，一个点火，一个抽，一个抽，一个点火。人活到六七十，年轻时的朋友，心急的，早离开人世了。不急的，瘫痪在家，难以行动了。身体硬朗的，住得零七乱八，行走不便，也就少有走动了。还有的，活了一辈子，反而话不投机或旧怨重生，也就互相再不往来了。老汉和老贾，一辈子了，都能说得来。除了两个人认识时间长，家境相似，知根知底之外，两个人的儿子都有说不出的事，于是他们便有种同是沦落之人的凋零感，惺惺相惜。

为什么叫尖头老汉，我也不知道，南关的人，笑着说是门缝里夹了一下。当然，具体啥原因，也搞不清楚。不过他的头真的不尖啊，连圆都谈不上，头顶甚至像切了一刀，是平展的。

老汉的老伴不在，去外面卖擀面条和浆水了。这些年，一家三口，全靠老伴撑着，要不早就半路全折耗（死）了。老汉体子弱，厂子干过的人，也没个手艺，到社会上，没人要，加上慢慢年龄大了，就只能窝在家里，挣不来一分钱。儿子常年吃药，有病，也干不了活。老伴每天趴在案板上，擀几张面，切成宽、细、韭叶和面片，摆进盘，舀上几马勺浆水，装塑料桶，全部放进一个手推车，弯腰驼背推着车子到马路口去卖。面，纯手工，一斤也就两块五，抛去成本，光挣一个人工钱。浆水，半马勺，能装一塑料袋，一块钱，一家人够吃一顿了。浆水是自己酿的，光明巷买点苦苣、芹菜，洗净，熬熟，待温，放进桶，倒入热面汤，加上引子（旧浆水，用以发酵），三两天后，就可以食用了。

长年累月，她就这么摆着，挣点毛毛钱。不摆咋办，没有来钱的门路，总得要吃饭吃药啊。虽说社区发一点低保，但吃过药，也就没几个了。一家人，光嘴都养活不住，更别说其他了。

我坐在床边，问老人："前段时间还见你精神着啊，这怎么一下子……啥病啊？"

"没啥病。"他挣着从床上坐起来，我让躺着，他不肯。他靠在后墙上，吃力地摸了一个枕头，塞到腰后面。他瞅了一阵窗户外面，下午五六点的光景，开始稀薄的光线在糊着塑料纸的窗口上摇曳着，有些恍惚。那层塑料把光全部过滤到屋外了。屋里，渐渐昏暗下来。

他指指坐在对面的儿子，说："小王，你看，他对劲着没？"

"好着呢啊，不是一直这样嘛。"

"哎，你不知道，都是为了这个孽啊。"

"前几天又犯病了，刚从三院（精神病院）看了一趟回来，吃了些药，稍微控制住了一些，你知道他那药，一颗多少钱吗，八块。"他举起手，抖动着，用手指做了一个八的动作。"八块钱，一天的饭钱啊，一天三颗，三八二十四块，还有其他药。我跟老婆子糊嘴都吃力，哪儿来那么多的钱啊。”

他低下头，抹了一把眼睛，眼珠缠满血丝。我不知道说什么好。我什么忙也帮不上，我唯一能做到的就是听着，听老人把一肚子的苦水翻出来，把整个傍晚淹没。

“这娃娃，真是受了一辈子罪啊。”

老汉只有这一个儿子，当时思想觉悟高，响应计划生育政策，只要了一个。儿子叫兰君。打小，这孩子就跟自己的名字一样，长得秀气，心灵手巧，能画一手好花草，他妈和邻居鞋样上的花全是他画的，还能做一堆好手工，学校手工比赛准是拿第一名。真跟他的名字一样，有点像女孩。他妈常说，这孩子生错了，本该是个姑娘家的。孩子在一旁听着，只是腼腆一笑，又低下头裁裁剪剪了。后来，十八岁，招工，进了毛毯厂，在厂里画清样。反正也是画画，这也算是遂了他的心愿。他打小就想当个画家，画家虽然当不成，但现在的工作，毕竟还是跟画画能搭上边。工作随心，人又本分，加上上进心强，很快，就成了厂里的骨干，厂里好多在外面展出、送领导的产品基本都是他参与设计拿初稿的。

日子也算是顺风顺水，尖头老汉还没有下岗，老婆料理家务，儿子工作又干得有眉有眼，这光阴推的在南关也是掰指头能数上的。但谁知道，好日子刚搭上边，就出事了。生活，像一堵墙，翻倒了，就再也没有扶起来过。

那一年秋里，儿子的厂子有个机会，参观加培训，要去新加坡，来去要二十多天。最后，厂里定了人，让老汉儿子兰君去。兰君去，大家心服口服，他工作认真，人缘口碑也好，又是年轻人里的带头雁，加之培训的内容也跟产品设计相关，兰君也就成了不二人选。兰君知道消息后，兴奋得三天没睡觉，能去一趟新加坡，那就等于上了一趟天堂啊。那时候，对一个工人来说，能出国，虽不是千载难逢的机会，但实在是很难得，加上去的还是有空中花园和亚洲四小龙之称的新加坡，不兴奋都显得整个人不正常呢。

他提前两天就把行李收拾好了，还列了一个给父母购买礼物的清单。尖头老汉和老婆也是高兴得合不拢嘴。

但临走前一天，兰君突然接到通知，临时换人了，换成厂党委副书记的女儿。听到这个突如其来的消息，让满怀喜悦和憧憬的兰君瞬间坠入冰窟。失望、痛苦、悲愤，让他在深渊里难以自拔。对于一般人，这样的打击无疑都是难以承受的，何况对于一个心性敏感的人，那简直就是致命的了。

几天后，兰君疯了。

疯了的兰君再也没法上班了，每天待在家里。白天，坐在自己床上，要么发呆傻笑，要么诅咒谩骂。晚上，跑出家门，满城乱逛。病轻的时候，哭哭笑笑，吵吵嚷嚷。严重时，犯了疯癫，到处追着打人，追着追着，一头栽到，口吐白沫，抽搐不止。

这些年，老两口是在儿子的疯疯癫癫中一天天熬过来的，真是熬啊。活着，没有指望，满心思都是儿子的病，就算咋治疗都无济于事。死吧，又死不了，怕死了儿子受罪。父母在，至少还有一口饭，一件衣。父母不在，跟孤魂野鬼也就没有区别了。

天渐渐黑了下来。我跟老汉坐了一阵，也没说什么话。老汉心事重重，但他窝着，不说与任何人。我起身告辞，老汉欠欠身，又说："麻烦你了，实在是麻烦你。"我出门时，借着暮色，瞥见兰君坐在床上，披着被子，卷在身上，像个喇嘛，嘴里念念有词。他的脸上一块青一块紫，头发日渐凋零，头皮织着一层血迹。他估计又犯病了。

我走了后，便再没有想起过尖头老汉。生活逼迫得我连想想自己的时候都没有，何况别人。

有一天，我在河边闲坐，晒太阳，遇见了老贾。老贾说了尖头老汉生病的事。老贾说着，把他的水烟枪塞给我，让我抽，我抽了一口，眼泪就飘花儿了，又呛又辣，一般人真受不了。他看着我的狼狈样，笑了笑，说起了尖头老汉的事。

前段时间，儿子犯了病，应该是最严重的一次，连着三晚上没回家，尖头老汉和老伴找遍了城里的大街小巷，都没个踪影，以为死在了外边。第四天一大早，突然回来了。回来时，满身泥土，头烂了，流过血，结着一层血痂。他们把儿子安顿下，洗了脸，喂了饭。没多久，来了一伙人，说是他家儿子半夜把原毛毯厂的围墙拆了，还把里面的几十面玻璃砸了，要赔钱。老汉扶着屋子正中的烟筒，愣了半天，才回过神。他知道儿子是个疯子，心里一直对毛毯厂带着恨，拆墙砸玻璃，不是不可能。要是以前，厂里的人找来，他完全有理由不管甚至说他们生事端，就说是你们把我家儿子逼疯的。可现在，那厂子也改制成私人的了，老板换了几拨，你给人家再多的理由也屁事不顶了。

那伙人走的时候放话，一周之内，拿不来五千元，要么报案，要么家里值钱的，全搬走。

五千元，老汉这辈子也没一次性拿过五千元。咋办？等人家报案，就把儿子抓了。不交钱，把家里的东西搬光，这还算个家吗。借，这些年借得人断路息，亲戚看见他就躲远了。这到底该咋办啊？他一辈子都是个战战兢兢、胆小怕事的人，摊上这事，把疯儿子杀了，也不起作用啊。怕影响老伴情绪，他独自一人在南关的巷口坐着，坐了两天，他寻思着该怎么样凑齐这笔钱。

第三天早上，他去了公园。在公园中心，有个十字路，那里人来人往，他就在那里拉开了架势，打起了小洪拳。这拳，还是小时候跟父亲学的，年轻时，日子顺当，常练。儿子疯了后，再也没有心思练了。收、放、腾、挪、踢、扭，基本的招式都记着，打了三四套，手脚一顺畅，也就有模样了。

公园后面，有所学校。早晚放学，很多学生穿过公园，到路口坐公交。他耍拳的地方，是学生们的必经之路。耍拳时，四周就挤满了围观的学生，看一阵，便一哄而散，抢公交去了。一天中午，学生围观了一阵后，都走了。他刚要收势回家，过来了一个抱着篮球的学生，看他耍，很入神的样子，一只手还跟着他比画。他问："娃娃，喜欢耍拳不？"

"喜欢。"那学生咧着嘴笑嘻嘻说，"你这拳能打人不？"

"能啊，拳不能打人，还叫拳吗？"老汉收了手脚，说，"你过来，试一下，看我的拳有用不。"

学生犹豫了片刻，放下篮球，走到老汉跟前。老汉拍着胸脯说："朝着这里打一拳试试，我一招就能把你降住。"学生半信半疑。

老汉激将道："不敢试吧，嗐，现在的年轻人，不行。"他摇了摇头，很失望的样子。

学生被激起了，很倔强地说："谁说不行啊，不要小看我，我小时候学过跆拳道，怕把你打疼了。"

"哎呀，你这绿豆拳还能打疼人？"

"不信是吧？好，来试试。"

当学生一拳打出手时，尖头老汉的事做成了。这可是他思谋了两天两夜的结果啊。

他很顺利地向那学生家长讹到了五千元。他说是我主动提出的，但我让打胸上，可你家儿子朝我心口上一拳。他说我有心脏病，你儿子一拳把我的病打犯了，我现在头昏脑涨。他说你们要是不赔偿我我就天天在你们家吃喝拉撒，你们就把我养活上。他说我现在瞌睡正找枕头呢，不赔偿也好，我现在就去睡你们家门口，死在你们家门口也行。尖头老汉像个泼皮无赖，瘫在公园，干脆不走。那家人真是吃了哑巴亏，有理也没法说清，再说也怕真出了人命，就取了五千元给了老汉了事。

老汉拿着钱，交给了人家，这事算是过去了。

从那以后，傍晚吃毕饭，老汉给儿子吃药，药里加两颗安眠的，等他睡着，老汉就用一根麻绳把他绑了起来，免得再闯祸。绳子一绑，任他怎么折腾，也没办法挣脱。可这样一来，老两口虽不用担心儿子出门惹事了，但看着醒来后挣扎的儿子，心里滴血啊。谁忍心把自己的儿子绑起来，再铁石心肠的人，估计也不会吧。可他们实在是没有办法。治，没钱。守着，老两口能把一个大活人守住？只有绑了，才是唯一的办法。

原本以为这事也就过了。可没几天，网上出来了他的事，说一个六十岁的老人以耍拳为名，讹诈学生钱财，道德败坏。还有人说，不是老人变坏了，而是坏人变老了。一开始他不知道这事，他不会上网，还是老贾听儿子说的。再后来，巷道里的人都知道了这事，议论纷纷，指指点点。他虽在家里不出门，但后脊背烧得烫心。老伴出去卖个面条，也被人戳脊梁骨，生意也不行了，中午推出去的面，下午又推回来。

过了两天，有媒体找到他家，来采访他。在摄像机、照相机、话筒、录音笔的逼迫下，他像一只老鼠，缩在墙角，说不出一句话。他的脸红得发黑，脊背快要熟透，他真想挖个坑，把自己埋了。他开始后悔，活了一辈子，鬼迷心窍，怎么做出了这么一件丢人现眼、让人唾骂的事啊。现在，说啥都迟了，他已经被钉上了耻辱柱，将背着讹人的恶名活在众人的目光和指头下。他连门边都不敢出了，他隐隐听见所有的人在议论、嘲笑，甚至咒骂他。他感觉脖子上套上了一副枷锁，他赤身裸体，走在阴曹地府，他将接受一锯分心的惩罚，所有做过亏心事的人，都要接受这种惩罚。眼前，是一张木板，他要平躺在板上，然后身上再盖一片板，两片板固定在一起，将他夹在中间，两个小鬼，提着三寸长锯齿的锯子，从头顶正中的脑瓜盖开始，一点点往下锯，不偏不斜，从上而下，锯过鼻尖、嘴、脖子，到心脏，再到肚子，下体，一分两半，血流成河，痛不欲生。

从那以后，尖头老汉就病了，一病便再也没有起来过。

一个多月后，尖头老汉死了。

当我听到老汉死掉的消息时，惊呆了。我知道他家的底细，我无法对他的行为做出评价，我只是一个外人，无法设身处地地为他着想。我以为他会好起来，儿子疯了，那么大的事，他都能扛得住，社会上的一点舆论压力，应该能顶住。再说，他平时真是一个老好人，这次也不过就骗了人家五千元，那些贪官污吏，从老百姓手里骗走了多少钱，还不是逍遥自在、毫不羞愧地活着。但我错了。一个人的内心被击垮，那整个人也就垮塌了，尤其在道德的轰炸之下，将会垮得更彻底。

我去叫老贾，给尖头老汉烧一张纸，也算是最后的心意。老贾使劲吸着水烟枪，烟雾笼罩着他昏暗的屋子，浓烈的辛辣味让人口鼻里像点着了一团火。他坐着，漠然无语，满脸皱纹的缝隙里，塞满烟尘和往事。他头顶的破布顶棚即将要塌下来了。所有熟络一点的人走了，老贾都会去烧张纸，送一程，但这次，他没有去，只给我捎了二百元人情。听说，他的四儿子，刚从监狱出来就打了一架，最近又被抓了。

后来，我慢慢想到，只有真正经历过生活的人，才能抽得了水烟枪，那呛，那辣，何尝不是味觉化了的这人世间。

再后来，我去麦积山，看到了一块壁画。导游说，那是共命鸟，两个人首，共用一个鸟身。其中一个人面嘴角上扬，慈眉善目，另一个人面嘴角下撇，面目阴险，分别代表着善和恶。它在石崖上囚禁了上千年，早已看清了人世的风云沧桑。但我依然看不清，那善是否真善，那恶是否真恶。

每当我看到那只飞不出石崖的共命鸟时，我就想起了早已离开人世的尖头老汉。

26 菩萨

钱梅花跟儿媳妇过不到一块儿，就搬出来了。

钱梅花也算是老市民，祖上三辈都在城中心步行街那块儿，到她这辈，那地方拆迁，给她家返了两套房。当时她父亲的意思，房子一套给儿子，一套自己留着。可钱梅花不同意，大哭大闹，寻死觅活，硬是把那套房要了过来。后来，钱梅花结婚，找的男人在厂子上班，当时分了一套小面积的福利房，他们没要，折换成了钱。钱实惠。不过这都是二十年前的事了，二十年前，房子还是人住的，不是用来炒作的，有一套就行。再后来男人把他年迈的老母亲从乡下接进城。钱梅花嫌老人脏，一屁股在床上坐一个印；又嫌老人饭量大，一顿两碗白米饭；还嫌老人上厕所不冲水，臭气熏天。没几天，就把婆婆赶回乡下了。

前两年，钱梅花的男人脑溢血，死了。

这世道，真是卤水点豆腐，一物降一物。

钱梅花当年估计打死也没想到，她当初赶走了婆婆，如今却被儿媳妇赶了出来。这算报应吗？钱梅花坐在窗户前，望着夜色如雾，裹住了南关。当初她嫌弃婆婆的几样，如今正成了儿媳妇嫌弃她的几样。钱梅花收敛目光，起身，在水盆里洗了洗手。走到长条桌前，从抽屉取出一炉香，点上，拜三拜，嘴里念着阿弥陀佛、阿弥陀佛，恭恭敬敬上了香。青烟袅袅，遮住了一尊瓷菩萨的脸。菩萨坐在一个一面掏空的大红酒盒里，慈眉善目，粉面红唇，一手相扣，一手捧瓶。酒盒的顶上盖着一块黄布，前面两个碟子，一碟苹果，一碟橙子，再前是香炉。

钱梅花从家里搬出来后，最先租住在一个小区楼房里，一月五百元房租，住了半年，太贵，撑不住了，就搬了出来，经过多方打听，最后落脚到了南关。她一个老市民，住惯了高楼，看着拥拥挤挤、推推搡搡、烟熏火燎、鸡鸣狗盗的南关，心里就烦躁、窝火，甚至鄙视。可没辙，心里再不爽，兜里是空的。她没工作，没挣钱的门路，这些年花的，还是男人活着时攒下的一点积蓄。她只能屈居在这里了。

住进南关以后，钱梅花就行善了（我们这里把信佛叫行善）。她不吃葱韭蒜，不沾荤腥。每天早上，洗漱完毕，吉时，便开始焚香点蜡，跪拜念经，一本正经。《大悲咒》《地藏经》，她听会了，《普门品》会半截。她从一个也行善的亲戚家拿来了一个黄铜铃铛。嘴里念着经，手里摇着铃。晚上亦是如此。念完经，就去河坝里晒晒太阳，跟熟络的几个人说说话，骂骂儿媳妇，或者听听散班子的秦腔，一天就打发了。后来，房东上来说："你这铃敲得满院人心神不宁，你还是歇着点。"她本来想顶几句，一想，自己都是行善人了，要把事看开看透，再说，租人家的房，就得看人家脸色，没办法。于是她就后悔当初没有要男人单位的那套福利房，要是当时别嫌小，别为那几个钱，现在，她好歹有个落脚地。她后悔，怪自己，她捶着胸口出长气。

每天念经，晒太阳。时间长了，也就无聊了。念经还行，念念经，祛病消灾，菩萨保佑。当然，她行善，也仅仅认为是念经，她听过"行善人，佛天保佑"，但除了念经，什么与人为善、成人之美、爱敬存心就跟她没关系了。念完经，晒太阳，每天晒，也就无所事事了。再说，毫无收入，坐吃山空，有一天，手里的几个钱花销完了，咋办？儿子怕老婆，靠不住，靠谁？

还得靠自己。

钱梅花寻摸着该找点活干了。可干什么呢？像她这把年纪，五十来岁，黄瓜打驴——半截子没了。去酒店，端盘子端碗，人家要的都是光鲜靓丽的姑娘娃。后厨里洗碗洗菜，她拉不下城里人的一张脸。去卖衣服，脚来手不来，又是个红绿色盲，没几天老板的生意就被搅黄了。自己摆个摊儿，鸡骨头熬汤——没多大油水，挣不了几个，还风吹日晒的。她跪在菩萨前，一遍一遍念着经，她想着菩萨会保佑她。

三天过去了，该干点什么呢，还是没理出个头绪。下午，她去妹妹家转亲戚，想着散散心。这一去，还真找了一个。她早早赶回来，在光明巷，称了四个橘子、四个梨，回了南关，赶紧给菩萨献上，点了一炷香，磕了一串头。她知道，菩萨保佑了她。

第二天，念完经，吃罢早饭，她就上班去了。

上班的地方也近，步行，二十分钟，广场隔壁，商厦右手边，一个搞促销卖手机的摊子就是。她拨拉着罗圈腿，紧赶慢赶到地儿了。她第一次上班，过去跟那摊子上的人打招呼，没人理她。在摊子前待了一阵，她被一个女人喊到一边，安顿了一番，给了她两千元。然后让她待在斜对面的楼缝里，看眼色行事。钱梅花揣着一疙瘩钱，鼓鼓囊囊的，她的手有些抖，还发烫，像火烤一般。不过她是不能有非分之想的。摊子不远，有两个戴着墨镜、胳膊文身的男人在盯梢，她的一举一动都逃不过墨镜背后的那双眼睛。

十一点多，促销活动开始了。一个理着板寸，西装革履的男人跳上简易舞台，开始大声吆喝："国庆大放送，天天有好礼，走过路过，不要错过，4G手机免费送，免费拿，只要您预存1999元，苹果5和平板电脑免费送给您，还有让你尖叫的礼品等着你，走过路过，不要错过，机会只有一次，错过不再重来，天下没有免费的午餐，但是天上会掉手机，只要你张口……"

他一手举着麦克风，一手提着一串镀金链子，大声吆喝着，跟叫卖红薯、毛栗子一样。很快，舞台前便围满了人。大多都是农村来的，一看酱红的两颊就能知道。也有穿得花里胡哨的城里妇女。“板寸”朝台下撒了一遍镀金链子，台下围观的人跟鸡抢米一样，你推我挤，为一条几分钱的假链子疯了一样抢来抢去。

这时，有人远远一个手势，钱梅花跑过来，也加入到了争抢的行列，她很顺利地在一个女人松垮垮的胸罩缝里抢了一条。她挤到前面，趴在台沿边。“板寸”开始介绍活动的目的和意义了。“只要预存1999元话费，就能免费带走一部苹果5和平板电脑，1999元话费每个月分摊30元，自动到账。”然后他又朝台下撒了一圈一毛钱一根的红手链，下面又是一阵没命地疯抢。接着，“板寸”拿出手机和平板电脑，在大家面前一一做了展示，并说：“今天为了回馈广大新老客户，全部免费赠送，史无前例，人品大爆炸，不用一分钱，1999元还是你本人的，就能拿到一部手机和平板电脑，帅哥可以用来泡妹妹，妹妹可以用来开房子，男人可以用来约小三，女人可以用来会情人，老人可以用来听秦腔，小孩可以用来玩游戏，真是划算得让人心惊胆战。当然呢，我们的回馈活动也不是菜市场，随便让你挑让你选的，我们今天只送出十部手机，先抢先得，那么谁想要呢？让我看看你们的手在哪里？”台下齐刷刷举起了一片手，钱梅花的手也高高举起了。“板寸”给台下的人发出了十张票，钱梅花领到了一张。

然后，凡抢到票的，就可以预存话费领手机了。“板寸”说：“马云为什么成了首富，就是因为他能抓住机会，今天机会来了，而且是天上掉腊肉的好事，这机会大家要是都抓不住，就可以回去买一块豆腐撞死了，废话不说，秒杀开始，有现金的当场付现金，没现金的POSS机刷卡也行。”钱梅花第一个拨开两边的人，从衣兜里摸出2000元，递了上去，怕一迟缓就被抢光似的，忙说：“我要，我要。”“板寸”说：“瞧瞧这大妈，一看就是富贵人家，干事不拖沓，瞅准机会就出手，毫不犹豫半分钱，好，来，大妈这么积极，我们送大妈一个小礼品，价值388元的卡洛斯名表一枚，您拿着。”

钱梅花领到了手机和平板电脑，很兴奋的样子，边翻看手提袋里的手机，边对周围的人说：“这活动，真棒，我昨天刚给儿子弄了一个，今早媳妇要，我就过来又抢了，真是划算死了，一分钱不掏，就白拿了两样东西，还犹豫啥啊，快掏钱吧。”她唾沫乱飞，不停地煽风点火，催促着台下的人赶快出手，并把手机捏在手里在人们面前不停晃动着。台下的人，或许是被挤得，或许是兴奋，涨红着脸，有人摸了摸衣兜犹豫了，有人摸出现金递上去了，也有人掏出卡刷掉了……很快，剩余的九部机子一抢而空。

活动结束了。半个小时以后，钱梅花偷偷摸摸把手提袋给“板寸”交还了。

钱梅花是个托儿。

就这样，逢单日十一点，她准时就上班了，不到一个小时，就能挣六十元，她重复着简单的事，冲上去，交了钱，领到机子，极力怂恿周围的人参加活动，还了机子，拍屁股走人。就这么简单，只要是个人，都能干，而且凭她的一张铲子嘴，一定能把不想买的说心动，想买的说心软。她才不管手机和平板电脑的真假，也不管这话费能不能到账，更不管就算到账，也要五年半才能到清。这些不是她操心的，她只负责挣到六十元，就阿弥陀佛了。

中午回去，吃完饭，她又念一遍经，感谢菩萨保佑她，让她能轻轻松松挣钱。她狠命地磕了几个响头，在烟火深处，她隐隐看见酒盒里的菩萨在笑。

一个月下来，她领到了九百元。她揣着钱，心跳得厉害。这是她今年的第一笔收入，她揣着，像抱着一堆火，烤得她热乎乎的。她到成纪路一家殡仪用品店，买了一把蜡，是胳膊粗的大红蜡，一支能燃两天，还买了一封香，二斤冥票，十五元的万贯。她看到桌子上摆的一对塑料荷花好，绿叶儿，红瓣儿，要是给菩萨献上，她老人家肯定欢喜。她花了近半刻钟，跟店主你来我往，讨价还价，最后以二十五元最低价拿下了。

她提着香蜡纸票和塑料荷花，近一百元的东西，脚底下轻飘飘的，像驾了云。她想，都是经念得好，菩萨保佑啊，待会儿回去一定好好给菩萨念念经，磕磕头。她从四郎巷抄捷路出来，到新华路。过马路时，一个人骑自行车，经过她身边，在她身上蹭了一下，一个黑塑料袋随即从那人身上掉到地上，他没有觉察，直愣愣骑走了。

钱梅花瞟了一下四周，没人注意，她上前，把黑塑料袋捡起了。她一捏，厚厚一沓，硬邦邦，整整齐齐，不会是钱吧？好像是钱，只有钱才有这手感。她的心快从嘴里蹦出来了，高血压都快犯了。这才叫天上掉腊肉啊。她顺手将黑塑料袋丢进装香蜡的袋子，快步钻进仁和巷，她彻底按捺不住了，她觉得黑塑料袋里的东西在咬她的手，在挠她的心。

巷道无人，连一丝风都没有。她贴着墙，摸出塑料袋，抖动着手，小心翼翼地打开，是钱。她眼前一花，冒过一堆金星。她想，菩萨这是咋回事，是要保佑她发财吗？天啦，阿弥陀佛，阿弥陀佛。真是福从天降，她都快哭了，还有点晕晕乎乎。她想数数到底捡了多少钱，她把第一张揭开，发现下面的一张不对劲，再看，再摸，抽出来，一看，是张冥票。她还没反应过来，听到背后一阵急促的脚步声由远及近。一个人追了上来，是刚骑自行车丢东西的那个人。他冲上来，拦在钱梅花面前。钱梅花手里还捏着塑料袋，她的脑袋彻底不够用了。

“这是我的钱，把钱还我。”那人一把夺过塑料袋，从里面掏出钱，数了起来，刚揭了一张，就吼道：“你把我的钱换成假的了，你看，除了第一张，下面全是冥票。”他把一叠冥票在钱梅花眼前哗啦啦晃着。

钱梅花这才回过神来，是人家耍的调包计，但已经迟了，她中计了，便只好假装镇定地说：“钱是我捡的，你不感谢我，还栽赃陷害我。”

“谁栽赃你了，我明明是真钱，你捡上换成冥票了，你这么缺德，还好意思让我感谢？你要知道，这钱，是给我媳妇做手术的救命钱，你赔！”

“你怎么牛皮靴子底翻上——倒着行事啊，你本来装的冥票，还想干啥？”

“谁说是冥票，要是冥票你会捡上跑了吗？你会翻出来看吗？我这塑料袋里一共一千五，你还！”

“还什么还？不要冤枉人，头上三尺有神灵。”

“不还是吧，那我就搜，你肯定把我的真钱藏了。”他一把夺过钱梅花手里的袋子，翻了起来。他真从袋子里翻出了几叠冥票。他摔着票子，一下子来了劲，眼珠子涨得通红，说：“这就是证据，你不还也行，到派出所去。”他抓住钱梅花的胳膊，往前拽。

钱梅花百口莫辩，她知道摊上事了，像这样的讹诈，从她手痒心贪捡起黑塑料袋的那一刻起就无法摆脱了。去派出所，她又能说得清楚？又能证明清白吗？再说也没个第三者。要是人家一口咬定，是她换了钱，让还一千五，她一个女人家有什么办法。再说，凑巧的是，人家偏偏就在她的袋子里翻出了买回去孝敬菩萨的冥票，人家赖也会赖在她身上。

那人又开始挥着拳头，诈唬着：“要是不还，就先把你的骨头敲断一根。”她真害怕他下手。她一个老女人，在空荡荡的巷子里，真被敲断一根骨头也没人管。她胆怯了。她有口难辩。她后悔自己当初手太馋。她哆哆嗦嗦从贴身的衣兜里摸出八百元，递了过去。这钱，还带着她的体温。那人接过钱，塞进衣兜，说了句：“让你手馋。”然后在巷子口骑上车子，一溜烟，不见了。

钱梅花顺着墙根坐了下去，香在袋子里压成了几截，荷花折断了。“哇”一声，钱梅花哭开了，她吼道：“救苦救难的观世音菩萨，你咋也糊弄人啊……”

27 酒

老牛不老，也就四十来岁。可满院子人都这么叫，时间一长，老牛也就真把自己当老牛了。

觉得已经老了的老牛蹲在房子门口，眯缝着眼，捏一小瓶二锅头，撮着嘴喝，脚下放着一个仿制青花瓷的醋壶。午后的阳光正好从侧面的墙头照过来，落在他右边的脸上。阳光是冷冷的，像一块蘸了水的布，搓着他满是褶子又白里透红的脸。

老牛活了半辈子，真没啥爱好。打麻将，费时间，一锅下来能把人等死；遛鸟，都是南关黄土埋到脖子的人干的事；喝茶，他还是不喜欢，一杯薄茶，下午喝上，都能让他失眠到大半夜；抽烟，没那习惯，他说，男人不抽烟，赛过活神仙，男人不喝酒，白在世上走。于是，他就爱喝两口酒。以前是真往死里喝，拉一帮人，聚一堆，买八九瓶十块钱的二锅头，一圈圈转着喝，从下午一直能喝到半夜。小拳不来，太娘们儿，全部大拳。不会，不会让别人代。他总是第一个打关，六个酒，填满，酒满心诚嘛！齐齐来，点元一、四红喜、七巧到、八马跑、桃园三、六连连……他的拳划得硬，指头展得直，不赖，输一个，端一个。赢多了，顺便给对方洗一双。一圈下来，面红耳赤。他把输下的酒攒一起，倒进茶杯子，快满了。他一端，说：“来来来，看着，一个不少，我喝了。”说着，举起杯子咕咚咕咚咽了，喉结一上一下，一上一下，跟喝凉水一样。喝完，他端起地下放的半碗撒了盐的醋，伸舌头抿一抿。

大家给他起了外号——“酒罐子”、“醋坛子”。

喝酒的人，难免醉。老牛也醉。他常说：“酒啊，李逵喝上打鼓呢，李白喝上吐诗呢，我们喝上乱抖呢。”

以前，老牛醉了，酒风很差劲，有点装疯卖傻。歪着一张红得像抹了猪血的脸，摇来摆去，在院子的楼梯上磕磕绊绊地上来下去，嘴里叽里咕噜不知道骂着什么。一会儿踢翻一个花盆，一会儿用拳头砸得铁栏杆嗡嗡响，一会儿趴在别人的窗台乱喊乱叫……刚开始，老牛的媳妇还一边咒骂一边把他往屋子里拉扯。他脚下打着绊，像捣蒜一样，嘴里骂着：“你个臭女人，赶紧滚……” “你不要丢人现眼了，赶紧滚回去。”“你滚，牛家没你的地方了吗？你不要喝一点狗尿就亏先人了，满院子就你的怂样子难看……”拉了半天，老牛一屁股坐在台阶上，头塞到裤裆里，不动了，只有喉咙里像卡了一团痰一样，呼噜呼噜响。呼噜了一阵，就哭开了，拉着长长的腔调，跟花旦唱戏一样。后来女人没法治，就干脆不管了。老牛就一直哭，谁也不知道他哭的是什么伤心事。

老牛家的院子本来不大，在巷子最里面，缩手缩脚盖了单面的两层楼。两层楼，六七间房。租房的人，一看老牛那德行，没几天就吓跑了，尤其女的。能留下的，就是两家带孩子的，知道老牛的酒风差，也倒无所谓了。

老牛最早在巷子口的澡堂里给人搓背。澡堂九点半开门，一般没人，他十点半过去。一个人躺在搓背用的大木床上睡觉。早上没有收住尾巴的残梦，接着在安静而潮湿的澡堂里铺开，继续梦。老牛就喜欢这样的闲适和自由，他和其他南关的房东一样，靠着几间房过日子，害怕出力，好吃懒做，喜欢把所有的时间都过得自由、懒散，没有搅扰。所以搓背是最好的活了。

有人，他起来，换上短袖短裤。等人洗完，他用水龙头冲一下床板，铺一张塑料纸，让躺上去。他提着澡巾从脖子、背上、臀部、大腿、小腿、脚背、两胯、胸上……齐齐搓下去，又搓上来，直搓得泥卷成一棒一棒，像梭子，滚落在塑料纸上。搓澡的人躺着，像一条草鱼，在老牛的手下翻来覆去。提着澡巾的老牛像提着一柄刀，是那么淡然、轻松，甚至还有一丝自信。他常把自己想成一个杀鱼的人，等这鱼，洗干净后，就该进锅了。偶尔躺着的人会和老牛说几句，不过多是澡堂子里的事，没什么新鲜的，老牛也随口“嗯嗯啊啊”地应着。

澡搓得多了，看着各种各样的肉，也就麻木了。翻来覆去、搓上搓下，都是那么一堆肉，无非有的肥些、有的瘦些、有的白些、有的黑些，没啥区别。就如看女人，看多了，也都一个样。他不喜欢通过那些赤条条的肉体揣测他们的来历、工作、家庭，他嫌麻烦，也没必要，只要进来的，他搓一次，人家不会因贫穷少给一元钱，也不会因富贵多给一元钱。因为搓澡费是外面收过的，他拿个固定工资，一个月一千五。也不多，现在物价这么贵，当然，也不少，他一天也就搓十来个人，多数时候是闲着的。

老牛搓澡有些年头了。澡堂子刚盖起时，他就在，现在，澡堂子的墙壁上积满了厚厚的水垢，墙角也长出了一层密密的绿苔，他还是在。或许真是清闲，或许日子一久，人一习惯，就懒得挪地方了。老牛就这样给人搓着澡。直到有一天，人家澡堂老板把老牛赶走了。

那还是年前的事。

老牛的媳妇在一家蔬菜超市卖菜，也是早出晚归。中午急匆匆赶回来，做一顿饭。老牛媳妇也是老天水人，当初娶她时，就看上的是门当户对。他俩原先都在木塞厂上班，就是做水壶、药瓶等塞子的，后来厂子倒闭都下岗了。媳妇找了份卖菜的工作，老牛找了份搓澡的活。两人早上一前一后出门。媳妇先走，老牛磨磨蹭蹭起床，发一阵呆，瞅一阵天色，才收拾了去澡堂。

有一回，可能是前一晚喝多了，第二天都晕晕乎乎。十点，照例去澡堂，有人搓澡，他才想起提回家凉的短裤短袖没有带。他只好凑合着搓了，水点子溅了一身，湿漉漉的。搓完，他想回去拿，一摸，钥匙忘了带，只好去媳妇的蔬菜超市取。他借了收钱的老李的自行车，咣当咣当骑着去。刚到超市门口，车子还没停稳，透过门帘，老牛竟然瞟见超市里的一个男人跟他媳妇拉拉扯扯打闹着，最后还拉了一把手。他心里莫名一股醋意，他想冲上去朝那个男人脸上揍一拳，结果那个男的走了。他进去，没好气地向媳妇要了钥匙。一路上疯子一样骑回去了。

中午回去就是吵架。从一见面一直吵到两点半，媳妇没有做饭。两点半一到提着包走了。老牛一肚子气，想提着拳头好好把这娘们儿揍一顿，让她再在外面风骚。可他从来没打过女人，都不知道怎么出手。媳妇走了，他空着肚子，从门背后的酒箱子里摸了一瓶酒，揣上，去澡堂了。澡堂没人，他半躺在长条椅上，拧开酒瓶盖，一口一口地抿着。他窝了一肚子的气在酒精的稀释下慢慢淡了，可他有些醉了，眼睛花，头晕，脚踩不实。或许是空肚子喝酒的原因，平时四两酒对他来说简直是小菜一碟，也就刚把嗓子润湿，可这次有点大了。

过了一阵，有人来，洗完，搓澡，老牛迈着八字步过去，提起澡巾搓。老牛眼冒重影，脚底发虚，一双手难以把持，正当他昏昏沉沉搓得起劲时，那人大叫一声，一个鲤鱼打挺，直接从床上弹了起来，破口大骂：“你他妈瞎眼了吗？你是不是要把我毁了？”他一根指头差点戳进了老牛的眼睛。老牛刚才一下差点把人家下面那玩意儿搓掉了。当然老牛还是醉醺醺的，他没有意识到这些，但一听到这家伙骂他，加上上午的窝火劲，老牛一巴掌打掉那人的手指，也骂了起来。那人不依不饶，老牛后退两步，从长条凳上摸起还装着六两酒的酒瓶，直接往那人头上砸去，那人一看情况不妙，衣服都没有来得及穿，一手抱头，一手遮羞，赤裸裸地逃出了澡堂。老牛摇来倒去，提着瓶子，咒骂着，追了出去。

老牛被澡堂的其他人拉住了。但老牛搓澡的工作从此也就丢了，还背了一个臭名声。

老牛跟媳妇的事也不了了之了。或许他媳妇跟那个男人就没有什么事。即便有，他也没有什么铁证。老牛在家里闲了两个月，后来实在闲不住，就找工作。开出租，他嫌有夜班，睡不醒。洗车，冻手冻脚，一天浑身水淋淋的，比搓澡还麻烦。批发水果，要早起，还得跟那些水果贩子一毛两毛地斤斤计较。找了一大圈，都没合适他的。他有时候不想找了，闲待着，打发日子算了。可一想，还不行，儿子要上学，要吃喝穿衣，家里衣食住行也得开销。靠一点房租和媳妇的工资，日子要往前推，就难了。

从澡堂出了事之后，老牛就很少喝酒了。偶尔喝，也不吆三喝四地弄一堆人，喝得天昏地暗，一般都是三四个人，一人二三两，然后，拍拍屁股各回各家。有时候有些醉，他进屋就倒头一睡，不多说一句话。他后来慢慢总结出来，酒是个好东西，也是个坏东西，但归根结底还是个坏东西，害得他丢了那么清闲的一份工作，想着都后悔。这是其次，严重的是这酒糟蹋了他的名声，他醉酒打人的事都成了巷子里人的笑料了。背后还有人说，他就是一个酒鬼，喝一点酒就成二货了。老牛听着，有些伤心，他也就慢慢不喝酒了。

后来，托着亲戚，老牛在一家酒店找了份保安的工作。这工作好，钱虽不多，但人清闲，不出力，一天手叉在背后，就是走来走去。尤其穿上那身保安服，老牛感觉精神了许多，腰杆子也能挺直了。

日子不咸不淡，就这样过着。老牛当门卫，媳妇卖菜。当了保安后，老牛就彻底把酒戒了，怕喝酒惹事。他也想不通，一个喝了二十来年酒的人，怎么说戒就真戒了，他还是佩服自己。他想，这戒酒啊，不能是胃戒，要心戒，心一戒，心就死了。

不过最近儿子又不消停了，开始逃课，跑外面网吧打游戏。有时候半夜不回来，还得老牛去找。他朝儿子屁股上踹几脚，儿子不跑、不哭，挨着，像块橡皮泥，任你揉捏。他最讨厌这种蔫不拉几跟滚刀肉一样的人了，可再讨厌，也是自己的儿子啊，有啥办法。直到后来有一次，他揍儿子时，儿子竟然转过头，用充满仇恨的眼神瞪了他一眼，瞪得他毛骨悚然。他觉得儿子大了，不是该打的年龄了。再打，儿子一反抗，父子俩就成敌人了。他来软的，说好话，一遍一遍说，咬烂嚼碎、苦口婆心，打比方、举例子，用物质承诺、用言语刺激。他把舌头都磨短了半截，儿子依旧跟滚刀肉一样，毫无变化，对他的劝说也是充耳不闻，还是天天泡网吧。最后，初二那年，儿子被学校开除了。开除后儿子整天睡觉，像死人一样。老牛开始对他束手无策。他不知道上辈子干了什么亏心事，这辈子养了这么一个下三烂。

老牛跟儿子形同陌生人，一个字也不说，甚至真的有些像仇人了。一个看着一个不顺眼，但都不出声，忍着。

老牛虽然很反感这样的儿子，但毕竟是他的儿子啊，谁让他播了那么一颗种。儿子干了坏事，巷子里的人指的是他的脊梁骨骂啊。再说一个十四五岁的少年，整天像蛆一样，捂在被子里，这也不是出路。老牛想尽了办法，要么换个学校上，可儿子不去，要么去酒店当服务员，但他不甘心，那该怎么办？最后，听来串门的钱梅花说，让当兵去。这个主意不错，儿子也没反对。

但天下没有那么顺当的事。当兵，眼睛近视，人家不要。老牛愁着，这可咋整啊。钱梅花拨拉着新买的佛珠，说："到医院做个近视手术，就好了。"可做手术，得上万元，他哪儿来的那么多钱啊。

因为儿子的事，老牛突然觉得自己老了，老得百无一用了，老得只会搓澡当保安了。慢慢地，快要忘掉的酒瘾，又开始复苏了，像虫子，在他喉咙眼蠕动。

他蹲在房子门口，眯缝着眼，捏一小瓶二锅头，撮着嘴喝。青花瓷的醋壶静静地坐在地上，装着一肚子酿酸的陈年事。午后的阳光正好从侧面的墙头照过来，落在他右边的脸上。阳光是冷冷的，像一块蘸了水的布，搓着他满是褶子又白里透红的脸。他眼角细密的鱼尾纹，一层层重叠起来，像岁月的沙土，在他脸上筑起了豢养苍老的城墙。

老牛抿了一口酒，端起醋壶。心想，一万元啊，把我这头割了，估计也值不了那么多钱。

老牛抿了一口醋，端起酒。心想，还是老话说得好：夫妻是前世缘，冤冤相报；子女是今生债，债债相逼。

28 此生

刘抗美，属羊，是南关最后一个养羊的人了，估计也是整个天水城最后一个养羊的人了。

每天，他都背一只背篓，背篓里装着一只羊，像背着孙子，出巷子，在偌大的城市，去寻找青草。

小时候，在公社饲养队，刘抗美就开始养羊，给家里挣工分。刘抗美话少，蔫不叽叽，他不放羊，还能干啥。但刘抗美跟羊在一起，话就多了，叽里呱啦跟羊说个不停，一天下来，嘴皮子上起了一层干痂。哪儿来的？跟羊说话挣出来的。

公社有二百头羊，起初，由宝娃大（父亲）放，刘抗美打下手，吆喝吆喝，领领头羊，赶一下吃庄稼的馋羊，打扫一下羊圈，往羊圈里填些干土，然后跟在宝娃大背后，听他讲古经。宝娃大忘性大，一个古经要重复讲三五遍。刘抗美听得耳朵都长茧了，他就偷偷溜在后面，钻进队里的萝卜地，拔一根萝卜抱在怀里嘎巴嘎巴啃着吃。宝娃大一回头，发现刘抗美不见了，歪着斜瞪眼瞅了半天，才看清刘抗美坐在不远处的地埂上啃萝卜，便顺手捡起一颗干驴粪朝刘抗美砸去，嘴里骂着："你个馋死的娃！光知道吃，饿死鬼转世的吗？"刘抗美见势不妙，一骨碌翻下坡，跑开了。干驴粪扔出时，使劲捏了一下，抛在空中，风一吹，化了，驴粪渣被风吹回来，迷了宝娃大的眼。

除了自由，豁朗，刘抗美爱跟宝娃大放羊的另一个原因是能吃上肉。还能吃上肉？这可了不得。当然，这肉不是猪肉，也不是羊肉，而是瞎瞎肉。瞎瞎，学名叫鼹鼠，眼睛小，隐在灰褐色的毛里，几乎看不见，像瞎子一样，所以人们俗称瞎瞎。宝娃大是捉瞎瞎的好手，出门时，常背一副弓箭。弓是柳木的，削成扁平，两头一曲，绑上钢丝。箭是筷子粗的竹棍，略比筷子短，镶着铁皮打的箭头。到了放羊的地方，宝娃大让刘抗美看着羊，自己卸下弓箭，独自走了。他到麦地、洋芋地、油菜地走一圈，发现哪里有新洞，而且洞口有新土，就蹲下去，抓一把土，开始判断这洞里有没有瞎瞎。别看瞎瞎臃肿笨拙，脑瓜子可聪明了，它在地下，到处打洞，这洞，四通八达，像一张地下网。人们说狡兔三窟，但瞎瞎比三窟多个好几倍。洞的出口很多，大多都是糊弄人的，是幌子，所以很难找准它真正的家门。若没点眼力和技巧，要捉一只瞎瞎，基本是不可能的。别看捉瞎瞎刨土挖坑，是力气活，但其实是个技术活。会捉瞎瞎的人，都被尊称为艺人。宝娃大就是会捉瞎瞎的艺人。他在众多洞口中选择了一个洞，在洞口安上弓箭，然后拍着屁股上的土，迈着罗圈腿离去。第二天，去收摊子，总有一只瞎瞎被他的箭射中，几乎很少失手。然后，他在新的洞口，再安上弓箭，提着肥瞎瞎，哼着秦腔走了。

吃瞎瞎，也得有一手。一般人，连毛都拔不掉，别说吃。吃瞎瞎肉，宝娃大也有一手，他从衣兜里掏出一把铅笔刀，三下五除二就剥掉皮，掏了内脏，然后打发刘抗美弄来一罐水，把瞎瞎肉淘一下，再和一疙瘩泥，一定是红浆泥。泥和软乎了，宝娃大从贴身的衣兜里摸出一个白塑料药瓶，从里面倒出一撮盐粒，均匀地抹在肉上。然后用红浆泥把瞎瞎肉裹了，裹成一个梭子型。接着在地上挖个浅坑，把肉放进去，上面撒一层薄土。在土上面，生一堆火。宝娃大和刘抗美坐在火堆边，一边烤火，一边说羊的事。三四十分钟后，就差不多了。宝娃大把火堆拨拉到一边，掏出瞎瞎肉，丢进火，再慢慢烤一会儿。这样十来分钟，就好了。剥掉那层烤干的泥巴，一股香气扑鼻而来，瞎瞎肉外酥里嫩，让人垂涎欲滴。这时候，刘抗美往宝娃大跟前凑了凑，宝娃大骂了句："馋死鬼，小心把下巴馋掉了。"然后撕了一半肉分给刘抗美。宝娃大说这瞎瞎肉能治病，是一味好中药，他常吃，所以身子骨一直这么硬朗。刘抗美如狼似虎，像啃红薯一样呼哧呼哧啃着瞎瞎肉，哪还管什么药不药。

正是因为瞎瞎肉，在那个填不饱肚子的年月，刘抗美跟着宝娃大，基本没挨过饿，甚至还发胖，这让瘦骨伶仃的社员们困惑不已。

后来，一直号称身子骨硬朗、百病不生的宝娃大中风了，躺在炕上再也不能动弹。二百头羊的任务从此落在了刘抗美身上。

从那以后，刘抗美就只能一个人孤零零放羊了。再没有人给他讲不知讲了多少遍的古经了，也再没有人给他烤香得能馋掉下巴的瞎瞎肉了。他也曾试图学着宝娃大的样子，做了两副弓箭，在地里捉瞎瞎。他把头都塞进瞎瞎洞了，终究连一根毛都没有捉到。

一个人放羊的时候，烤不了瞎瞎肉，就烤蚂蚱腿。他在草丛里捉一草帽筐蚂蚱，撕掉后腿，生一堆火，把腿搭上去，稍微一烤，"刺啦"一声，散发出一股肉香，就熟了。他剥开腿上的角质层，用刺一丝丝把肉剔出来，放在舌尖，由牙到喉，慢慢品尝。他最喜欢的还是洋火烤腿，因为带着一种让人迷幻的硫黄香，但那时候洋火那么紧缺，哪有那么多洋火让他烤腿吃，他只能在柴火上烤着，想象着让他着迷的硫黄香。

吃完肉，为了打发时间，他就跟羊摔跤，一开始，他摔小羊，小羊不是他对手，三下五除二，小羊不是被他放翻，就是被他吓跑。后来是大些的羊，大羊劲大，也鬼道，他捏着羊角，往倒搬，大羊一退，他一前倾，大羊再一抵，他就一个仰面朝天倒在了羊粪堆里。慢慢地，他也学鬼道了，大羊一退，他伸出腿，一个绊子，借着惯性，就把羊放倒在地上了。后来，他几乎打败了所有的二百多只羊。这时候，只留下头羊了。

一个风和日丽的上午，他用蚂蚱肉填饱了肚子，开始挑战头羊。头羊有一个大人高，两只角盘成圈，拉直的话，足有一条胳膊长，胡子垂到了前腿的膝盖处，一走，胡子一摆，霸气极了。刚开始刘抗美挑战头羊时，他还没有发动进攻，头羊就转头走了，似乎不屑于跟他打斗。后来在刘抗美的再三纠缠骚扰之下，头羊决定出战了。当刘抗美刚扎好马步时，头羊已冲了过来，用两盘角把刘抗美撞了个四脚朝天，鼻青脸肿。以后的每次挑战，头羊都先发制人，把刘抗美撞翻在地，还不罢手，又用角不停地抵着刘抗美，逼得他连连求饶。直到有一次，趁头羊不备，刘抗美一下死死抓住头羊的两只角，他们摔打在了一起，在草地上翻来滚去。就当头羊站起身把刘抗美压在肚子下一招制服时，刘抗美使出吃蚂蚱肉的劲，一脚踹到羊肚子上，把羊踢翻在地。那里正好是个斜坡，倒在地上的头羊，难以起身。刘抗美眼睁睁看着头羊像一块磨盘一样滚到山沟里，摔死了。

摔死了头羊的刘抗美被剥夺了放羊的权利，开始干起了公社最脏最累的活——背粪。

刘抗美第一次养羊的历史，就这么结束了。第二次养羊，已经到中年了。

活了半辈子一事无成的刘抗美躺在床上，听着老婆在门口的数落声，开始思考着，除了靠力气吃饭，怎么样才能靠脑袋挣点钱。他刚从天水郡的零工市场回来，已经三天没有等上一单活了。所谓的零工市场，不过是一种称呼而已，哪有什么市场。干零活的人，穿着掉色的假迷彩，提着个布包，在马路口的道沿边挤成一堆，等叫干活的人。一个上午，也没几个人来叫，来一两个，人们像苍蝇一样“嗡”一声围过去，抢着去干。人家只要三个人往七楼背砂石，价也压得很低。即便如此，还是有人抢着去，甚至自己把价压得更低。你一趟要五块，别人四块，还有人三块。最后三块的被叫走了，被叫走的人咧着嘴，满脸幸运的样子，抖着肩，脚下一弹一弹，得意极了。这就是行情。剩余的人，呼啦而散，咒骂着，三五人一堆，凑在一起打扑克。当这样的日子过了三天后，刘抗美实在熬不住了，再下去，一分钱挣不来，一家四口人就要喝西北风了。

当他提着只留着几粒馍渣的空布袋回到南关时，老婆端上来一碗没有油水的浆水面。他没好气地说：“你这是猪食，哪是人吃的。”老婆刚出屋，听这么一说，一转身，手里捏着的塑料马勺直接扣在了他头上。“嫌吃得不好，怪谁？你有本事把钱挣来，我给你天天做海参鱿鱼。”他缩在饭桌前，再没有支吾。马勺里的残水从他头上流下来，流过了脸颊，像两行清泪。

在打零工之前，刘抗美一直在兰州拉煤搞副业。拉煤就是从蜂窝煤厂把煤装进架子车，拉给用煤的人家。他刚去的几年，还凑合，用煤量大，一天拉好几趟，下来能挣三五十块。拉煤挣的钱，寄回来，供孩子念书，补贴家用。但慢慢地，拉煤的活不好干了。一是用煤气的人渐渐多了，居家户用煤的少了。煤气便宜，干净，省事，不比煤，价钱贵，还没地方放，每次用要生火，很麻烦。再一个是买煤的人都知道拉煤的人在架子车里做了手脚，看得严了，利润少了。起初，买煤的要一车煤，他们装煤时装够数，出来在路上，卸掉一些煤，中间垫空，反正买煤的人不卸煤，只瞟一眼就行了。中间省下的煤，四车能余半车出来。攒多了，自己私下里就卖了，挣的钱不上缴，全归自己。

刘抗美拉煤的时间已经过了这个行业的黄金期。没干几年，他就卷着铺盖回来了。

刘抗美在老婆的数落声里睡了两天，最后硬是想出了一条门路——养奶羊。这两年，人家养奶羊的靠卖羊奶发财了。养羊简单，除了买羊的成本，再不用搭贴什么，收益也快。反正他也闲着，不爱和人说话，放羊正合适。他把自己的想法跟老婆一说，老婆挠着满是头皮屑的脑袋想了好久，最后觉得行。有了老婆的拍板，他就放心了。因为以后即便搞砸了，老婆数落他，他也有话说了，毕竟这是你最后拍板的。在刘抗美的怂恿下，老婆跑到娘家借了一笔钱，不够的，他托人在银行贷了一点。

三月里，草冒绿。刘抗美的七只奶羊买回来了。

再一次，他又成了放羊的。每天早上，他就把羊赶到河坝里，自己坐在羊旁边，看羊吃草。毕竟是城里，不像乡下，羊一出门，伸一下嘴皮就有草。城里没有多余的草，草坪里的草，你不能吃，上南北两山，太远，只能到河坝里放牧。不过那时候河坝里除了一条两米宽的河，和一些零星的菜地之外，就是荒草了。河床潮湿，水分足，草也长得茂盛，所以对于口粗的羊们来说，已经足够了。

每天，包括中午，在绿色覆盖的河道里，总能看见一个蓝点和几只白点。那就是刘抗美。放羊的刘抗美斜卧在草丛里，用一节草棍剔着牙缝。看着奶羊们粉红的嘴皮子在青草尖上跳动，他的心也在跳动，像一只气球，有人吹着气。他想象着那白花花的奶水从奶头里挤出来，换成了钱。钱除了给孩子交学费，剩下的还能改善一下伙食，他似乎闻到了红烧肉的香味。有时候，他也想起小时候跟宝娃大放羊的日子，无忧无虑，自由自在，还能吃上香喷喷的瞎瞎肉。哎，不过再也回不去了。宝娃大过世很多年了，他连相貌都模糊了。人生一世，草生一秋，人啊，这一辈子真快，一眨眼，几十年就过去了。

半年后，刘抗美的奶羊开始产奶了。通过他跑腿推销，亲戚间穿梭，加上他家奶羊吃青草没喂饲料，奶质也好，羊奶的销路没有问题了。每天早上，刘抗美帮着老婆挤完羊奶，就去放羊。老婆骑个破加重自行车去送奶。一年下来，刘抗美小挣了一点。这让他高兴。他拿出一部分钱，除去还账，又买了几只，加起来，他的羊有十几只了。

日子就这样过着，放羊，挤奶，送奶。三四年过去了。刘抗美的羊发展到二十来只。他们两口子忙不过来，花钱雇了个人帮忙。由于订货多，销量好，羊奶开始供不应求了。每天，总有好些瓶子装不满。有一天，老婆偷偷告诉刘抗美，她把瓶子全装满了，不过里面兑了一点水。一开始他极力反对老婆这样做，但被老婆骂了一顿："谁家的奶里不掺水，何况也掺得不多，你真是死脑筋，你跟钱有仇是不是？"骂了几顿，刘抗美也就再不说啥了。这两年，他们确实发了一笔，刘抗美基本隔三岔五就能吃上红烧肉了。

人心是没有底的。一开始，一瓶奶，刘抗美老婆掺少半碗水，后来半碗，最后一碗。曾经黏稠的羊奶变得稀稀荡荡。慢慢地，订奶的人发现不对劲了，问过几次刘抗美老婆，但她都否认了，说是羊喝的水多了，所以奶比较稀。人都不是傻子，时间一长，大家感觉都不对劲了，半年下来，人们开始退订。羊奶挤了几大桶，几乎没有人要了，因为大家知道，刘抗美家的羊奶里掺了大量的水。

刘抗美狠狠地把老婆收拾了一顿，但已无法改变这种衰败的趋势了。没有人订奶，奶羊也就没法养了。刘抗美把奶羊全部低价处理给了屠宰场。

刘抗美常说："昧良心的事干不得啊。"

刘抗美第三次养羊已经是六十好几的事了。

对一个花甲之年的人直呼其名有点不妥当，那就叫老刘吧。这一次，老刘养羊既不是挣工分，也不是挣钱，就是想养羊。他做梦都梦见小时候跟宝娃大在一起给农业社放羊，宝娃大举着一根竹竿做的三米长的鞭子，竿头系着一根马尾编成的一膀子长的辫梢，梢头系着一拃长的红布条。宝娃大把鞭子举在羊头顶，来回晃动，嗷嗷叫着。他走在最前面领路，头羊跟着他，羊群跟着头羊，宝娃大跟着羊群。他雄赳赳、气昂昂地走着，故意踩得黄土四起。八点的阳光透过树丛，落在他和羊群还有宝娃大的头顶。两侧紫白相间的野棉花一簇一簇地开着，麻雀起伏，兔子喝水，蚂蚱在草尖上晾晒翅膀。再远处，是金黄的麦浪和葱绿的玉米林。他阔步前行，偶尔摘一朵野花架在头羊角上，偶尔伸着舌头调皮地舔一口牛蒡叶上的露水。

有时候，他还梦见在河滩里放奶羊的光景，虽然再也没有了儿时的自由无虑，家里也过得清苦，但日子是充实的，人心是安稳的。他躺在草丛里，胳膊腿子叉开，任由春天的风吹拂着，青草在他身子底下蠕动，似乎从他的肉上钻出来了。春风摇啊摇，摇得奶羊眼睛长满了花花草草。远处有人放风筝，他睡着了，梦见自己变成了一只羊风筝，飞啊飞，飞到了北京，飞到了天安门城楼上，他变成了放羊的刘二小，跟毛主席握了一个手。

老梦见从前是一个原因，另一个原因是他的老婆跟儿子走了。大儿子在北京打工，找了个河南媳妇，在北京租了个房，不回来了。媳妇生了儿子，两人都要上班，孩子没人管，就把他妈喊去照顾孙子了。这一去就是三年，三年后，二儿子在西安，也生了孩子，老婆又给二儿子带孙子去了，这一去，又是三年。老刘一个人，就这样胡乱过了六年。

当初，老婆走时，他也没挽留。老婆也懒得留下，也没问走了吃饭咋弄，脏衣服谁洗，病了谁管。屁股一拍，就走了。这人到六十左右，老两口反而一个见不得一个了。什么相濡以沫、举案齐眉都是文化人瞎骗人的。活了一辈子，最后两个人就开始烦了，你嫌弃我，我嫌弃你，干个啥也不顺眼，就要说几句闲话，一张口叨叨就开始拌嘴，没完没了，从中午能嚷到晚上。老刘本来话少，听老婆叨唠，就头昏眼花，恨不得把自己埋了，耳根清净一点。最后，他就到阳台支了一张干床板，跟老婆分开睡了，实在是受不了。后来老婆要走，他一下子如遇大赦，解放了一般，似乎活了这些年就等的这一天。晚上，他高兴极了，专门提了二斤猪头肉，把半斤老黄酒独自喝了。

这几年，老婆不在，老刘也不知是咋过去的。他不爱说话，不爱跟人交往，不爱打麻将，不爱下棋遛鸟，唯一爱喝两盅但又嫌人多了吵。所以就一个人窝在屋子里，躺在沙发上，眼睛一闭，搓山核桃，说想啥嘛，似乎啥也没想，说没想吧，好像还想着那么一点事，至于啥事，又说不来。有时候，他就在河边坐着，一坐一下午。河坝早已不是曾经的河坝了，那些齐腰深的芦苇、淹没脚的冰草、巴掌样的灯花、爱粘袜子的苍耳，都没有了。好些年前，河坝里修筑了一座湖，用橡胶坝拦截成好几段，供人们观赏游玩。河堤上原先的土坡栽了齐刷刷几溜子红叶李、国槐、红梅、银杏等，土路也铺上了水泥砖。一切都今非昔比，确实是漂亮了，好看了，但似乎跟自己越来越疏远了，甚至没关系了。他就那样坐着，看人来人往，日复一日。

直到有一天，他突然有了养一只羊的冲动。他也不知道为何要养，就是想养。

他从城郊的乡镇集市上买了一只羊，班车不拉，他就牵着羊，走了一个下午才回家。回来后，得给羊收拾个住处。总不能把羊拉进屋里吧，那又拉又撒怎么行。他就找了几块废塑料彩钢在院子旮旯里垒了一个棚子。还好院子是属于自己的，没物业管理，没有保安门卫，也不用担心别人说三道四。

有了羊，他心里一下子充实了起来，再也不似当初那样空荡荡了。收拾圈棚，喂草，添水。下雨了，圈棚会不会漏水？没有夜草，不知道晚上羊饿不饿？会不会被贼偷去杀了吃肉？粪便没有及时清理，邻居们会不会嫌臭？反正一天很多事他都要操心了，不像以前，一天混不到黑，真跟坐在油锅里煎一样。

圈棚没严实的地方，他塞了一些烂衣服，棚顶又铺了一层油布。羊粪就埋在院子的大花园里当肥料。隔几天把圈棚里的尿臊味冲刷一下。这些问题，都一一解决了。但最重要的问题一直困扰着他，让他头疼，那就是没有放羊的地方了。城市这么大，没有一点地方可以用来放羊，哪怕指甲皮大的一块。他是想尽了办法，把羊牵到南山，路远，羊走得慢，一个来回要两三个小时。再说，现在南北两山都是禁牧区，人家看管着，不让放牧。割草背回来，近处，没个下镰的地方，远处，又背不动。去河坝，现在早没有河滩了。他开始为羊吃草犯难。再说，满马路都是车，大车小车，人不碰车，车要追着碰人。这羊啊，乡里来的，胆小，加上年龄也不大，不敢过马路，使劲牵，它就伸着脖子往后坐，像要去被宰掉一样怕。从后面赶着走，它就往车轮底下钻。有好几次，这样磨磨叽叽过马路，羊被车惊吓到，差点酿成了车祸，那些凶神恶煞的司机跳下车，狠狠把老刘骂了一番。

老刘一直寻思着，最后，他想出了一个万全之策。他弄了一个背篓，每天出门放羊，就把羊前腿一提，屁股朝下，放进背篓。羊屁股坐稳，前肢伸出来，搭在背篓沿上，像个小孩一样。装好羊，他背上背篓，就出门了。走在路上，引起了不少人围观。有人说，现在的大爷真潮啊，当我们养只猫猫狗狗当宠物，或者再嚣张一点养只猪崽时，人家大爷都开始养宠物羊了，真高端接地气哈。

每天，人们都能在南关看见一个六十多岁的老人，背着一只羊出巷子，去寻找青草。那只羊，乖顺地坐在背篓里，脑袋一颠一颠，前肢一抖一抖，像极了他的第三个儿子。

有一天，老刘感冒了，他实在没有力气背着羊出门觅草了。从早上到中午，饥肠辘辘的羊“咩咩”叫个不停。老刘躺在床上，听着羊叫，就像听见了儿子在哭泣，他心里不是滋味。下午，羊实在叫唤得不行了。他出了屋，牵上羊，出了巷子。这是他唯一一次没有背羊，他实在背不动了。他和他的羊，来到了车流滚滚的马路上。胆小的羊依旧不敢过马路，又拉又赶了半天，正当他要坐在地上休息一阵时，看见人行道的不远处有一大块草坪。草坪里长满了绿油油的青草。他把羊牵到了草坪里，饿疯了的羊一头扎进草坪，没命地啃了起来。老刘长长地吐了一口气，然后脖子一歪，倒在草坪上睡着了。

当他一觉醒来后，发现羊不见了。

他睡着后，他的羊被城管牵走了。他头昏眼花地站起来，到处“咩咩”地叫喊着，寻找他的羊，他快要急疯了，但没有一点羊的踪影。

没有了最后和他相依为命的羊，他不知道他的明天该怎么过，也不知道日子还能走到哪一步。

他冲过马路时，一辆车冲了过来，将他撞翻在地，碾压过去……他感觉浑身冰凉，他睁开了眼，眼前是白墙，白床单，白色的大夫。他在医院，一梦六十年。他小时候根本就没有放过羊，中年也没有放过羊，老了也没有放过羊。他有一儿一女，都在身边，老婆离异多年。他少年种地，成年贩羊皮，中年杀羊、卖羊肉，晚年念佛。

六十五岁，他查出了肺癌，晚期，活不了几天了。他对自己说，人生如羊啊。

29　乡关望

老许今年五十九，五七年，属鸡。出生那一年，正是大饥荒，差点饿死了。老许扳指头算，除去零头，按虚岁，整六十了。六十年，活着真不容易。

像老许这样的年龄，该到晒太阳、磨牙板、抱孙子、享清福的时候了。可老许没那个命。都老得几乎散架的人了，还整天拉架子车挣钱，混一口饭吃。

一大早，天蒙蒙亮，老许就起了。这些年，和他在人世所剩无几的光阴一样，他的睡眠，也所剩无几了。他几乎彻夜都睁着眼，起床，不过是把眼皮抬高一点罢了。屋子外还黑乎乎一片。他舀半马勺凉水，插好电炉，在满是茶垢的搪瓷缸子里，下上茶，倒上凉水，慢慢煮。屋里没有开灯，老许怕费电。不过再黑，他都能摸着煮上一罐茶。这些年，他用粗糙如树皮的手指把生活摸索透了，没什么大不了的。

黑洞洞的茶缸，先是冒烟，冒着冒着，水开了，咕咚咕咚叫。十几元一斤的茶叶在缸底翻腾。再煮，快溢了。老许伸过手，捏住缸把，把茶水细细地倒进茶盅。第一罐茶，味寡，再添水煮，后面的茶就开始慢慢酽了。就着苦茶，掰一口干馍，喂进牙齿所剩无几的嘴里，用牙龈嚼着。

喝了茶，老许就到南关十字去了。每天如此。

天依旧黑着，昏暗的天光，被伞一样的路灯撑着。他从一家倒闭的厂矿车棚里拉出自己的架子车。那曾是几年前用木料新打的，结实得很。几年过来，也老旧了，路一巅，哗啦作响，咳嗽一样，就是平路，轴承也吱悠悠叫，像害了哮喘。车子拉到路口转角处，摆上人行道。老许坐在车把上，干干地坐着。路灯灭了，城市一瞬间陷入了巨大的黑暗里。这么早，根本没活，可老许像半截枯木桩，只有坐在车把上，心里才是踏实的。他微闭着日渐昏花的眼睛，回味着早上的最后一罐茶。他比任何人都熟悉这座城市黑夜和白昼交替的一瞬间，他甚至看到了黑衣人和白衣人摸了摸手，换班的情景。像黑无常，勾了人的魂，对了一下账本子，交给了白无常。然而这样的黎明对他来说，已经毫无意义了，日子是往死路上赶，怎么走都是一条道。除了一张嘴，他早已没有什么顾虑和负担了。

在南关十字拉架子车的人，有八九个。原先人多，一溜架子车，从医药公司门口一直到塑料厂后门，齐刷刷摆着。车把上坐着人，等人叫。早上十点一过，太阳翻过楼，泼在南关十字的街道上。没活的人，就围几堆，席地而坐，中间铺张烂报纸打牌。老许偶尔凑过去看看热闹，他不玩，他没那心劲。也有躺在车框里眯缝着眼看天的，一脸愁相，一群褐色的鸟飞了过去，一朵阴影在他脸上擦了过去。也有一屁股坐地上，给车轱辘上机油的，两手黑，像乌鸦爪。那时候，拉架子车的年轻人也多，欢闹，有说有笑，叫活的人也多，时不时一天出去三五趟。活还能讨个价，挑着干，太重太脏还不拉。老许人老实，厚道，舍得下力气，脚底下又勤快，拉的活也不比年轻人少，一天好歹还能挣几个。

现在不行了。架子车，早已是过了春的大白菜——不吃香了。南关十字早已不再是当初的南关十字。车多了，人挤了。路破了，楼高了。人行道上修了花坛，四周显得拥挤，破旧的架子车也几乎没地儿摆了。最要命的是，没活了。马路上，老鼠一样到处跑着皮卡、小三轮，拉着煤，拉着沙子，拉着架管，拉着沙发，拉着零货，从他们眼前放着响屁，嚣张而过，故意显摆似的。拉货的人没有几个找架子车了，就算再便宜，也不来找了。毕竟皮卡、小三轮，速度快、装得多，一个电话，随叫随到。谁还愿意跑到南关十字，磨着嘴皮，找一辆老掉牙的架子车，一步步，慢腾腾地去拉货。

没活干了，光阴每况愈下，熬不住的年轻人另谋出路去了，有人去了工地，有人回乡务农，有人远走他乡，也有人操着老本行，不过把架子车换成了三轮车。留下的，多是老弱病残，没有出路的。要么没有钱换车，要么老得骑不动车，要么凑合着等死算了。老许，是这三种原因都有的人。他跟另外七八个人，依旧每天守着破旧的架子车，等着，等着，有人过来叫他们，拉一车，十元二十元，多远都行，哪还有嫌弃的资格。他们灰头土脸，目光滞涩，衣衫破旧，顶着落满灰尘的白发，像端着半碗残羹冷炙。他们背靠车帮坐着，嘴唇干裂，没有要说一句话的意思。其实他们还能说什么呢？年轻的时候，不知天高地厚，说够了，老了，老天就捏住了你的嘴，苦，就在心里煮着，像煮一罐茶，溢出来的水，就在眼睛里流吧。

老许拉架子车有些年头了，七八年，应该比这多。反正早了，想起来了都像烟雾罩着一样，迷迷糊糊。老许一直说，属羊的人命苦，但属鸡的命也苦，何况他还是十月的鸡，有破月，命就苦上加苦了。老一辈的人在破月歌诀里常唱道：正蛇二鼠三牛走，四猴五兔六月狗，七猪八马九羊头，十月鸡儿架上愁，十一月虎儿串山走，十二月老龙不抬头。

想起命，老许肚子里只装着一声叹息。他已经过了追问“命咋就这么苦”的年纪了。自己有多大的鳖命，他背在车帮上，早在心里寻思透了。七八年前，他的儿媳妇装疯卖傻，天天咒骂他和老伴，甚至提着擀面杖打他们。儿子也是个怕老婆的，看着媳妇打父母，就那么站着，都不敢拉一把。真跟面捏的死人一样。到后来，儿媳妇除了打骂，还不给他们老两口吃的了。老许去理论：“我好歹还是这家里的一口人，这塌房烂院还是我许家的，庄农五谷样样都是我务的，为啥不给我们饭吃？为啥就没有我们的立脚地？”“赶紧滚出去，两个老不死的，这屋里没你说话的地方。”儿媳妇一只破鞋甩过来，砸到了老许脸上。老许差点气得翻倒在地上。他活了多半辈子，没见过这样的儿媳妇，他后悔瞎了眼给儿子娶了这样一个泼妇，更后悔没有将蔫怂儿打小填了炕。他觉得已经没脸在这个村子活下去了，也没必要在这泼妇跟前受罪了。

一个秋雨萧瑟的早上，他带上气得吐黑血的老伴一路忍冻挨饿，搭上班车，进城了。老两口睡桥洞，捡垃圾，半年多，攒了点钱，就在仁和巷租了一间没人住的柴房，把身子骨安顿下来了。

这一住，就是好多年。中间老两口回去过一次，可站在大门口，门锁着，锁换了。偏房塌了，驴圈倒了。这个他们生活了五十年的院落跟他们没有关系了，一切显得遥远，陌生，又排斥着拒绝着他们。五岁的孙子蹲在门口玩泥巴，也不认爷爷奶奶了。老两口硬抱着孙子亲了亲，孙子以为是坏人，又踢又打又骂。最后，老两口放了一袋糖，抹着眼泪折回去了。从此，他就跟那个村失去了来往，跟那一家人断绝了关系，跟那方水土没有了瓜葛。虽然好多次梦里，他都回到了乡下的家里，梦见躺在热炕上暖腿，半夜起来给驴添草，然后牵着儿子去赶集，跟老伴在水湾里割麦，到村口买了几只鸡娃子……可每次醒来，他都睡在他乡，孤枕冷被，房屋冰凉，鸡犬遥遥，草木不见。于是两行泪水，滚过了耳旁。再想，可终究还是回不去的故土。

后来，老伴害病，死了，埋进了北山的公墓里。老许原本想着把她送回乡下的老坟，再一想，活着，都是漂泊他乡，死了，一把灰，一堆土，回去又有什么意思呢，哪里的黄土不埋人啊。于是，就死了这心。自己死了，也一样，有人管，就埋了，没人管，填了水窟窿，喂了野狗，都行。落叶归根，根都朽了，先人没保佑，儿孙没积德，还归什么根啊。再说，回去，当了鬼，也是孤魂野鬼，饿死鬼，到处飘。在城里，公墓虽挤，但鬼多，还热闹点，剩汤剩饭，也能讨一口。

老许的架子车是进城后第二年打的，车轱辘是旧货，木头是一个木料场的边角料，他低三下四去了好几趟，讨来的，车把，是从南山上买好的两根木头，背回来的。老许捡破烂捡了好久，才做出这个决定的。进厂子，没人要，上工地，没力气，看大门，没关系。一个已经半截入土的老汉，谁用啊，跟个废人一样了。最后，他终于发现了拉架子车这个行当，人辛苦，但能挣点钱，再说力气活，都能干。他想，他再老，一把朽骨头还能拧住一辆架子车的。何况，年轻时，他可是村里拉架子车的一把好手。路陡坡急弯再多，他都能两胳膊一卡，稳稳当当地拉下去。麦子码了两人高，上山的路再吃力，他也能咬着牙板膝盖跪地拉上去。所以，在城里这平平坦坦的路上，除非一栋楼，不然，他都能拉动。

这样一拉，就拉了好些年。拉到老伴死了，拉到没活干了，拉到车子旧了，拉到孤独一层层把皮肉剥开来，露出了一颗沧桑的心，风一吹，霜一下，那个冷，那个疼啊，只有自己清楚。

一个上午的光阴就这样打发了。已经连着两天没拉一趟了。起初，老许还心急，后来，也就无所谓了。黄土都埋过头了，挣死挣活还干啥，挣了钱又能干啥，给谁攒，给谁花，无儿无孙的。一个人，有一口残羹冷饭填肚子就行了，何必那么苦呢。于是，他静静坐着，跟其他几个人，像一排雕塑一样。一切都是早上刚来的样子，一切没有变化，只有他们浑身落下的尘埃更厚了一层。再厚，就把他们要覆盖了。前几天，城管来了几次，赶他们走，他们拉着架子车，在马路上溜达了一圈，又回到了南关十字。如此几次，像打游击，城管也嫌麻烦，就收场地费，没人交，总不能把几个老头揪起来抢钱吧，也就拖拖拉拉这么过了。虽然这么将就着，老许心里是清楚的，他们迟早会被这座城市淘汰掉的，淘汰得连皮毛都不剩。

满马路都是疯了一样的各种车，疯了一样的各种人，像箭一样，那个快啊，看得心惊肉跳。谁还愿意让这慢悠悠的带着农耕印记的老东西在城里晃悠呢？除了速度慢，还影响着市容。

到了中午，老许就在车筐里窝着腿，躺一阵。馍在车筐下面的一个布兜里，咬几口，凑合下就行了。水在一只玻璃罐头瓶里装着。罐头是老伴去世前给她买的，那年她想吃梨，可大雪封了南关，哪有梨啊，没办法，就在小卖铺买了一瓶梨罐头，给老伴喂着吃了，遂了她的心愿，老伴边吃边淌眼泪。后来，老伴走了，罐头瓶他一直留着，没舍得扔，装水喝。

下午，六七点，放了车，就该回仁和巷了。房还是那间指头宽的柴房，多少年了，没换过，便宜，一个月五十元，水电费也用不了多少。晚饭，老伴活着时，蹲在门口还能擀点面，死了，老许就在巷子口的面条铺，买一块五的，提回来煮。他没有用煤气、电磁炉，还是柴炉子。柴这些年拾了一堆，码在床底下。提着炉子，到门口，炉膛塞一张旧报纸，点着，一根一根放柴。黑烟“咕咚”一冒，再一冒，火苗一跳，再一跳，就起来了。黑烟在巷子里乱窜，把整条巷子呛得咳嗽不止。切一颗洋芋，一根葱，炒点汤，汤要多煮，洋芋绵绵的，才好吃。汤好了，下面。调点醋、盐。一顿饭就结束了。

吃完饭，就没事干了。暮色扩散开来，整个南关都模糊了。暮色走过巷子，钻进屋，抱住了蹲在地上的老许。老许迷糊了。已经很久没有梦见故乡了，最近，他总是梦见老家，梦见那年轻时的岁月，多像一片玉米林，青翠，结实，翻滚着波浪，唱着秦腔。他梦见穿着水红衣裳的老伴第一次嫁进许家的门，梦见胖嘟嘟的儿子穿着肚兜钻进了他的怀里，梦见那暖融融的被窝里睡着一只懒猫，梦见五间瓦房上挂起了红灯笼，梦见自己拉着架子车上新买的炕柜走在山路上，梦见金灿灿的玉米上了架，梦见老伴骑在驴背上去转娘家……梦着梦着，泪就静悄悄地流满了脸。

终究是回不去的地方啊。

老许说，老梦见年轻时候的事，人就快活到头了。

三天后，有人说，老许在出租屋里吊死了。

30 钉子

跟南关派出所一个副所长下乡。山路颠簸，窗外是成片的撂荒地，蒿草翻滚，田园荒芜。闲着无事，为打发路途困顿，所长讲了一个他们辖区的事。

老城南关，主要有仁和巷、染布巷、玩月巷和民生巷四条大巷道，其余的就多了，像毛细血管。这几年下来，政府实施老城改造，整个南关断断续续全拆了。染布巷，算是拆得最迟的。不过听说，很快就要开发，好像盖什么商贸不夜城，反正打的广告看着很奢侈，很吓人，跟平头百姓没多大关系。

南关虽说拆完了，但拆过的地上，中间偏右手，还孤零零地留着一户院子。院子四周围着拆倒的建筑垃圾，齐腰高。钢筋收拾干净了，只剩烂砖、破瓦、水泥墩子，还有五颜六色的生活废弃物。房子蹲在垃圾堆里，显得突兀、孤僻。院子中等大小，二三百个平米，盖了三层楼，呈凹字。房子是空的，租房的人早搬了。门口的水泥护栏上，爬山虎死了，枯叶子一大片，铺开来，像挂着一张帘子。一楼，靠门口，还住着一个人，房主刘宝禄，七十来岁。刘宝禄坐在门口的凳子上，举着拍子打苍蝇，对襟褂子敞开来，露着黑毛白肚皮。他脸极黑，长满了白刷刷的络腮胡，胡子直、硬，跟张飞的有一比，人叫刘胡子。

刘胡子刚打发走了一拨子“招安”他的人。他拍死一只苍蝇，自言道：“知道梁山好汉是咋死的吗？招安招死的，好好守着水泊梁山，那么大一块地，哪儿也不必去，谁也别想占，祖祖辈辈稳妥妥的。都算些什么好汉嘛，一群废物！”他把粘在拍子上的死苍蝇，磕地上，伸出脚，碾了一下，苍蝇血肉模糊。

刘胡子是南边唯一没有搬迁的人了。

去年冬天，巷道里贴了大布告，说是限定几日之内全部搬迁完毕，工程队将对房屋进行拆除，具体补偿事宜到巷道中间征地拆迁办公室咨询。自布告张贴之日起，就标志着染布巷的拆迁正式开始了。之前，办事处派了五六个工作组深入各家各户做动员、讲政策。一开始，大家都反对，没人愿意搬，毕竟在染布巷待了半辈子，扎了根，有感情，生活都是过惯了的，一睁眼，一伸手，什么都陈旧而烂熟于心。让搬，哪能那么轻易就把根拔断走人的。再说，南关这里，离广场近，坐车、游逛、走亲戚，到哪儿都方便，周围还有一大圈左邻右舍，熟人朋友。要说搬，谁能下这个决心，到一个人生地不熟的地方去重新打理日子。

那段时间，上班的也不去了，摆摊儿的也放下了，瞎逛的也回来了，种菜的也收工了，百十户人家的心被拆迁搅乱了，大家一股脑儿涌在巷子中间的老国槐下，七嘴八舌地议论着。

刘胡子之前还每天早上遛鸟，然后逛花鸟古玩市场，最近，也不去了。鸟挂在门口，干咳着，萎靡不振。刘胡子站在人堆里，听大家七嘴八舌说着拆迁的事，反正啥消息都有，一会儿不搬了，一会儿明天就搬，一会儿原地返迁，一会儿异地安置，一会儿补偿一比一，一会儿补偿二比一……反正大家就这么东拉西扯着，说得嘴皮子上唾沫糊了一层。刘胡子刚开始站着听，后来干脆带了凳子，坐着听，最后，就直接发表意见了。他一挥手，像拍苍蝇一样，说："我看就不能搬，我们老祖宗留下的地皮，住了几十辈人了，咋能说搬就搬！"有人说，这是政策，由不得人，你看南关其他地方，还不是照样都拆了。他从凳子上站起来，说："啥叫政策，政策还不是人定的，中央定政策不让贪污腐败，可为啥还有那么多贪官污吏？"没人吱声了。他接着说："这城里闲地那么多，为啥就偏拆南关？还不是我们南关都是穷人，好欺负。再说呢，就算拆这儿，我们能得到啥好处，还不是一拆迁，当官的发一笔，盖成高楼，奸商们捞一笔。"大家点头称是。

一开始，拆迁难以进行，多次协商无果。最后政府采取了五种措施，一是提高补偿金额，先搬有奖励；二是要求干部发挥带头作用；三是对钉子户重点攻坚；四是采取划片包干各个击破；五是软硬兼施，万一不行来点硬的。五管齐下，效果明显。其实光第一种措施就很奏效了，多数人觉得拆迁之命难逃，结果还是得搬，与其抵抗，不如早点拿上实惠走人。剩下的一看大家都搬了，一户补偿两套一百平米的房，价值也过百万了，觉得差不多，也就顺风倒了。其余的难缠户，政府派人轮番上阵。一会儿工作组去讲形势，一会儿开发商去加筹码，一会儿派出所去放狠话，一会儿国土部门去查证件，一会儿领导去谈话……一拨又一拨，反正不能让你消停，后来在死缠硬磨、威逼利诱之下，一户户被攻克了下来。不过后面搬的人，都悄悄捞到了几万元的好处。最后，就剩下刘胡子这颗大钉子了，领导发誓，用三天时间拔掉他，可三周过去了，刘胡子依然钉在那里。

其实刘胡子起初是真心不想搬的。住这里，一辈子了，啥都熟悉。他也喜欢院子的亮堂宽敞，而且一院房，他随便安排房客住，随便给他们找麻烦，这点小权利，偶尔使用一下，挺过瘾的。另外，这里出门遛鸟，逛市场都近，一锅烟的时间就到了，不比现在要搬去的地方，光坐公交就要三十来分钟。这都是其次，最主要的是，他一搬，给的两套房子没法处置。他有两个儿子，一个女儿。两套房，他住一套，另一套，该给谁，给谁也不合适，不给更不合适。最后，其实刘胡子也看清形势了，搬是必然，那些感情、方便等等啥的，都能抛去，要搬也就搬了，再说他一个人孤零零地顶不住这趋势。但是，这搬要搬得值，也就是要实现利益最大化。对他来说，最大的利益，就是多给房，他想好了，而且主意已定，打死也不变。他就要四套房，一套，他住，另外三套，两儿一女，各一套。他跟工作组的人谈了，工作组的人一听，惊得眼珠子掉地上，跑了。公安局诈唬他，他提起屁股底下的板凳递过去，说："给你板凳，你有本事把我拍死。"派出所没辙，走了。最后，开发商跟他谈，开发商的极限是三套，再不可能多，他坚持四套，一贯到底，毫不松口，这样磨了几次，谈崩了。

刘胡子现在是稳坐钓鱼台，一点不心急，优哉游哉。反正他撑在中间，没办法动工，他不急，他有的是时间跟他们耗。可开发商急。

后来，开发商就开始给他断水断电。断水，没治，他有一口压井。断电，没事，他又不看电视不用空调，大不了点根蜡烛。垃圾把院子围了，关系不大，他有吃有喝，可以半个月不出门。他们真拿刘胡子没办法了。刘胡子本来就是染布巷的犟人。年轻时，谁也不放在眼里，话没说几句，拳头就上来了。有一年跟隔壁他三叔为了水渠的事，吵了几句，直接拿铁锹在他三叔腿上铲了过去。他三叔两根筋"嘣"一声断了。还有一次，跟他爸为了地里种韭菜还是菠菜吵了起来，没几句就冲上去，直接在老头子脸上给了几拳。从那以后，没人敢惹他了，一个连老子都下手的人，还有啥事不敢干。这么多年，他靠着年轻时的余威过得安然自在。

最后，开发商真急了。一个下午，他们把铲车开到了刘胡子门口。刘胡子站在门前一块石头上，破口大骂："谁要动了我的房子，我让他不得好死，我就掏他们家祖坟去，让他断子绝孙。"开铲车的说："你骂我干啥，我不过是拿钱干活的，谁给钱，让我干啥就干啥。"刘胡子喊："我给你十万元，你把开发商老板弄死，你去不？你就是个资本家的走狗，帮凶。”开铲车的哑口无言。最后，两个穿白衬衣系领带的带着几十号穿假迷彩的人，提着棍棒，席卷而来，杀气腾腾。一个叫嚣道：“老汉，滚开，不要活得不耐烦了找死。”

刘胡子顿时来了劲，几十年了，还没人敢在他跟前如此嚣张。他一手叉腰，回道：“你叫啥，叫老汉，你叫爷我都嫌你嘴臭，看你胎毛都还没退光，就到我跟前来要流氓，没门儿。”

“你个老不死的，哥我出生入死还怕你，就你那一把骨头，我提起来就手撕白菜了。”

“小兔崽子，好大的口气，小心风把你的舌头吹成两截了。”他满脸白胡子根根直立，脸黑如一方墨。风吹来，真是黑白分明。风吹来，他的褂子迎风招展。

“不跟你这老东西废话了。兄弟们，上！”几十号人冲上来。刘胡子一转身，从身后摸起一把铁锹，纵身一跃，站到一块水泥墩上，高高举起铁锹，眼珠血红，大喊：“哪个狗日的敢上来，我就让他死！”迷彩服被镇了，站在原地不敢前进。另一个白衬衣喊：“铲车，上！”铲车轰隆隆开过去，举起爪子，朝大门抓去。刘胡子一跃，扑到了铲车轮子下，喊道：“谁敢动我的一块砖，我就死给你看！”所有人惊呆了，张着口，忘了呼吸。铲车爪子举在门顶两寸处，停下了。一瞬间，场子上，静极了，静得能听见刘胡子的心跳，犹如打鼓。

所有人都撤了，没有人敢进一步。惹下人命，谁都担当不起。拆迁，再次以失败告终。

刘胡了给蹭破皮的膝盖贴着创可贴，虽然受了点皮肉之苦，可这 次，他让他们见识了什么叫好的怕二的，二的怕不要命的。只要佯装把命都不要了，他开发商长十个胆，也是白搭。他抿了一口二锅头，长长地吐了一口气，透过门缝，看着门外的废墟，心里踏实极了。他知道，这一次，四套房定了。

果然没错，两天后，开发商一个副总来了，很客气，很友好，给他提着两盒茶叶，答应了他四套房的要求。当然，这样的事，是偷偷摸摸谈成的，不能走漏一点风声，否则让搬出去的其他人知道，就乱套了。刘胡子答应了，放出去的话，还是两套房，人是被逼出来的。

刘胡子搬走了。四套房，他住了一套，女儿、大儿子、二儿子各一套。一切似乎结束了。然而，未必如此。刘胡子搬出去的第三天，开发商刚刚把铲车、压路机、卡车调进场，刘胡子被大儿子又抬回来了。

天底下的事，真是一物降一物。刘胡子在别人面前牛得不行，厉害得不行，但是他被大儿子整治住了，而且降得服服帖帖。刘胡子的大儿子，没工作，没正事干，无业游民，打麻将为生，吃喝嫖赌，样样占全，而且蛮不讲理，地道的痞子，比刘胡子严重多了。真是老子英雄儿好汉，老子王八儿浑蛋。刘胡子所有的缺点全被大儿子遗传了。儿子要干啥，他从不敢拦，因为儿子和他一样，惹急了经常跳起来揍他，别人，他要么还手，要么装死，可自己的儿子，还手不是对手，装死知道底细，又能如何，他只有躲着，让着。

这些年，刘胡子用自己的房租给大儿子在外面租了一间楼房，免得住一起跟他赌气，或者惹是生非。房子租外面，爱怎么折腾都随他。每个月，他另外给两千元生活费，这样，七十岁的老子养活着四十岁的儿子，在整个南关都是大家的笑谈。不过，有房住，有钱花，大儿子也就很少回来，基本跟刘胡子没啥接触。月底，钱一取，屁股一拍走人，爸都不叫一声。刘胡子长出一口气，他知道，年轻时，作过孽，老了，是报应。

可这一次，事情复杂了。刘胡子在搬过去的楼房里，召集来子女，把房子的事说了，大家拍手称好，觉得老头子终于给子女积了点德，表示要共同养老，要孝敬一辈子。一家数口，其乐融融，喝了一箱子白酒。可第二天，大儿子不知犯了什么病，还是听了谁的馊主意，赶过来，要把老头子的一套房写到他名下。刘胡子还没糊涂到那程度，他知道，他剩下这几年，就靠这套房了，子女嘴上说得好，是因为答应给房，但其实都是白眼狼，薄情寡义，他们得到房子后，谁还理会他这个糟老汉，这点，他对几个儿女一清二楚。另外，这房，写到大儿子名下，另外一儿一女又有意见，分配不公，又是无休止的矛盾，这点，他早就考虑过。还有，就算写大儿子名下，可他一个败家子，鬼知道哪一天就把这房子也抵债了。所以，无论从哪个方面考虑，这房子，只能是他的名。

大儿子叼着烟，气势汹汹，眼睛里布满了血丝，肯定又是打了一晚上麻将。他们之前已经吵了一上午了。大儿子站起来，说："你写还是不写？"

"你给我滚出去！你个杂种！"

"杂种也是你养的，这房子，你必须写我名下。"

"滚出去，我没你这种贪得无厌的儿子。"刘胡子冲上去，双手一推，大儿子一踉跄，被身后的椅子绊倒了，头磕在门框上，立马渗出了一层血。他翻身起来，彻底被激怒了，像野兽一样，跟老子扭打在了一起。最后，他一脚踹开刘胡子，摸起门后的拖把棍，朝他老子的腿上不停地抽打着。刘胡子不能动弹了。按理说，他还能站起来，可这一次，他的心被儿子打翻敲碎，碾成末了。以前儿子动手，也只是在他面前晃一晃，可这一次，他竟然和畜生一样，六亲不认，往死里打他，比外人还狠毒。

他后悔极了，要是他不这么贪心，当初要两套房，或许，就没有今天这事了。

刘胡子没死，但刘胡子的心死了。一下子，他枯瘦了下去，那种霸道气，像被抽干了。白胡子塌下来，像一堆杂草，脸也不黑了，白得发紫。他空洞的眼神，往外涌着苦咸的水。

大儿子把刘胡子抬回了那个即将拆除的院子。他要开发商把那套房的房主换到他的名下。开发商说："这是家务事，你们自己协商去。"可刘胡子哑了，坐在轮椅上，跟没魂了一样，缩成一堆，气若游丝，啥话不说。开发商说："赶紧走人。"大儿子死活不动，要么耍浑要么撒泼，这一点，他依旧跟刘胡子那么相像，简直是遗传到位了。

开发商奠基的日子迫近了，场地上的垃圾早已清理完毕，现在，就剩这根钉子了。拔不掉的钉子。

开发商好说歹说，也无济于事，让再给一套房，那做梦也不可能了。他们已经把该做的做完了，四套房，仁至义尽，至于房子在谁名下，那不是他们要解决的问题。这一次，怎么着，理都在他们一边。于是，强拆，是必然的。

五台机器轰鸣着开过去，举起了爪子，挖下去。大儿子推出刘胡子，横在了铲车下。他叫嚣着："你们挖啊，有本事把我们家老头子埋了，埋了还好，省了我的火葬费，来挖啊！"刘胡子堆在轮椅上，缩成一团，像一条破棉絮，眼睛闭着，一动不动，真的像死了一样。犟了一辈子的刘胡子这一刻软了，逞能了一辈子的刘胡子这一刻败在了儿子手里。他成了儿子手头的一个挡箭牌，一个玩偶，一个工具。他成了南关的一个笑柄，一个怪物，一个让祖宗颜面扫地的后代。他不想挣扎了，也不想说什么了。等死，或许是最好的出路。

就这样，僵持着。铲车高举着，不敢下挖，大儿子蹲在一片砖头上，点了一支烟，悠闲地抽着。

铲车退了，他把刘胡子推回屋。铲车来了，他又推出去。如此反复。

一个半小时，到了我们要去的地方。下车，一个同事晕车，跑路边吐去了。眼前的农村，荒凉透顶，空落落的村子，空落落的房子，找不到人影。那所长刚下车，一个电话，他接上，对方说："刘所长，我爸不见了……"挂了电话，他说："说风就是雨，听见是谁了吗，刘胡子的大儿子，不好意思，我得赶回去。"临上车，他说了句："好戏还在后头。"

后记　烟火故人尽

当我写完这三十个故事，过了很久，才写这篇后记的。

在这段漫长而昏黄的光阴里，我一遍遍在这些故事里穿梭，顶着一头烟火，看他们的悲喜，听他们的哀乐。而我，又何尝不是他们的一部分呢。

在南关——中国大地上一个普通又陈旧的老城区，他们借居、生活、死亡。为了爱情，饱受寒酸；为了房子，绞尽脑汁；为了生存，满腔固执；为了明天，熬尽心血。可即便活得如此苍凉，如此匆忙，他们依旧活得情深意长，活得不折不扣。他们在逼仄的巷道、杂乱的院子、昏暗的屋子，把老城区的人生百态，一一铺开，借着从屋顶漏下来的阳光，不紧不慢地晾晒着。

在这里，爱和恨不必伪饰，直截了当；在这里，人和人彼此无关，却又藕断丝连；在这里，光阴停顿在每一扇老旧的铁皮门上，你推，它才会缓慢地走动；在这里，故事藏在每一张粗糙的面孔后面，他不说，一切就会在心窝里烂掉。

我依旧喜欢着老城区，即便破烂不堪，可在众生浮游的地方，有回忆、有温度、有故事、有人情。而当我们以封闭的小区为单位，以紧锁的防盗门为屏障，以冷漠的表情为态度的时候，即便住在高楼大厦里，屋内家电齐全、纤尘不染，可我们的内心，却寸草不生，荒芜萧瑟，这有何意义？

我真的是一个念旧的人，一个执拗的人，这是一件多么糟糕的事。

关于老城，我总是看到人们更愿意谈论这里的建筑、风物、历史等，而我，只在乎他们的日常和命运。

我依旧会在某个黄昏袭来、倦鸟坠落的时候，想起他们，小招、张三、如意、腊花、眼镜、老朴、老许……他们曾真实地存在于我的身边，他们就像一粒粒盐，那么平凡，那么卑微，但他们却活得有滋有味，活成了生活不可缺少的一部分。

每当想起他们，我就想起南城根，我曾经生活过多年的一个城中村，想起南城根里的小薇、安海、牦牛、老贾等。我也曾将南关和南城根做过很多次对比，她们是那么相似，都活在低处的光阴里，都沾染着满脸的烟火，都拥有恍惚虚幻的生活，都暗揣锈迹斑驳的心事。可她们又那么不同，她们性格相似却脾气不同，她们生活相似却命运不同。南关，背负着老城区所特有的沉重、繁杂，在这里，浮生并不如梦，它就是实实在在的日子，真真切切的利益，就是人情世故、市井百态。南城根是行走的，她随着整个社会变迁中人口的流动，在不停地改变着存在的方式，就像衣服上的口袋，随着人走，里面总是不停地装上东西，又掏出东西。而南关，是独守的，她在城市演进的过程中总是默默无语，静候一切，像一个信封，装满故事和记忆，堆放在桌上，落满灰尘，等待时光判决。

她只会老去，直至消亡。

当我从三十个故事里撤身而出的时候，我满心疲惫。那些如皮影一般晃动的人，有的就那样在自己的故事里，死掉了。有的就那样义无反顾地，离开了。有的依旧活着但他们的未来我无从知晓。直到最后，南关，被一点点改造了、拆掉了。我们拥有了废墟。紧接着，我们又拥有了光鲜亮丽的新世界，可这又能如何呢?

真的，南关最后消失了。或许，她压根儿就没有存在过，只是一个虚构，就如同浮生一世。来过，或者，不曾来过。万物依旧静默如初，在大雪深处，门窗紧闭。

我的烟火故人，此刻，就等你，合上这本书。你会看到，尘埃四起，暗影归位。

最后，我还是想说，这是一些真实的故事，是我所见、所闻。只是被我这个讲故事的人，叙述成了这样。请原谅，一个笨拙的人。

丙申年雪月